Egotrip

Roman

Sina Graßhof

TWENTYSIX – Der Self-Publishing-Verlag
Eine Kooperation zwischen der Verlagsgruppe
Random House und BoD – Books on Demand

© 2019 Graßhof, Sina

Herstellung und Verlag: BoD - Books on
Demand, Norderstedt

ISBN: 9783740727840

Prolog

Die Wissenschaft ist sich relativ einig: In wenigen Jahrzehnten werden außerirdische Lebensformen auf unserem Planeten vorstellig werden, um die Welt und ihre Bewohner kennen zu lernen. Hm, kann man glauben, oder auch nicht. Mal angenommen, dem wäre so. Lassen Sie sich mal fallen, lassen Sie sich darauf ein…

Sind Sie soweit? Bestens. Ok, eine Frage. Wenn der große Tag bevor steht – und ja, ich denke, Außerirdische sind höflich und wollen uns weder überrumpeln noch verschrecken, sie kündigen ihren Besuch also an. Wen, also, welchen Vertreter unserer zweifellos beispiellosen Spezies würden Sie vorschicken, um den ersten Kontakt zu knüpfen? Wer, nur wer sollte uns bestmöglich vertreten? Unsere geballte Großartigkeit personifizieren?

Nun, ich bin sicher, die Vorschläge häufen sich bereits binnen kürzester Zeit in unermessliche Höhen. Völlig verständlich, die Auswahl ist aber auch wirklich reichlich. Schon allein all die Volksvertreter, die jedes Land unserer wundervollen Erde aufzubieten hat. Sie repräsentieren uns ja immerhin voreinander. Also würde es ja naheliegen… Nicht, meinen Sie? Sind Sie sicher? Kommen Sie, seien Sie nicht so negativ. Nun gut, sie mögen manchmal nicht wissen was sie tun. Und das sind noch die Guten unter ihnen. Aber wir haben sie schließlich irgendwann mal gewählt. Oder etwa nicht? Und ein bisschen Egomanie und Größenwahn hat doch noch niemandem geschadet. Oder sind Sie etwa perfekt?

A propos perfekt. Es gäbe da ja, neben unseren, durchaus vorzeigbaren, Volksvertretern, noch die personifizierten Ebenbilder unserer Wünsche und Ideale. Sie stehen gerade auf dem Schlauch? Kein Problem, ich kann gerne konkreter werden. Sie spiegeln uns auf Leinwänden, in Magazinen, in flimmernden, viereckigen Kisten und natürlich im Netz. Klingelt es? Na, ich seh schon, Sie brauchen keine weiteren Erklärungen. All die gefotoshopten Übermenschen, die sich uns – nein, nein, nun wirklich nicht aufdrängen… Das ganz bestimmt nicht. Teilhaben lassen. Ja, das klingt doch gut. Sollte von ihnen jemand das erste Hallo übernehmen?

Sie gucken so komisch. Jetzt mach ich mir ein bisschen Sorgen… Nana, kommen Sie, das gibt Falten. Das wird schon. Das Universum lässt uns doch nicht einfach so hängen. Ich hätte da ja noch ein Ass im Ärmel.

WAS? Jetzt gehen Sie aber zu weit. Gut, es ist meine Schuld, ich habe Sie angestiftet. Wir können, bedauerlicherweise, niemanden aus dem Jenseits zurückholen um im Diesseits mal auf den Tisch zu hauen oder uns von unserer besten Seite zu zeigen. Das müssen Sie abhaken. Und nein, es wird auch keine Castingshow für diese Position abgehalten. Es muss anders gehen. Aber alles halb so wild, ich habe ja schon eine Idee.

Die Person von der ich rede, zeichnet sich weder durch besondere Leistungen noch Errungenschaften aus. Auf der Straße würden Sie sie nicht erkennen und auch sonst hat sie nicht viel vorzuweisen. Aber sie hat das Herz am rechten Fleck – versprochen! Und sie hat Humor.

Na bitte, Sie sehen schon ein wenig entspannter aus…

Hereinspaziert und Willkommen im Leben von Jule Pasch.

1

„WAS war DAS denn bitte gerade?" Recht heftige Reaktion, die noch Wochen später in meinen Ohren klingeln wird. Nein, es ist soeben kein brennender Meteorit neben dem Babybettchen einer stolzen, frischgebackenen Mama eingeschlagen und hat nur knapp verfehlt. Obwohl sie da durchaus verständlich wäre. Der Satz kommt von meiner Dozentin, die sich nun setzen muss, bevor sie sich weiter reinsteigert. In die finale Bewertung meiner Leistung. Der gerade beendeten Prüfung. Mündlichen Prüfung. Abschlussprüfung. Final. Ich bin am Arsch!

„Haben Sie denn nie eine Vorlesung zum Thema Amerikanische Geschichte besucht? Und diese romantisierte Deutung DeLillos. Damit lagen Sie völlig daneben. Haben Sie in meinen Kursen denn gar nichts gelernt?"

Ok, der Reihe nach. Ja, diese Vorlesungen habe ich besucht, aber da ich mein gesamtes Studium selbst finanziere, also fast nur arbeite, habe ich meist in diesen Vorlesungen geschlafen. Weil es sich so anbot. Und weil es niemandem aufgefallen ist. Schon gar nicht den selbstgefälligen Dozenten. Zum zweiten Punkt: vielleicht. Aber wie es in einer Wissenschaft, so auch in der Literatur, so üblich ist, kann es mehrere Sichtweisen zu einem Thema geben und weil ich Ihnen nicht nach dem Mund rede, so wie Sie es gerne hätten und gewohnt sind, stehe ich zu meinem Standpunkt. Ob Ihnen das nun passt oder nicht. Drittens: nein! Sie reden so unverständlich und aufgesetzt, dass man Ihnen nur schwer folgen kann. Lediglich Ihre Themen sind interessant, was überhaupt der einzige Grund ist für das Vorhandensein von Studenten in Ihren Kursen. Ihre Aura ist dafür sicherlich auch nicht verantwortlich, Sie untervögelte Ziege.

Es sei angemerkt, dass sich diese Unterhaltung nur in meinem Kopf abspielt. Was ich sage ist – nichts. Einfach nichts. Ich bin nur baff, weil sich diese Prüfung für mich nicht so schlimm angefühlt hat. Dass ich sie bis kurz vor den Schlaganfall getrieben habe, hat sie nicht durchblicken lassen. Zumindest nicht, bis ich mein letztes Wort gesagt hatte.

„Ich lasse Sie gerade noch bestehen. Aber einbilden sollten Sie sich darauf nichts." Ok. Prima. Großartig. Das gibt mir genau das Selbstbewusstsein, das ich auf diesem ohnehin schon schwierigen Pflaster Arbeitsmarkt brauchen werde. Mein Notendurchschnitt vor dieser Prüfung: 1,4. Nach der Prüfung nur noch eine schlechte Zwei. Vielen Dank auch. Ich will nur noch weinen. Das mache ich bevorzugter Weise alleine. Also ab nach Hause. In mein Bett. Und Wasser lauf.

Später rufe ich eine Freundin an. Sie weiß, dass ich heute Prüfung hatte, aber fragt erst nach einem zehn-minütigen Monolog, wie es gelaufen ist. Heute ist wirklich ein ganz besonderer Tag! Aber sie ist nicht nur heute so. Im Lebensmittelpunkt, und in allen Punkten in unmittelbarer Nähe, befindet sich nur sie, Nicolette. Wir haben uns beim Studium kennen gelernt – Germanistik, mein Zweitfach. Am Anfang fand ich sie cool, obwohl sie es mit der Hygiene nicht so ernst nahm. Sie roch meist ein wenig muffig. Aber sie war nett. Und ich war neu in der Stadt. Und wir konnten uns gut unterhalten, wenn wir in unserer Gruppe waren. Bei Einzelgesprächen mit ihr ging es immer nur um ihr Lieblingsthema – sie. Und um irgendeinen Schwarm den sie gerade hatte, dem sie sich aber nicht zu nähern getraute. Wenn sie dann mal jemanden hatte, war es meist eine Fernbeziehung, obwohl sie das überhaupt nicht verkraftet. Sie ist eifersüchtig wie der Teufel und muss ihren Liebsten ständig um sich haben. Das geht bei solchen Beziehungen natürlich nicht und das macht sie fertig. Worüber sie sich dann stundenlang auslassen kann. Sie liebt das Drama. Warum sonst sollte sie immer wieder solche Beziehungen, die einfach nur zum Scheitern verurteilt waren, eingehen?

Mit ihr komme ich nicht weiter. Ich höre mir noch eine Weile ihren Mist an, dann verabschiede ich mich. Ich muss noch einkaufen.

Muss ich nicht. Sage ich nur.

Was ich wirklich will? Ich will auf den Arm. Auf den von Ramon. Meinem spanisch-deutschen Freund. Nein, seiner Ansicht nach ist er nicht mein Freund. Er bezeichnet das was wir seit einem halben Jahr haben als eine Affäre. Ist es aber nicht, er ist nur gestört. Wir texten rund um die Uhr, haben eine hammermäßige Chemie und den besten Sex, den ich in meinem Leben je hatte. Und wir sehen uns auch häufig. Alles, was uns von einer Beziehung trennt ist die Tatsache, dass wir nicht zusammen übernachten. Das ist auch schon alles. Er ist ein Beziehungs-Phobiker. Er sagt, er trauert noch immer seiner Ex hinterher. Sie habe ihn für alle anderen Frauen verdorben, so toll war sie. Was ich natürlich mega gerne höre. Aber hey, wenn die Beziehung so toll war, warum ist sie dann einfach nach Berlin verschwunden? Und wenn er sie so liebte, warum ist er nicht mitgegangen? Da scheint mir etwas gewaltig faul zu sein. Aber die Wahrheit werde ich aus ihm wohl nicht mehr raus bekommen. Er macht da total zu. Keine Ahnung wie ich es schaffen soll, seine Nummer Eins zu werden. Soweit ich weiß bin ich die einzige mit der er ins Bett geht. Das ist ja immerhin schon mal etwas. Aber reicht mir das? NEIN. Ich will nicht die Affäre von jemandem sein in den ich total verliebt bin. Ich war schon immer der Ganz-oder-gar-nicht-Typ. Aber ich kann mich nicht so gut durchsetzen, also lasse ich mir das gefallen. Jedes Mal, wenn ich versuche, ihn auf die richtige Bahn zu lenken, scheitere ich. Und jedes Mal wenn ich versuche es zu beenden, bequatscht er mich, doch zu bleiben. Mein Bauchgefühl sagt mir, dass er mich auch liebt. Aber seine Worte gehen dagegen an. Ich weiß mir einfach nicht zu helfen. Vielleicht ist es das Beste, zu warten, bis meine Verliebtheit abflacht und ihm dann den Laufpass zu geben. Vorher noch alles mitnehmen und genießen was geht. Aber mein Kopf lässt mich nicht. Ich will das kategorisieren. Es will benannt werden. Und zwar nicht mit dem Titel Affäre. Aber so sehr ich es auch versuche, ich werde ihn wohl nicht ändern können. Meine Ausdauer lässt auch langsam nach. Er laugt mich aus.

Auf seinen Arm kann ich also nicht. Deshalb lege ich mich in mein Bett und habe das Gefühl, ganz tief einzusinken. Ich glaube, ich brauche mal eine ganz lange Pause. Von allem. Und allen.

2

Die letzten Tage bin ich einfach im Bett geblieben. Ich hatte keine Ambitionen mich der Welt auszusetzen. Aber heute muss ich zumindest mal etwas einkaufen gehen. Also hebe ich meine müden Knochen auf und mache mich auf den Weg.

Alles ist normal hier draußen. Die Welt hat sich während meiner Abwesenheit anscheinend einfach weitergedreht. Unverschämt. Aber verpasst habe ich sicherlich nicht viel. Ich fülle meinen Wagen und will zurück in meine Höhle. Stoppe nur am Briefkasten und ziehe mich dann dorthin zurück. Allerdings habe ich Post bekommen. Ein Brief von einem Anwaltsbüro, das mir so gar nichts sagt. Na toll, denke ich, will mich etwa jemand verklagen? Ich überlege angestrengt, was ich verzapft haben könnte, doch mir fällt beim besten Willen nichts ein.

In meiner Wohnung angekommen wage ich es, den Brief zu öffnen. Und es haut mich fast aus den Socken. Das Schreiben teilt mir das Versterben meines Vermieters mit und die Tatsache, dass er mir anscheinend etwas hinterlassen hat. Was das sein könnte weiß ich beim besten Willen nicht. Er war ein Grießgram, total unzugänglich, immer schlecht gelaunt und anstrengend im Umgang. Doch wir haben uns oft gesehen, weil er ein paar Häuser weiter wohnte. Um meine Wohnung zu bekommen musste ich ihn ein paar Mal auf einen Kaffe treffen, damit er mich kennen lernen konnte.

Er hatte viele Probleme mit anderen Mietern und hat es sich daher angewöhnt, alle neuen Kandidaten sehr genau unter die Lupe zu nehmen. Mich mochte er anscheinend, denn ich durfte einziehen.

Bei den Gesprächen hat er des Öfteren, nicht ohne Stolz, durchblicken lassen, dass er Millionär ist, obwohl er rumgelaufen ist wie ein Penner. Er war jemand, der das Geld nur gehortet, aber nicht ausgegeben hat, damit es sich vermehrte. Ziemlich dumm. Jetzt ist er verstorben und hat es nie genossen. Hat bis zum Ende geschuftet und sparsam gelebt. Und was hat er nun davon? Nichts. Das tut mir leid für ihn, aber er wollte es so.

Die Gespräche haben auch ergeben, dass er keinerlei Verwandtschaft hat. Keine Kinder, keine Nichten oder Neffen. Nur die Tochter einer verstobenen Cousine, zu der er jedoch keinen Kontakt hatte. Keine Ahnung was da schief gelaufen ist. Wahrscheinlich war er einfach nur er selbst. Das dürfte gereicht haben. Also gut, dann schaue ich mir mal an was das wird. Gespannt bin ich irgendwie nicht, keine Ahnung, ob ich das was er mir hinterlassen hat überhaupt haben möchte. Wir waren nie auf der gleichen Wellenlänge, er weiß nicht, was ich mag oder brauche. Ich kann mir allerdings nicht vorstellen, dass es etwas Besonderes ist. Er hat sich nie groß für das Wohl anderer interessiert. Warum sollte er da bei mir eine Ausnahme machen? Allerdings war ich immer nett zu ihm, habe seine Böshaftigkeit ignoriert und ihn behandelt wie jeden anderen, weil ich die Wohnung brauchte und behalten wollte. Naja, mal sehen was das wird. Die Testamentverlesung ist in zwei Tagen. Ich werde hingehen.

Die letzten Tage hatte ich mein Handy ausgeschaltet. Vielleicht wird es Zeit, mich mal wieder mit der Welt zu verbinden. Also los.

Mehrere Anrufe in Abwesenheit. Ein paar Textnachrichten und drei Nachrichten auf der Mailbox. Von meiner Mutter, von Nicolette und von Ramon. Die drei Spezialisten. Meine Mutter fragt, wie es mir geht und möchte mal wieder für mich kochen. Ist gebongt. Nicolette hat Liebeskummer und bittet um Rückruf. Hat sie gefragt wie es mir geht? Nein, natürlich nicht. Ramon wundert sich, dass ich auf seine Nachrichten nicht antworte. Fragt mich, ob alles okay ist. Nein. Aber das geht ihn nichts mehr an. Ich will das beenden. Er tut mir nicht gut. Meine Mutter bekommt eine Nachricht von mir, die anderen beiden werden ignoriert. Vielleicht melde ich mich da später, wenn mein Pflichtgefühl durchkommt. Aber eigentlich geht es mir immer noch mies. Und ich habe nicht vor, das zu verschlimmern, so wie ich es früher sicherlich gemacht hätte. Ich hab einfach gerade keinen Kopf für die Probleme anderer und bin nicht in der Lage, ihnen zu geben was sie von mir brauchen. Also zurück ins Bett.

Ich schlafe sofort ein. Ich träume. Ramon und ich sind im Urlaub, an irgendeinem Strand. Wir gehen spazieren, Hand in Hand. Küssen uns immer wieder. Er flüstert, dass er mich liebt. Ich hauche ihm die Worte ebenfalls in Ohr. Es ist himmlisch, genau so wie ich es mir immer gewünscht habe. Wir halten an, küssen uns lange und innig. Er nimmt zärtlich mein Gesicht in seine Hände. Es ist wunderschön. Plötzlich sind wir nicht mehr alleine. Eine heiße Blondine geht, nur im Bikinihöschen, an uns vorbei. Ramon pfeift ihr hinterher. Das ist schon näher an der Realität. Ich wache auf. Scheiße.

Ein Teil von mir will ihn so sehr, dass es weh tut. Ein anderer Teil hat schon vor Wochen mit ihm abgeschlossen. Wenn nur der Sex nicht so gut wäre und meine Gefühle nicht so stark. Bei unserem ersten Mal sind wir gemeinsam gekommen, es war magisch. Er ist der einzige Mann, der das bisher geschafft hat. Er ist ein wirklich guter Liebhaber. Aber leider ein beschissener Partner, der bei mir nur Stress verursacht. Es ist anstrengend, immer hinter jemandem herzulaufen. Dafür habe ich nicht die Kondition. Er ist ein Jäger. Will immer eine Herausforderung, will das Unbekannte, will alles nur nicht mich. Zumindest nicht ganz. Und ich hab es satt. Satt, darüber nachzudenken, satt darüber zu reden. Und erst recht satt, es zu leben. Es laugt mich aus. Ich bin eben mit dem Studium fertig, ich brauche meine ganze Energie jetzt für die Jobsuche. Da kann ich keinen Klotz am Bein mit mir rumschleppen. Das Gleiche gilt für Nicolette. Ich will diese beiden Menschen hinter mir lassen, ein für alle Mal.

Vielleicht sollte ich umziehen, in eine andere Stadt. Das würde den Prozess auf jeden Fall erleichtern, dann hätte ich eine gute Ausrede. Aus den Augen, aus dem Sinn – das dürfte bei den Beiden funktionieren, so sind sie drauf. Ich werde die Idee reifen lassen. Mal schauen, wohin mich mein neuer Job, so ich denn einen finde, verschlägt. Hoffentlich ganz weit weg!

3

Heute ist die Testamentverlesung. Ich ziehe mir etwas Schickes an und mache mich auf den Weg in die Stadt. Ein Typ in der Bahn sucht Blickkontakt, schaut mich unentwegt an. Ich scheine gut auszusehen, obwohl ich mich mies fühle. Ich gehe nicht drauf ein, aber ich bin geschmeichelt. Meine Laune verbessert sich ein wenig. Noch ein paar Stationen und ich bin angekommen.

Außer mir ist niemand im Wartebereich. Die anderen scheinen sich zu verspäten, denn ich bin gerade noch pünktlich eingetroffen. Schon öffnet sich die Tür und ich werde hereingebeten. Ich bin immer noch die Einzige hier, das wundert mich. Jetzt werde ich langsam nervös.

„Okay, lassen Sie uns anfangen", sagt der Nachlassverwalter.

„Okay", sage ich stutzig.

„Ich verlese nun das Testament von Herrn Vogel. Die Begünstigte, Jule Pasch – das sind Sie, nehme ich an?" „Ja"; sage ich zögerlich. „Nun", fährt er fort. „Die Begünstigte, Jule Pasch, wird in allen Belangen bevorteilt. ‚Ich Johannes Vogel, hinterlasse mein sämtliches Vermögen, sowie die Wohnung in der Karlsruher Straße, meiner Mieterin und Freundin, Jule Pasch.' Meinen Glückwunsch!", fügt er hinzu. Ich bin baff. Meiner Freundin? Das überrascht mich doch sehr.

„Das Vermögen beläuft sich auf 1,6 Millionen Euro, Frau Pasch. Nehmen Sie das Erbe an?" Ich muss ganz schön doof aus der Wäsche gucken, denn der Typ hebt die Augenbrauen. „Frau Pasch? Ist alles in Ordnung?"

„Ja ja", sage ich endlich. „Alles in Ordnung. Ja, ich nehme es an", bringe ich hervor.

„Gut, dann leite ich alles in die Wege. Teilen Sie mir nur noch Ihre Bankdaten mit, damit das Geld auch sicher bei Ihnen ankommt." Ich gebe ihm meine Bankverbindung und schon ist es vorbei. Wir verabschieden uns, er wünscht mir alles Gute und ein schönes Leben.

Wow! Das muss erstmal sacken. Ich bin reich! Kann das wahr sein? Eben noch war ich ein arbeitsloser Loser, der sein Leben nicht auf die Reihe bekommt und jetzt das. Selbst nach Abzug der Erbschaftssteuer bin ich immer noch Millionärin. Millionärin! Das klingt so unfassbar, nicht greifbar. Abstrakt. Das ist ein Zahlenbereich, den ich mir gar nicht vorstellen kann. Aber er hat es gesagt, oder nicht? Der Vogel hat mir alles vermacht. Mir, seiner Mieterin und Freundin! Unglaublich. Das hätte ich im Leben nicht gedacht. Meine Nettigkeit hat sich also im wahrsten Sinne des Wortes bezahlt gemacht.

Im Supermarkt kaufe ich mir von den letzten Euros, die noch auf meinem Konto sind, eine Flasche Sekt. Ich trinke eigentlich nicht gerne und auch nur selten Alkohol, aber heute muss das sein. Das muss gefeiert werden!

Soll ich jemanden einladen? Ich entscheide mich dagegen. Nicht nur, weil es niemanden gibt, auch, weil ich das erst mal für mich behalten möchte. Das halte ich für klug. Also ab nach Hause und auf den Schreck erstmal ein Gläschen Blubberwasser.

„Auf mich und mein neues Leben!", sage ich in den leeren Raum. Dann trinke ich das Glas in einem Zug aus. Beinahe sofort breitet sich ein kribbelndes Wärmegefühl in meinem Körper aus. Ich trinke noch ein Glas, das sollte fürs Erste reichen. Die Flasche wandert in den Kühlschrank und ich zurück in mein Schlafzimmer. Soll ich mich wieder hinlegen? Legen sich Millionäre tagsüber ins Bett? Nein, noch ist das Geld nicht da. Noch bin ich keine Million schwer. Noch bin ich einfach Jule Pasch, das nette Mädchen von nebenan. Ich fange jedoch an zu träumen. Was mache ich mit der Kohle? Soll ich trotzdem mit der Jobsuche anfangen? Ich brauche doch eine Beschäftigung. Vielleicht lege ich das eine Weile auf Eis? Gehe auf Reisen? Genieße das Leben? Verhält man sich so, wenn man reich ist? Ich will es auf jeden Fall anders machen als Herr Vogel! Ich will etwas von dem Geld haben solange ich lebe!

Ich mache erstmal noch nichts. Noch ist das Geld nicht da. Ich verhalte mich so wie immer, bis es eintrifft. Dann erst kann ich es richtig glauben, denke ich. Aber ich will mich auf den Moment vorbereiten. Ich nehme mir ein Blatt Papier und schreibe die Zahl auf. So viele Nullen. Wahnsinn. Ich fühle mich erschlagen und euphorisch zugleich. Das muss der Sekt sein.

Auch wenn das Geld noch nicht eingegangen ist, so will ich doch anfangen zu überlegen, wohin die Reise gehen soll. Denn dass ich verreisen werde, steht für mich inzwischen fest. Ich sehe wunderschöne, weiße Strände vor meinem geistigen Auge. Also erstmal Karibik? Aber ich möchte mich auch weiter entwickeln. Die Reise soll mich etwas lehren. Ich bin viel zu gutgläubig und naiv durchs Leben gegangen. Ich muss tougher werden. Und wo wird man am besten tough? Welcher Ort macht das mit einem? Da fällt mir nur einer ein: New York City. Da war ich schon und es hat mir gefallen. Die Stadt hat eine unglaubliche Energie. Aber sie verlangt einem auch etwas ab. Wenn man dort zurecht kommen möchte, muss man aufgeweckt sein. Und das muss ich mir aneignen. Nicht zuletzt, weil ich jetzt diese ganze Kohle habe.

Ich denke, so werde ich es machen. Erst in der Karibik entspannen und dann geht es nach New York, zum Überlebenstraining. Aber was soll ich da machen? Ich brauche ja etwas zu tun. Die letzten Tage war ich zwar ziemlich faul aber normalerweise habe ich viel um die Ohren gehabt mit Studium und Job, das brauche ich auch. Soll ich noch mal studieren? Vielleicht, aber was? Ich habe mich immer für die Künste interessiert, bin da aber leider nicht sonderlich begabt. Zumindest nicht malerisch oder musikalisch. Was gibt es da denn noch? Schauspiel! In New York ist die Elitekunsthochschule Julliard ansässig. Soll ich mich da bewerben? Aber ich habe keine Erfahrung. Ich glaube nicht, dass Geld allein da reichen wird. Talent habe ich aber schon, denke ich. Während der Schulzeit war ich in der Theater AG und habe immer viel Lob bekommen. Aber nach dem Abitur habe ich das nicht weiter verfolgt – bis auf ein Casting für das ich nach Hamburg gefahren bin. Es war in einem Hotel und ich musste 50 Euro zahlen. Danach habe ich von denen nie wieder etwas gehört. Halsabschneider! Ja, ich weiß, ziemlich naiv. Aber ich war erst 20 und wusste nicht, dass man auf keinen Fall etwas bezahlen sollte.

Vielleicht muss es ja nicht Julliard sein. Ein normaler Schauspielkurs sollte es doch auch tun. Und vielleicht Kampfsport. Falls ich da mal in eine brennzliche Situation gerate. Also gut, das ist doch schon mal ein

Plan. Karibik, dann New York, und dort etwas bleiben. Solange, bis ich bereit bin für die Welt. Entscheidung getroffen!

4

Ich habe fast 18 Stunden geschlafen. Reichtum ist ein gutes Ruhekissen. Auch wenn das Geld noch nicht in meinem Besitz ist. Richtig glauben werde ich es auch erst können, wenn ich den Zahlungseingang auf meinem Konto sehe. Aber das Timing hätte nicht besser sein können. Traurig nur, dass mein Vermieter sein tristes Leben dafür geben musste. Aber ich glaube, in meinen Händen ist das Geld besser aufgehoben. Ich kann es gut gebrauchen. Aber ich überlege auch, einen Teil zu spenden. Ich weiß, Gutmensch und so weiter, aber es liegt mir wirklich am Herzen. Vor kurzem noch war ich total knapp bei Kasse und ich weiß, dass es viele Menschen gibt denen es genauso geht. Ich möchte den Armen etwas Gutes tun. Nicht in fernen Ländern, sondern denen vor meiner Haustür. Leuten, denen das Leben böse mitgespielt hat. Obdachlosenunterkünfte, Suppenküchen und Tierheime werden meine Begünstigten sein.

Ich bin erst 27, das Geld wird eine Weile reichen müssen, wenn ich erstmal nicht arbeite. Deshalb werde ich nicht den Fehler machen, alles gleich auszugeben, wie es manche Lottomillionäre tun. Ich werde mir keine Yacht kaufen, nicht mal ein Haus. Mit meiner kleinen Wohnung, die jetzt mir gehört, bin ich vollauf zufrieden. Ich brauche auch kein Auto. Alles was ich möchte ist gut essen und reisen. Mich weiterentwickeln. Dafür sollte es allemal reichen. Es soll auch nicht zu offensichtlich sein, dass ich zu Geld gekommen bin. Das würde mir nicht gut tun – falsche Freunde habe ich ja schon. Vielleicht erzähle ich es meiner Familie. Erzähle, dass ich ein bisschen was geerbt habe. Wie viel es tatsächlich ist behalte ich einfach für mich. Sie würden sich sehr wundern, wenn ich ohne Einkommen durch die Welt fliege.

Ramon hat mich sechs Mal angerufen, aber keine Nachricht hinterlassen. Ich weiß nicht, ob er sich Sorgen macht oder er einfach nur notgeil ist.

Ich schicke ihm einen kurzen Text: „Hey Ramon, lass uns eine Pause einlegen, ok?" Das klingt doch vernünftig. Das sollte mir ein wenig Luft verschaffen.

Er antwortet sofort: „Baby, ich hatte gehofft, dass wir uns diese Woche noch sehen können. Ich vermisse dich!"

Spinner. Jetzt haut er auf die Kacke, aber wenn es drauf ankommt hält er sich bedeckt. Ich antworte nicht. Habe alles gesagt, was es zu sagen gibt. Dieses Hin und Her habe ich lange genug mitgemacht. Ich habe einfach keine Kraft mehr dafür. Es ist nicht so, dass ich besondere Stärke beweise, wenn ich ihm widerstehe. Es ist einfach nur so, dass ich keine Energie mehr für seine Spielchen habe. Ich bin ausgelaugt.

Seine Nachrichten und Nummer zu löschen bringe ich noch nicht fertig, aber ich werde sie mir nicht ansehen. Und da ich nicht trinke, besteht auch nicht die Gefahr, dass ich etwas Dummes mache.

Nicolette hat sich nicht gemeldet, was mich nicht weiter wundert. Sie ist sich selbst die Näheste. Sie denkt sicherlich, dass ich Probleme habe oder es mir aus irgendeinem Grund nicht gut geht. Sie weiß ja immerhin von der verpatzten Prüfung, auch wenn sie dazu nicht viel gesagt hat. Und da hält sie sich lieber fern. Die Probleme anderer Leute kann sie sich nun wirklich nicht aufschultern.

Ich schiebe mir eine Pizza in den Ofen und entspanne mich. Ich kann mich jetzt entspannen wann ich will, denke ich mir. Wenn das kein Luxus ist.

Nach dem Essen gehe ich in die Badewanne. Es ist kalt draußen, Mitte Januar. Ich mache mir ein paar Duftkerzen an und die Augen zu. Ich genieße das richtig, mehr noch als früher. Man kann sich so leicht etwas Gutes tun. Da fällt mir ein, wofür ich einen Teil meines Geldes ausgeben werde – Massagen! Das habe ich mir viel zu selten gegönnt, obwohl es mir so wahnsinnig gefällt. Dann sind es schon vier Sachen: Spenden, Reisen, Essen, Massagen. Ganz bescheidene Wünsche eigentlich, oder? So war ich schon immer und das wird sich hoffentlich auch nicht ändern.

Ein wenig Angst habe ich schon davor, dass das Geld mich verändert. Was, wenn ich arrogant und ignorant werde. Und geizig? Ich will doch nur ein bisschen tougher werden und mir nicht mehr alles gefallen lassen. Was, wenn das in die Hose geht? Hat man das selbst unter Kontrolle, oder passiert das einfach mit einem? Keine Ahnung. Ich muss mir einfach immer ins Gedächtnis rufen, dass ich schlicht und ergreifend wahnsinniges Glück hatte. Mehr nicht. Ich habe mir das Geld nicht hart erarbeitet. Ich bin nicht aus reichem Hause. Ich bin ein einfaches Mädchen mit viel gutem Karma. Ich muss unbedingt auf dem Teppich bleiben!

Nach dem Bad geht es wieder ins warme Bett. Noch eine Runde schlafen, dann werde ich mal bei der Bank vorbeischauen.

5

Es ist da! Es ist tatsächlich da. Mir ist ein wenig schwindelig. Mein Guthaben beläuft sich auf 1.120.098 Euro. Hilfe! Mein Herz rast, meine Hände sind klamm. Mein Kopf fühlt sich an als würde er schweben.

Das Klingeln meines Handys holt mich in die Wirklichkeit zurück. Unbekannte Berliner Nummer. Ich gehe ran. „Ein wunderschönen Guten Tag, Frau Pasch. Mein Name ist Schulze, ich bin Mitarbeiter Ihrer Bank. Uns ist ein ungewöhnlich hoher Zahlungseingang auf Ihrem Konto aufgefallen. Ich möchte gerne einen Termin mit Ihnen machen, um über Anlagemöglichkeiten zu sprechen. Wenn Sie Interesse haben."

Ich schlucke hörbar. „Oh, ja. Aber danke, das ist nicht nötig."

„Wie Sie wünschen, Frau Pasch. Sollten Sie Ihre Meinung ändern, wir sind jeder Zeit für Sie da."

Wow. Meine Bank weiß Bescheid. Meine Bank weiß, dass ich reich bin. Mist. Ich wollte das doch für mich behalten. Hier kann das Geld nicht bleiben. Die werden bestimmt noch mal nerven. Und ich habe auch kein gutes Gefühl dabei, dass so ein hoher Betrag flüssig auf meinem Konto ist. Was, wenn ich überfallen werde? In der Bank. Hier und jetzt und derjenige Einblick in mein Konto verlangt. Ich werde ein wenig paranoid. Ok, es muss schnell ein Plan her.

Hier ist er: Ich werde 900.000 auf mein Sparkonto überweisen und es erstmal nicht anrühren. 120.000 möchte ich spenden. Dann habe ich 100.000 flüssig, das sollte reichen.

Du meine Güte, 100.000! Das ist nur ein Bruchteil von dem was ich besitze, aber es ist so ein verdammt hoher Betrag. Keine Ahnung, wann das endlich mal sackt. Aber ja, ich bin Millionärin. Das ist jetzt eine Tatsache und meine neue Realität. Ich hebe 300 Euro ab. Heute Abend werde ich mich schick zum Essen ausführen und ein ansehnliches Trinkgeld hinterlassen. Freunde muss geteilt werden.

„Wünschen Sie noch etwas?", fragt mich der Kellner im Steakrestaurant, nachdem ich 300g Fleisch mit Ofenkartoffel verdrückt habe.

„Ja, gerne ein Dessert", sage ich, obwohl ich schon sehr satt bin. Creme Brulée soll es sein, mein Lieblingsnachtisch, den sie hier ganz wunderbar drauf haben.

Ich zahle 55 Euro, 45 sind Trinkgeld. Die Überraschung und Freude in den Augen meines Kellners ist unbezahlbar. „Ich wünsche Ihnen noch einen wunderbaren Abend. Und hoffe, Sie bald wieder bei uns begrüßen zu dürfen!" Er lächelt breit.

„Ganz bestimmt", antworte ich. Ich kann es mir jetzt leisten.

Draußen steige ich in ein Taxi. Heute ist ein besonderer Tag, heute wird nicht U-Bahn gefahren.

So schön es auch ist, Geld zu haben, merke ich doch, dass es mich schon jetzt einsam macht. Ich würde gerne jemandem davon erzählen, wünschte, ich hätte einen Partner oder eine gute Freundin. Aber Fehlanzeige. Ich würde gerne mit anderen einen solchen Abend verleben, ohne irgendetwas erklären zu müssen. Vielleicht ist es an der Zeit, die Stadt zu verlassen und irgendwo neu anzufangen. Unter Leuten zu sein, denen ich nichts erklären muss, die mich als wohlhabend kennen lernen und keine Fragen stellen.

Zu Hause schmeiße ich meinen Computer an. Ich will weg. Raus hier. An die Luft, in die Freiheit. In die Sonne. Barbados soll es sein, habe ich beim Essen entschieden – mein erstes Reiseziel als Millionärin. Ich möchte so bald wie möglich starten. Finde noch einen freien Platz für die Maschine morgen Abend.

Lange überlege ich, ob ich vielleicht erster Klasse fliegen soll. Es ist ein langer Flug. Ich wollte schon immer mal sehen, wie es in diesem Bereich des Flugzeugs zugeht und das Essen wäre besser. Für knapp 3000 Euro wäre das zu haben.

Ich lasse mich nicht lumpen und buche es. Ich sollte es mir einfach nur gut gehen lassen. Und das ist nur ein winzig kleiner Teil vom Kuchen.

Also gut, morgen geht es in die Ferne, aber vorher muss ich noch etwas erledigen.

„Hallo Ma, ich bin's!"

„Mein Kind, das freut mich aber, dass du anrufst. Was hast du denn die letzten Tage getrieben? Bist du untergetaucht?"

„So ähnlich. Ich hab meine Prüfung vermasselt."

„Ach nein, das tut mir leid. War es sehr schlimm?"

„Ja, ziemlich. Aber das ist nicht der Grund für meinen Anruf. Ich habe auch gute Neuigkeiten! Mein Vermieter ist verstorben…" Bevor ich weiterreden kann, muss ich schlucken und eine Pause einlegen.

„Was denn, der alte Griesgram? Aber sei nicht so böse, das sind doch nur eingeschränkt gute Nachrichten."

„Ich war ja noch nicht fertig. Anscheinend hat er mich gemocht. Er hat mir nämlich etwas vererbt."

Schweigen am anderen Ende der Leitung. Dann fängt sie sich. „Ach was. Das ist ja ein Ding. Wie viel denn?"

„Das möchte ich lieber für mich behalten. Aber es ist genug, um mir erstmal über die Jobsuche keine Gedanken zu machen. Ich werde morgen verreisen."

„Oh wie schön. Und wohin geht es?"

„Auf die Bahamas und dann nach New York. Da möchte ich die vollen drei Monate des Visums bleiben und einen Schauspielkurs machen."

„Schauspiel? Das ist eine brotlose Kunst, mein Kind, das weißt du doch. Ich dachte, das Thema hättest du abgehakt."

„Da liegst du falsch. Und wie gesagt, um Geld brauche ich mir erstmal keine Sorgen machen."

„Du machst mich neugierig, Jule. War es so ein großer Batzen?"

„Wie gesagt, das bleibt mein Geheimnis. Bist du eigentlich finanziell gut gesichert?"

„Ja, Kind. Das Erbe von deinem Großvater hat mir sehr geholfen. Davon ist immer noch einiges übrig. Um mich brauchst du dir keine Sorgen machen!"

„Dann ist gut."

Viel mehr haben wir uns nicht zu sagen. Sie wünscht mir eine gute Reise und sich selbst eine Postkarte. Die soll sie bekommen.

Ich packe ein paar Sommersachen zusammen, checke meinen Pass. Alles in Ordnung. Meiner Flucht ins Paradies steht nichts mehr im Wege. Und es fühlt sich gut an, dass ich meine Mutter eingeweiht habe. Endlich weiß jemand Bescheid. Eine Person weniger, vor der ich Geheimnisse haben muss. Sie wird es ihrem Lebenspartner erzählen, damit hat es sich dann bestimmt. Viele Freunde hat sie nicht und andere Verwandte gibt es auch nicht. Mein Vater lebt nicht mehr. Sie hat keine Geschwister, so wie ich.

Wenn ich so über mein Leben nachdenke, fallen mir ein paar Personen ein, die ich sehr mochte, als ich sie kannte. Kollegen, Kommilitonen. Aber ich habe mich nie richtig an sie heran gewagt. Und nachdem die gemeinsame Zeit vorbei war, ist der Kontakt eingeschlafen. Warum das so ist, kann ich gar nicht genau sagen. Es ist fast so, als ob ich dachte, sie wären zu gut für mich und ich würde ihre Freundschaft nicht verdienen. Ich hab mich stattdessen mit Leuten umgeben, die hartnäckig an mir geklebt haben. Sie haben mich ausgewählt, nicht ich sie. Sie haben den Kontakt zu mir gesucht, nicht ich zu ihnen. Ich war so sehr mit dem Studium und meinen Jobs beschäftigt, dass ich mir über mein Sozialleben keine großen Gedanken gemacht habe. Das kommt erst jetzt, im Rückblick. Ich brauche wirklich einen frischen Start. Und muss aussortieren. Nicht nur wegen der Kohle. Auch um meines Seelenfriedens Willen.

Ich habe von den meisten dieser guten Leute noch die Telefonnummer. Ein paar sind noch in der Stadt. Vielleicht rufe ich sie einfach mal an wenn ich wieder da bin. Ich sollte mir nehmen was ich möchte und brauche. Nicht das annehmen was ich umsonst kriegen kann, denn das macht nur Probleme. Auch Freundschaften sind irgendwie Arbeit, man muss Kontakt halten, sie immer wieder auffrischen und nette Erlebnisse zusammen haben. Erinnerungen schaffen. Gute, wenn möglich. Nicht immer nur Kummerkasten sein für die Leute die man auf seinem Weg anzieht. Das war ich lange. Lange genug. Ich verdiene etwas Besseres. Ich muss nur lernen, die Spreu vom Weizen zu trennen, und das ziemlich früh. Darf mich nicht mehr auf falsche Freundschaften oder Liebschaften einlassen.

Geld verpflichtet, wie man so schön sagt. Mich soll es dazu verpflichten mir Gutes zu tun. Nur Gutes. Und Punkt.

Über diese Gedanken falle ich langsam in den Schlaf. Morgen wird ein aufregender Tag, ich muss ausgeruht sein.

Um 1 Uhr schaue ich zum letzten Mal auf den Wecker, dann schlafe ich ein.

6

Von meinem Bett aus kann ich den Himmel sehen. Hier ist er grau und trübe. Aber schon morgen früh wird sich mir ein ganz anderes Bild bieten. Ich kann es kaum erwarten.

Weil ich nichts zu erledigen habe, lese ich online ein wenig über mein Urlaubsziel, um mich einzustimmen. Einsame weiße Strände sind auf den Bildern zu sehen. Absolut traumhaft. Ich wünschte, ich könnte mich sofort dort hin beamen. Aber alles Geld der Welt würde da nichts ausrichten, ich muss mich wohl oder übel gedulden.

Ich habe Hummeln im Hintern, weiß nichts mit mir anzufangen. Ein Teil von mir möchte Ramon sehen. Ein letztes Mal mit ihm schlafen, vielleicht, bevor ich mein neues Leben beginne? Eine Art Abschied.

Ja, das brauche ich wohl. Ich schreibe ihm: „Komm vorbei, wenn du Zeit hast. Ich bin zu Hause." Und schon bereue ich es. Von ihm kommt keine Antwort, das erleichtert mich immer mehr, je mehr Zeit vergeht. Nach einer Stunde habe ich es abgehakt, da klingelt es an der Tür.

„Ja?"

„Baby, ich bin's!"

Mist.

„Ok, komm rauf." Ich betätige den Türöffner nur zögerlich.

„Hey du", sagt er, mit einem breiten Grinsen auf dem Gesicht.

„Hey."

„Schön dich zu sehen, Süße. Ich hab dich vermisst." Das sagt er immer, wenn er sicher sein kann, dass dies das letzte ist was ich hören will. Denn dann hat es für ihn keine Konsequenzen.

„Komm rein." Ich bin unsicher und hoffe, dass er es nicht merkt. Aber er ist Meister im Erkennen solcher Gefühle.

„Hey, entspann dich"; flüstert er in mein Ohr. Mein Knie werden weich. Er hat diese Wirkung auf mich. Immer. Immer noch.

Geschickt zieht er mein Oberteil aus und macht sich an meinem BH zu schaffen. Dabei knabbert er an meinem Ohrläppchen und beißt mich spielerisch in den Hals. Mein ganzer Körper kribbelt.

Wir landen im Schlafzimmer. Während er sich seiner Klamotten entledigt, ziehe ich meine Jeans und mein Höschen aus. Für ihn bereit drapiere ich mich auf meinem ungemachten Bett. Er ist sofort bereit und hat natürlich an alles gedacht. Mit einer schnellen Bewegung streift er sich ein Kondom über und bevor ich stopp sagen kann, bewegt er sich in mir. Es fühlt sich gut an. Wie immer. Und unheimlich schlecht. Wie noch nie zuvor.

Er kommt, ich nicht. Ich möchte es dabei belassen, aber es gehört sozusagen zu seinem Ehrenkodex, dass auch die Frau einen Orgasmus hat. Mit geschickten Fingern kriegt er mich dazu. Dann flüstert er mir ins Ohr: „Gern geschehen." Das arrogante Arschloch.

Ich will, dass er geht. Wie die Vergangenheit bewiesen hat, wird es auch nicht lange dauern, bis mir dieser Wunsch erfüllt wird. Eine zweite Runde gibt es selten. Und er ist nicht der Typ der kuschelt.

„Okay Baby, ich hab noch was vor. Aber wir machen das bald wieder, ja?"

„Klar", lüge ich. Ich hab jetzt einfach keine Lust auf Diskussionen.

Und weg ist er. Habe ich das gebraucht? Natürlich ist ein Orgasmus immer etwas Schönes. Aber den hätte ich auch alleine haben können. Dazu brauche ich diesen Typen nicht. Ich will ihn nie wieder sehen. Mich nie wieder von ihm ausnutzen lassen. Nie wieder wie Dreck behandeln lassen. Wie austauschbare Ware. Diese Zeiten sind vorbei. Also ja, ich brauchte das. Als Augenöffner. Und jetzt ist auch gut. Ich werde seine Nummer und alle Nachrichten löschen. Ihn löschen. Aus meinen Gedanken, meinem Gedächtnis. Überall. Er soll bleiben wo der Pfeffer wächst. Wo auch immer das ist. Hoffentlich nicht auf Barbados. Aber ich denke eher nicht.

7

Ich sitze in der Bahn zum Flughafen. Nein, ich habe kein Taxi genommen. Erstens ist es umweltfreundlicher und zweitens wäre mir das zu dekadent. Und die Verbindung ist gut und schnell. Ich habe Musik auf den Ohren – Kings of Leon, dann Incubus, jetzt Bobby Darin. Das bringt mich richtig in Reisestimmung.

Bücher habe ich nicht mitgenommen, obwohl ich gerne lese. Aber im Urlaub mache ich das nicht, da will ich so viel wie möglich erleben. Lesen kann ich zu Hause, dazu brauche ich nicht meilenweit weg zu fliegen. Meinen Rückflug habe ich in zwei Wochen angesetzt. Ich hatte überlegt, gleich von den Bahamas aus nach New York zu fliegen, aber meine Mutter hat in 16 Tagen Geburtstag und den möchte ich mit ihr feiern.

Ich habe online eingecheckt und nur Handgepäck. Ich kann praktisch durch den Security Check und direkt ins Flugzeug – ich warte nicht gerne und bin kurz vor knapp losgefahren.

Was mich in der ersten Klasse des Flugzeugs erwartet haut mich um. Ein komfortabler Ledersessel, viel Platz um die Beine auszustrecken, onboard Entertainment vom feinsten, ohne Aufpreis. Und an Getränken alles was das Herz begehrt.

Das Menü besteht aus einer Hühnersuppe, Lachs mit Kartoffeln und Gemüse und Schokoladensoufflé. Es schmeckt köstlich. Satt und zufrieden schlafe ich ein und wache erst durch die Landeansage des Piloten auf. Erholt und glücklich.

Beim Verlassen des Hotels suche ich mir ein Taxi, das mich bequem und günstig zu meinem Hotel bringt. Es ist kein Luxusresort, sondern ein einfaches Drei-Sterne-Hotel, aber direkt am Meer. Das ist der Traum. Abends beim Klang des Meeres einzuschlummern. Die Krönung – mein Zimmer hat Meeresblick. Ich bin zufrieden. Mein erster Gedanke: rein in die Fluten. Ich ziehe meinen Bikini an und nehme nur die Zimmerschlüssel mit, die ich an der Rezeption abgebe.

Das Wasser ist herrlich und klar, der Sand weis. Ich bin im siebten Himmel. Wer sagt, dafür müsse man verliebt sein, der täuscht sich. Ich lasse mich an der Oberfläche treiben und von den Wellen schaukeln. Rausschwimmen tue ich nicht. Ich habe Respekt vor dem Meer und ein wenig Schiss. Vor Fischen, vor dem Unbekannten. Deshalb wage ich mich nie zu tief rein. Wenn ich den Grund nicht mehr sehen kann, geh ich nicht weiter. Glücklicherweise kann man hier beinahe eineinhalb Meter tief blicken. So ist es ideal.

Ich nehme mir vor, die nächsten Tage zu schnorcheln. Und vielleicht lerne ich surfen. Das wollte ich schon immer mal. Vielleicht erlaube ich mir einen kleinen Urlaubsflirt, um das Selbstvertrauen, das Ramon zerstört hat wieder aufzubauen. Und ich werde kulinarisch alles mitnehmen was geht. Ich habe Halbpension und bin schon gespannt was mich erwartet.

Als ich ins Hotel zurückkehre ist es fast Zeit fürs Abendessen. Ich gehe schnell unter die Dusche und mache mich auf den Weg. Mich erwartet ein riesiges Buffet mit allerhand Köstlichkeiten aus dem Meer und der Region. Exotische Früchte, ein Schokoladenbrunnen. Und sehr freundliches Personal.

Die Getränke muss ich bezahlen. Ich hinterlasse ein königliches Trinkgeld und mache mich beliebt. So werde ich es die nächsten zwei Wochen gut aushalten.

Ich bin geschnochelt, was sagenhaft war. Ich habe mich ein wenig weiter raus getraut als üblich und das hat sich gelohnt. Während ich an der Oberfläche getrieben bin, ist eine Riesenschildkröte unter mir durchgeschwommen. Das war so faszinierend, dass es beinahe irreal war. Ein paar farbenfrohe Fische konnte ich auch beobachten. Und ich habe einen Surfkurs gemacht, wobei ich mich gar nicht mal so dämlich angestellt habe – meinte zumindest der Lehrer, Eddy, ein Ami, der jetzt hier lebt. Und mit dem ich ein wenig auf Tuchfühlung gegangen bin. Ja, ich kann definitv sagen ich hatte einen Urlaubsflirt. Tagsüber haben wir auf den Brettern rumgeturnt und nachts in seinem Bett. Er hat sich als ein guter Liebhaber entpuppt, wenn auch nicht so gut wie Ramon. Aber der ist auch schwer zu toppen.

Wir haben zehn wundervolle Tage zusammen verbracht und nun heißt es Abschied nehmen. Bald hat mich die Realität wieder. Wenn auch nur für ein paar Tage. Eddy hat angeboten, mich zum Flughafen zu bringen, aber ich habe abgelenkt. Das wäre mir zu romantisch, dramatisch. So nett ich ihn auch finde, aber ich male mir keine gemeinsame Zukunft aus. Dazu passen wir zu wenig zusammen. Und auch wenn Barbados paradiesisch ist, könnte ich mir nicht vorstellen hier zu leben. Auf Dauer brauche ich die Großstadt mit allem was sie zu bieten hat.

Der Rückflug ist genauso angenehm wie der Hinflug. Vom Boardprogramm bekomme ich nicht viel mit, weil ich wieder fast die ganze Zeit schlafe. Nur die Mahlzeiten nehme ich mit. Die Zeit vergeht wie im Flug.

8

Es ist seltsam wieder in Berlin zu sein. Es fühlt sich an als wäre ich eine Ewigkeit weg gewesen. Ich liebe das Gefühl, von einer Reise zurückzukehren. Ich fühle mich dann immer sehr weltmännisch. Kaum in meiner Wohnung angekommen könnte ich gleich wieder starten. Aber ich habe sie auch ein wenig vermisst, meine kleine Butze. Allerdings erinnert mich hier alles an Ramon. Er war in den letzten sechs Monaten sehr oft hier und hat überall Erinnerungen verteilt, die mich jetzt schlagartig einholen.

Also setze ich mich wieder an meinen Computer und buche meinen Flug nach New York, der in vier Tagen geht. Wieder erste Klasse, daran habe ich großen Gefallen gefunden. Als Unterkunft wähle ich ein Hostel in Chelsea, einem Schwulen-/Lesbenstadtteil. Da wird mir nicht so schnell etwas passieren. Sicher könnte ich mir auch ein schönes Hotel in Uptown leisten, aber da wäre ich sicher viel einsamer. In Hostels lernt man super Leute kennen, und das habe ich vor.

9

Heute ist der 60. Geburtstag meiner Mutter. Sie feiert in einem Restaurant. Es sind nicht viele Leute anwesend, aufgrund mangelnder Verwandtschaft. Nur ihr Lebenspartner, seine beiden Söhne mit Anhang und ich. Nachdem sie uns mit einer kleinen Rede fürs Erscheinen gedankt hat, rennen alle zum Büffet. Das Essen ist lecker, drei Sterne oder so. Wir füllen unsere Mägen. Dann kommt das Unterhaltungsprogramm. Mein Unterhaltungsprogramm. Als einziges Kind wiegt diese Aufgabe, die ich mir selbst auferlegt habe, schwer auf meinen Schultern. Aber was kann schon schief gehen, es ist ja schließlich die Familie. Ich danke ihr dafür, dass sie mich geboren und großgezogen hat, dann beginne ich mit meiner Auflistung. Dinge, die älter sind als sie. Ich führe an: das Alphabet, Dinosaurier, die Erde, die Menschheit. Das war's auch schon. Tut mir leid, Mama, aber es gibt wirklich nicht viele Dinge, die tatsächlich älter sind als du. Ich ernte ein paar Lacher, meine Mutter nimmt es mit Humor. Dann hauen wir uns alle die Mägen mit Nachtisch voll.

In unserer Patchwork-Familie sind wir alle sehr unterschiedlich und haben uns nicht viel zu sagen. Obwohl ich sie alle irgendwie mag, bin ich froh, als wir uns verabschieden und getrennte Wege gehen.

Wieder zu Hause fange ich schon mal an zu packen. Ich werde drei Monate bleiben, also wird mein Koffer voll. Ich packe genug Klamotten für 10 Tage und werde dort waschen. Ein paar Lebensmittel, ohne die ich nicht auskomme und ein paar Bücher über Method Acting, die ich mir noch besorgt habe. Bei der Bank habe ich ein wenig Geld umgetauscht. Ich fühle mich mehr als bereit endlich zu starten. Ich würde mich gerne von jemandem verabschieden, es fühlt sich wie ein großer Schritt an und ich hätte gerne ein paar Leute am Flughafen, die mich gehen sehen. Aber da ist niemand. Einmal mehr fühle ich mich tierisch einsam. Dabei bin ich ein geselliger Typ. Jetzt wird und muss sich das ändern. Keine Ausreden mehr. Ich muss nicht arbeiten und studieren gleichzeitig. Ich habe massig Freizeit und ein gefülltes Konto. Das Leben hat nur auf diesen Moment gewartet und kann jetzt endlich losgehen.

Ich putze meine Wohnung noch mal ordentlich, taue den Kühlschrank ab, stelle alles Essbare auf den Balkon und lege mich schlafen. Bald schon bin ich in einem Traum gefangen. Ich bin wieder in der Schule, kurz vor meinem Abschluss. Es gibt noch ein paar Fächer in denen meine Anwesenheit erforderlich ist, aber ich stehe vor dem Gebäude, blind, orientierungslos und weiß nicht, wie ich das schaffen soll. Ich sehe mein Abi, das in greifbarer Nähe ist, vor meinen blinden Augen dahinschwinden. Ich kann auch niemanden bitte, mich zum Raum zu führen, denn da ist niemand und ich weiß auch nicht, wohin ich muss. Ich weiß nur, dass ich durch mein Fehlen jetzt zu viele Fehlstunden habe und mein Abi mehr als gefährdet ist. Dann wache ich auf. Keine Ahnung, wieso ich das geträumt habe, aber diesen Traum habe ich öfter. Ich hab ein relativ gutes Abi gemacht und habe nur selten geschwänzt. Also, was soll das? Warum habe ich das Gefühl, diese Lebensphase noch nicht abgeschlossen zu haben? Warum träume ich, ein Versager zu sein? Ich kann es mir beim besten Willen nicht erklären. Vielleicht google ich das mal. Traumdeutung und so weiter. Allerdings habe ich mal gehört, dass jeder Mensch am besten selbst seine Träume deuten kann und sollte, aber dazu fällt mir einfach nichts ein.

Ich frühstücke und besorge mir noch einen Touristenführer für New York. Man bekommt die Infos zwar auch online, aber ich stehe auf Bücher.

Noch ein Mal schlafen, und es wird eine kurze Nacht, da mein Flug bereits um sechs Uhr morgens geht, und ich kann starten. Vielleicht mache ich auch die Nacht durch und schlafe im Flieger. In der ersten Klasse stellt das kein Problem dar.

Ich fühle mich mehr als bereit. Bin zwar ein bisschen nervös, weil ich lange nicht dort war, aber die Stadt wird mir gut tun. Ich werde unter meines Gleichen sein, Weltenbummler, offen für jedes Abenteuer. Die Frage mit dem Durchmachen stellt sich eigentlich gar nicht. Ich bin so aufgekratzt, dass ich eh kein Auge zu tun werde. Ich lege mich trotzdem ins Bett.

Der Wecker zeigt drei Uhr an. Ich stehe auf, dusche, trinke einen Kaffee und warte auf mein Taxi, da heute keine Bahnen zum Flughafen fahren. Meine Reise beginnt und ich könnte nicht glücklicher sein.

Am Flughafen besorge ich mir noch einen Adapter, obwohl die Preise hier horrend sind. Aber was soll's, ich habe vorher nicht daran gedacht mir einen zu besorgen. Ich begebe mich in die Lounge und muss nicht lange auf das Boarding warten. Mein Gefühl sagt, ich könnte auch ohne Flugzeug fliegen, so euphorisch bin ich. Aber ich halte mich lieber an altbewährte Transportmöglichkeiten.

Sobald ich in meinen Sessel sinke schlummere ich ein. Acht Stunden später weckt mich eine sehr zuvorkommende Flugbegleiterin und verkündet, wir seien da.

10

Hallo New York City! Schön dich zu sehen. Ich mache den ersten Schritt außerhalb des Flughafens und fühle mich elektrisiert. Ich schnappe mir ein Taxi. Eine halbe Stunde später bin ich im Hostel. Es ist so wie ich es in Erinnerung habe. Ein wenig runtergekommen, aber charmant. Ich zahle für meinen vollen Aufenthalt in einem Zweierzimmer. 2700 Dollar. Der Empfangsmitarbeiter staunt nicht schlecht. Eigentlich sind Aufenthalte, die länger als einen Monat dauern nicht erlaubt. Aber ich lächele freundlich und überreiche ihm ein paar Scheine, es ist kein Thema mehr.

Als ich mein Zimmer betrete wundere ich mich über die Dunkelheit. Es ist hellichter Tag, aber hier sind die Vorhänge zugezogen und es könnte ebenso gut Nacht sein. Ich mache das Licht an. Vom unteren Teil des Doppelstockbetts brüllt es: „Turn off the fucking lights!" Wow, nette Begrüßung. Ich scanne schnell den Raum ab, damit ich mich im Dunkeln zurechtfinde, verstaue meine Sachen und mache, dass ich weg komme. Toller erster Eindruck von meiner Zimmernachbarin. Vielleicht wäre ein Einzelzimmer doch besser gewesen. Aber gut, abwarten. Der erste Eindruck muss nicht immer der richtige sein.

Ich erkunde meine Umgebung. Ich bin in der 22. Straße, Ecke 8th Avenue. In der Nähe ist ein Supermarkt, einen kleinen Fußmarsch entfernt befindet sich der Hudson. Hier werde ich joggen gehen, beschließe ich spontan.

Da Winter ist, treffe ich hier nicht viele Leute. Aber das ist für heute schon ok. Nach einer kleinen Runde begebe ich mich zurück in mein

Hostel. Im Keller sind Computer mit Internet. Ich beschließe, mir eine Schauspielschule zu suchen und mich anzumelden.

Die Auswahl ist riesig. Von überteuert bis relativ erschwinglich. Ich entschließe mich für ein Mittelding und nehme den Kurs an der Acting School in Downtown, nicht weit von hier. Der Kurs beginnt in einer Woche und geht 2 Monate – perfekt! Jetzt muss ich nur noch einen Platz bekommen. Ich rufe an. Es wird nach meinen Erfahrungen gefragt, ich lüge ein bisschen: Werbespott für Shampoo in Deutschland, ein paar Theaterproduktionen. Was man sich halt so zusammenspinnen kann. Sie kauft es mir ab. Wenn ich gleich vorbeikommen und zahlen kann, bin ich dabei. Kann ich und werde ich. Sehr schön.

Nachdem das erledigt ist, begebe ich mich ins Kriegsgebiet – mein Doppelzimmer. Die Vorhänge sind offen, das Bett ist leer. Da scheint sich jemand endlich ausgeschlafen zu haben. Ich packe ein paar Sachen in meinen Schrank, lade mein Handy auf, lege mich kurz aufs Bett und realisiere, wo ich bin. Aber ich finde keine Ruhe, ich möchte zum Broadway.

Ich schnappe mir meinen MP3 Player und mache mich auf den Weg. Ich könnte die U-Bahn nehmen, aber laufen ist besser. Es gibt viel zu sehen. Es ist früher Abend und schon dunkel, aber die Lichter der Stadt leuchten taghell. Es sind noch viele Leute unterwegs, deshalb fühle ich mich sicher. Da fällt mir ein – ich muss mich noch für einen Selbstverteidigungskurs anmelden, für alle Fälle.

Eine halbe Stunde später bin ich am Times Square. Hier tobt das Leben. Anscheinend wird eine Fernsehshow aufgezeichnet, denn es gibt eine Absperrung. Wie aufregend. Aber ich kann niemand mir bekannten ausmachen.

Ich gehe schnell zu Whole Foods, besorge mir Sushi und Joghurt zum Abendessen und mache mich auf den Rückweg. Ich wollte nur mal Hallo sagen, mich gar nicht lange aufhalten, denn ich werde langsam müde.

Im Hostel herrscht reges Treiben. Die Küche dampft, es riecht gut, nach irgendetwas Indischem. Ich setze mich in den Aufenthaltsraum nebenan, kochen muss ich ja nicht. Neben mir wird Deutsch gesprochen. Naja, zumindest halbwegs, es sind zwei Österreicher. Medizinstudenten, wie sich herausstellt. Beide attraktiv und ungefähr in meinem Alter. Wir unterhalten uns ein wenig, nachdem ich offenbar ihr Interesse geweckt habe. Sie sind angehende Zahnärzte und wollen die Welt sehen, bevor der Ernst des Lebens beginnt. Wir sind auf einer Wellenlänge. Sie werden noch drei Tage hier sein und wir beschließen, etwas gemeinsam zu unternehmen. Morgen. Wahrscheinlich Brooklyn Bridge und Williamsburg. Klingt gut für mich. Schon habe ich Anschluss gefunden. Dass das so schnell gehen würde, hätte ich nicht gedacht.

Nach einer Weile gesellt sich eine junge Neuseeländerin zu uns, Alanna. Sie hat noch den vollen Jetlag und redet kaum. Aber sie scheint nett zu sein. Bis sie sich über eine dumme Zimmernachbarin auslässt, die einfach das Licht angemacht hat, während sie schlafen wollte. Oje, denke ich, das war ja ich. Aber Moment mal, wer ist hier schief gewickelt? Es war Tag, ich war gerade angekommen. Es war mein gutes Recht das Licht anzumachen. Meine Österreicher sehen das genauso und verteidigen mich unwissender Weise. Alanna scheint nachdenklich, bevor sie zugibt, dass sie Recht haben. Dann lasse ich die Katze aus dem Sack.

„Freut mich dich kennen zu lernen, Zimmernachbarin!"

Sie guckt ungläubig, dann müssen wir beide lachen. Das Eis ist gebrochen, alles ist gut. Sie entschuldigt sich sogar, was nur angemessen ist. Wir beschließen, einen trinken zu gehen. Aber nicht mehr heute.

Sie wird, wie ich, einige Zeit im Hostel bleiben. Sie arbeitet als Barista und versucht gerade, nach New York umzusiedeln. Ist auf Wohnungssuche und all das. Einen Job hat sie schon.

Sie ist nicht etwa in diese Stadt verliebt, sondern in einen Typen, der vor einem Jahr die Biege gemacht und sich hier niedergelassen hat. Für sie ist er die Liebe ihres Lebens. Dabei hat er längst eine andere. Man könnte sagen, Alanna ist ein wenig bekloppt. Aber sie denkt, dass sie ihn wiederbekommen kann, wenn sie nur hartnäckig genug ist. Ich versuche ihr klar zu machen, dass Männer so nicht funktionieren, stoße aber auf taube Ohren. Wir werden sehen, wer richtig liegt. Ich drücke ihr aber die Daumen. Männer sind nicht alle gleich, vielleicht kennt sie ihn besser als ich ihn einschätzen kann. Und wer weiß, was damals vorgefallen ist, vielleicht wartet er nur auf eine derartige Liebesbekundung. Sie hat sich auf jeden Fall auf ihn eingeschossen und wird nicht so schnell aufgeben. So viel ist klar.

Die Österreicher haben sich längst ins Nachtleben verzogen und unsere Unterhaltung nicht mitbekommen. Dabei hätte mich ihre Meinung wirklich sehr interessiert. Ich werde sie einfach morgen fragen. Sind die beiden eigentlich Single? Keine Ahnung. Auch das gilt es herauszufinden. Nicht etwa, weil ich Interesse hätte. Was kann daraus schon groß entstehen? Aber der Tiroler gefällt mir jedenfalls recht gut.

Nachdem Alanna und ich ihr Liebesleben, oder was davon übrig ist, ausführlich diskutiert haben, gehen wir beide ins Bett. Sie schnarcht ein wenig, was mir zu Beginn Probleme verursacht hat. Aber irgendwann war ich so müde, dass ich trotzdem eingeschlafen bin. Morgen besorge ich mir Oropax.

Wir haben uns für 11 Uhr vor dem Hostel verabredet. Die beiden sind pünktlich. Wir nehmen die U-Bahn bis zum Fuße der Brücke und laufen den Rest. Die Brücke ist lang. Aber es ist ein herrliches Gefühl. Wir halten hin und wieder an für Fotos.

Irgendwann, auf halber Strecke, geht das Gejammer los. Felix hat Hunger. Und das macht ihn unausstehlich. Ich habe Erdnüsse und eine Banane, die ich ihm anbiete. Aber er lehnt ab. Zu viel Fett, zu viele Kohlehydrate. Oje. Er klagt über Schwindel und hat Angst umzukippen. Ganz die Diva. Wir anderen ignorieren ihn irgendwann so gut wir können.

Nach einer endlos erscheinenden Zeit sind wir am anderen Ende angelangt. Vor uns liegt Brooklyn. Aber davon sehen wir noch nicht viel. Felix schleift uns ins erstbeste Restaurant und bestellt Fisch. Peter und ich trinken nur Kaffee.

Nun, da er endlich satt ist, ist Felix wieder bester Laune. Es besteht noch Hoffnung für diesen Tag. Wir laufen in Williamsburg herum, sehen viele orthodoxe Juden, die durch die Straßen schlendern. Machen ein paar Fotos und dann geht es zurück ins Hostel.

Felix' Laune ist wieder an einem Tiefpunkt angekommen, als wir im Supermarkt etwas fürs Abendessen besorgen. Die Jungs wollen für mich kochen. Ich frage ihn, ob er sehr hungrig ist, doch das verneint er. Es scheint einen anderen Grund zu geben. Und ich ahne etwas. Peter und ich haben ziemlich stark geflirtet. Das scheint ihm aus irgendeinem Grund zu missfallen.

Später, beim Essen, soll ich auch den Grund erfahren. Peter ist vergeben. Felix ist Single und scheint ein Auge auf mich geworfen zu haben. Mist. Peter hat mir wirklich gefallen. Felix nach diesem Tag nicht mehr. Dass es so kompliziert werden würde, hätte ich nicht gedacht. Gut, dass sie übermorgen weiterziehen. Ich verabschiede mich in mein Zimmer, in dem Alanna schon auf mich wartet.

„Hey! Lust, heute auszugehen?"

„Oh, ich weiß nicht, war ein anstrengender Tag."

„Davon werde ich dich ablenken. Rate, wer auch mitkommt…"

Ich ahne schlimmes. „Dein Schwarm?"

„Ja! Martin hat Zeit und will mich auch sehen. Er wohnt in Brooklyn."

Auf eine weitere Fahrt in diesen weit entfernten Stadtteil hatte ich eigentlich keine Lust. Aber ich war doch sehr neugierig auf Alannas Typen. „Ok, lass uns losziehen."

Lustigerweise haben sich die beiden für eine Deutsche Bierstube entschieden. Wäre nicht nötig gewesen, war aber irgendwie süß. Wir setzten uns an die Bar und bestellten drei Maaß Bier.

Martin scheint in Flirtlaune zu sein, Alanna ist begeistert. Allerdings erwähnt er des Öfteren seine Freundin, worauf sie mit einem Stirnrunzeln reagiert. Sie tut mir ein wenig leid. Martin scheint mit ihren Gefühlen zu spielen. Das hat sie nicht verdient.

Als er sich auf die Toilette verzieht, meint sie mit starker Überzeugung: „Er wird sie verlassen!"

„Oh Alanna. Da bin ich mir nicht so sicher."

„Ich aber umso mehr. Merkst du nicht, was für eine starke Verbindung wir haben?"

Doch, das war nicht zu übersehen. Aber die Verbindung zu seiner Freundin war auch nicht zu leugnen. Er genießt, meiner Ansicht nach, nur Alannas Aufmerksamkeit und ihr offensichtliches Interesse schien ihm zu schmeicheln. Mistkerl.

„Hast du was dagegen bald zu gehen? Ich wäre gerne noch ein bisschen mit ihm allein."

Arme Alanna. Ich bin mir fast sicher, dass er nur zu diesem Treffen zugesagt hat, weil sie eben nicht allein sein würden. Aber ich wollte sie nicht quälen. „Klar, ich trinke noch aus und dann verkrümele ich mich."

„Danke, du bist die Beste!" Sie strahlt beim bloßen Gedanken daran, Martin für sich zu haben. Und schon ist er wieder bei uns. Er nimmt einen großen Schluck Bier und verkündet dann, dass er gehen müsse. Seine Freundin warte schon auf ihn.

Alanna ist enttäuscht, ich irgendwie froh. Ich glaube, diese Entscheidung hat ihr eine Menge Kummer erspart.

Bedröppelt machen wir uns auf den Heimweg. Ich bin erleichtert, diesen nicht alleine antreten zu müssen. Brooklyn bei Nacht ist vielleicht nicht die Bronx, aber besonders sicher ist es auch nicht.

Im Hostel angelangt wollen wir beide nur noch ins Bett. Aber keine von uns schläft ein. Alanna weint leise in ihr Kissen. Der Klang hält mich wach. Sie tut mir dermaßen leid, dass ich darüber nicht einschlafen kann. Aber ich tue so, als höre ich sie nicht. Ich weiß nicht, wie ich sie trösten soll. Die Tatsachen sind unabänderbar. Sie ist der klare Verlierer in dieser Geschichte.

Irgendwann fängt sie an zu schnarchen. Ich versiegele meine Ohren mit Ohropax und schlafe in Windeseile auch ein. Morgen ist ein neuer Tag. Vielleicht ein Tag, an dem Alanna jemanden kennen lernt, der sie auch will und für sie frei ist.

11

Zur Ablenkung lade ich sie heute früh zum Pancake-Frühstück ein. Auch aus selbstsüchtigen Gründen – ich will Felix und Peter aus dem Weg gehen und beim Frühstück hätten wir uns gesehen.

Die Pancakes sind so lala. Sie sind anders als man es in Deutschland kennt, eher wie Biskuitrolle. Fluffig und weich. Ich esse fast nur das Obst, den Rest lasse ich mir einpacken, falls mir unterwegs ein Obdachloser begegnet.

Alanna ist trübsinnig. Auch nach dem Frühstück, obwohl sie sich ein wenig über die Einladung gefreut hat. Das wird wohl noch dauern. Immerhin ist sie seit drei Jahren in Martin verliebt. Ich kenne das nur zu gut, mit Ramon. Auch wenn es nur sechs Monate waren. Unerfüllte Liebe ist immer mies. Ich wünschte ich könnte etwas für sie tun. Aber da muss sie wohl oder übel alleine durch.

Weil Winter ist, sind die Möglichkeiten sich im Freien aufzuhalten sehr begrenzt. An einem schönen Tag würde ich sie schnappen, mit ihr die 7th

Avenue und Broadway entlang schlendern und mich mit ihr in den Central Park setzen. Vielleicht ein kleines Picknick machen. Da das nicht geht, lade ich sie zum Shoppen ein. Ein Teil kann sie sich aussuchen, dass ich für sie kaufe, schlage ich vor. Von meinem Reichtum weiß sie nichts und so soll es auch bleiben. Aber dass ich nicht gerade arm bin, ahnt sie wohl. Sie ist gerührt und willigt ein.

Es gibt viele Geschäfte auf dieser Straße. Wir landen in einem kleinen Laden, mit niedlicher Auslage. Nicht überteuert, was Seltenheitswert hat. Alanna sucht sich eine Jeans aus. Sie passt wie angegossen. Ich zahle und damit ist die Tour beendet. Sie möchte zurück ins Hostel und sich ein wenig ausruhen. Ich kann das verstehen. Ich habe hier getan was ich konnte und bin auch ein wenig froh, diese Bürde los zu werden.

Alanna ist wieder im Bett. Ich wage mich in die Küche und habe Glück – Felix und Peter sind anscheinend ausgeflogen. Stattdessen finde ich einen anderen Deutschen. Er heißt Karl, ist 23, hat keinen Schulabschluss und kifft unaufhörlich. Das Hostel weiß davon und duldet es. Wie lange noch, weiß ich nicht. Er träumt den American Dream. Macht ein Work and Travel Programm, bei dem er Trucks fährt. New York ist seine Basisstation, aber er ist im ganzen Land unterwegs. Er träumt davon, irgendwann seine eigene Firma zu haben. Wenn er so weiter macht, sehe ich das jedoch nicht in seinen Karten. Aber es geht ihm gerade nicht gut. Er ist sozusagen von zu Hause geflüchtet, vor einer Familie, die ihn als absoluten Loser betrachtet. Er war sehr einsam. Bis er hier im Hostel eine junge Dänin kennen gelernt hat. Er hat sich verliebt, sie waren kurz zusammen, dann ist sie abgereist. Er hat sich daraufhin die Kante gegeben, mit Alkohol und Hash und ist im Krankenhaus gelandet. So sehr hat ihn das mitgenommen. Das erzählt er mir nicht selbst, das habe ich von einem anderen Gast erfahren. Er hat von einem deutschen Karl erzählt. Und den habe ich nun vor mir.

Er ist wirklich nett. Und sieht gut aus, trotzdem er solchen Raubbau mit seinem Körper betreibt. Unter anderen Umständen könnte er mir gefallen, mit seinem Manbun und den breiten Schultern. Aber er ist sicherlich kein Kandidat für das was ich suche. Dennoch, seine Geschichte macht ihn für mich sympathisch. Ich bin auf seiner Seite. Und er kann das in den Griff kriegen, denn er dröhnt sich nur an seinen freien Tagen zu; wenn er arbeitet ist er clean. Das ist doch immerhin schon mal etwas. Er braucht nur einen Freund. Und das biete ich ihm an. Nicht direkt natürlich, aber es ist in meinem Hinterkopf.

Zu uns gesellt sich ein Inder, Vin. Er zieht gerade von Michigan nach New York, zusammen mit seiner Freundin, die die ganze Zeit im Fernsehraum vor der Glotze sitzt. Er ist sehr nett, hat eine positive Grundeinstellung. Aber schon nach ein paar Minuten sagt er mir, ich müsse nicht nach Deutschland zurück, wenn ich nicht will. Er bietet mir an, mir mit dem Visum zu helfen. Das hat er schon bei einer Menge anderer Leute erfolgreich getan. Ich bedanke mich, aber die drei Monate seien erstmal genug. Wenn er das Thema ruhen lässt, könnte ich mir vorstellen, dass wir uns anfreunden. Er lächelt viel und findet meinen Humor gut. Er raucht ab und zu mit Karl einen Joint, wenn seine Freundin schläft. Aber nicht, um irgendeinen Schmerz zu lindern, sondern einfach, weil es ihm Spaß macht. Er ist mir sympathisch. Karl mag ihn auch.

Wir unterhalten uns über die Stadt, das Leben hier, unsere Heimat – über Gott und die Welt. Und so zieht der Tag dahin. Auf einmal ist es Abend und wir haben Hunger. Ich schlage vor, Pizza zu bestellen – ich lade ein. Die beiden nehmen das gerne an.

Wir schlagen uns die Mägen voll. Ich habe im Supermarkt noch schnell Cupcakes besorgt, als Nachtisch. Wir essen und genießen. Vins Freundin hat sich auch zu uns gesellt. Der Hunger hat sie erfolgreich vom TV getrennt. Sie geht nach dem Essen direkt ins Bett. Zeit für Vin, einen zu rauchen. Karl raucht Bong, das harte Zeug. Bald ist er so bekifft, dass er nur noch schweigend vor sich hin starrt. Vin dagegen ist bester Laune. Wir beschließen, Karl sich selbst zu überlassen und noch einen Absacker zu trinken. In der Nähe ist eine Bar.

„Weißt du, ich bin nicht glücklich", gesteht Vin mir, nachdem er etwas getrunken hat.

„Warum denn nicht?", frage ich. Mist, schon wieder ein Unglücklicher. Davon gibt es hier erschreckend viele, dabei hatte ich ihn für eine Frohnatur gehalten.

„Dalia und ich sind seit 14 Jahren zusammen." Er schweigt.

„Das ist eine lange Zeit."

„Zu lange, wenn du mich fragst. Wir haben uns nichts mehr zu sagen, streiten oft, wegen ihrer Fernsehsucht. Und im Bett läuft gar nichts mehr."

Oje. Will ich das wirklich so genau wissen? „Möchtest du dich trennen?"

„Ich weiß es nicht. Ich bin nicht gut allein."

„Das sollte nicht der Grund sein, mit jemandem zusammen zu sein. Du findest sicher jemand anderen."

„Was, wenn mich keine andere will?"

„Ach, Quatsch. Natürlich wird dich eine andere wollen."

„Würdest du mich wollen?"

Ach du Scheiße. Ich habe kein romantisches Interesse an ihm. Aber das kann ich ihm doch nicht an den Kopf knallen. „Ich finde dich sehr nett", sage ich diplomatisch.

„Ich dich auch."

Wir schweigen einen Moment.

„Wenn du mich willst, mache ich mit ihr Schluss."

Hilfe! Rette mich wer kann. „Das ist ein bisschen übereilt, findest du nicht?"

„Warum, bin ich dir nicht gut genug? Ich habe 200.000 Dollar auf meinem Konto, weil ich meinen Laden verkauft habe. Ich kann uns ein Haus kaufen. Du musst nicht arbeiten."

Wenn er wüsste. „Aber wir kennen uns doch gar nicht wirklich."

„Du bist nett und hübsch. Das ist alles was ich wissen muss."

„Vin. Ich habe zu Hause sowas wie einen Freund", lüge ich.

„Sowas wie? Was heißt das?"

„Wir machen gerade eine Pause, solange ich hier bin. Aber ich liebe ihn."

„Okay. Tut mir leid. Schade."

„Das muss dir nicht leid tun, aber lass uns das Thema wechseln, ok?"

Die Atmosphäre ist jetzt seltsam. Wir haben kein neues Thema. Ich schlage vor, nach Hause und schlafen zu gehen. Er willigt ein. Ich hoffe, dass ist morgen vergessen, sonst gibt es hier noch jemanden dem ich aus dem Weg gehen muss.

Es ist erst neun Uhr abends, aber ich bin platt. Ich gehe rauf auf mein Zimmer. Alanna schläft. Ich mache schnell das Licht aus, lege mich ins Bett und warte auf den Schlaf, der mich bald überfällt.

12

Ich wache früh auf, um sieben Uhr. Jetzt beginnt das vom Hostel gestelle Frühstück. Heute habe ich keine Lust auswärts zu essen. Ich schnappe mir meinen Gutschein und begebe mich runter.

Die Schlange vor der Ausgabe ist lang. Hier scheinen viele eher Frühaufsteher zu sein. Ich sehe niemanden den ich kenne und stelle mich an. Es gibt einen Bagel, etwas Butter und Marmelade und eine Banane. Ich habe Hunger und freue mich darauf.

Die Butter reicht nur für eine Hälfte Bagel und die Marmelade auch. Den Rest esse ich trocken und spüle ihn mit Kaffee runter.

Als ich mein Mal beendet habe, kommen Felix und Peter in den Raum. Wir grüßen uns flüchtig, ich wünsche eine gute Reise und verkrümele mich. Mehr haben wir uns nicht zu sagen. Aber freundlich sollte man immer bleiben, finde ich. Wer weiß, wann man sich noch mal über den Weg läuft. Man sieht sich ja bekanntlich immer zwei Mal im Leben. Wenn ich mal einen zahnärztlichen Notfall in Österreich erleide, zum Beispiel.

Ich mache mich auf in den Computerraum. Es wird Zeit, meinen Krav Maga-Kurs zu buchen. Ich finde eine gut bewertete Kampfsportschule in Brooklyn und melde mich an. Die Fahrt dorthin ist recht weit und ich werde einen Nachmittagskurs besuchen, damit ich mich dort nicht alleine in der Dunkelheit rumtreiben muss. Aber das passt soweit für mich. In zwei Wochen geht es los.

Was fange ich mit meinem Tag an? In New York gibt es Hunderte Möglichkeiten. Ich entscheide mich, joggen zu gehen. Entlang des Hudson. Ich habe gehört, hier, und im angrenzenden Stadtteil Tribeca laufen viele Berühmtheiten rum. Mal sehen, wen ich erspähen kann.

Den Weg zum Fluss gehe ich in zügigem Tempo. Dann laufe ich los. Die Morgenluft ist kalt, es sind sicherlich Minusgrade. Die Kälte brennt in meinen Lungen. Aber ich ziehe das jetzt durch.

Die Skyline ist bemerkenswert, auch bei Tageslicht. Ich genieße die Aussicht, was die Zeit schneller vergehen lässt. Nach einer halben Stunde drehe ich um und laufe zurück. Mein MP3-Player hat den Geist aufgegeben, also spiele ich Musik in meinem Kopf ab. Das mache ich oft. Ich habe immer irgendein Lied in meinem Kopf rumschweben. Ich bin eine menschliche Jukebox. Das Lied der Stunde ist Abbas Super Trooper. Das bringt mich auf Trab. Bevor ich mich versehe bin ich wieder im Hostel angelangt.

Alanna ist inzwischen wach. Sie blinzelt mich aus müden, verquollenen Augen an. Aber ich meine, ein wenig Zuversicht erkennen zu können. Ich hoffe nur, dass sie nach vorne schaut und nicht wieder Hoffnungen hegt, doch noch mit Martin zusammen zu kommen.

„Na, Sonnenschein. Hast du gut geschlafen?" frage ich sie.

„Ja. Tief und fest. Und ich habe geträumt. Von einem gutaussehenden Unbekannten. Er hat mich umworben. War sehr charmant. Aber als ich entschieden habe, ihm eine Chance zu geben, bin ich aufgewacht."

„Das klingt doch super. Bald bist du sicherlich bereit für etwas Neues", sage ich erfreut. „Was hast du heute vor?"

„Ich habe ein paar Besichtigungstermine für WG-Zimmer. Möchtest du mitkommen?"

Ich möchte. Sie duscht, trägt Makeup auf und sieht bezaubernd aus. Es kann losgehen.

Das erste Zimmer ist in Harlem. Im südlichen Teil. Hier ist es nicht besonders sicher, aber auch nicht so gefährlich wie in anderen Teilen dieses Viertels. Ihr Budget ist nicht besonders groß, also muss sie sich an derartige Adressen halten.

Es gibt drei andere Mieter. Die Wohnung ist ein wenig runtergekommen, aber sauber. Das Zimmer klein, aber möbliert. Wir unterhalten uns ein wenig mit dem einen anwesenden Bewohner und finden schnell heraus, dass die Chemie nicht so richtig passt. Wir verabschieden uns nach einer halben Stunde. Das war nichts.

Der zweite Termin ist in Williamsburg. Zu nah an Martin, wie ich finde. Aber das scheint ihr nicht mehr wichtig zu sein. Oder doch? Die Wohnung ist niedlich, nur ein anderer Mieter. Sie hätte ein großes Wohnzimmer und einen kleinen Balkon, sogar eine Badewanne. Aber sie lehnt ab. Ich kann dafür keinen Grund finden. Alles scheint zu passen. Doch sie möchte nicht. Gut so, denke ich. Je mehr Abstand zwischen ihr und Martin besteht, desto besser.

Das dritte und letzte Zimmer ist in Chelsea. Das finde ich prima, so wäre sie in der Nähe. Zwei Mitbewohner, eine große Küche. Kein Wohnzimmer, kein Balkon, keine Badewanne. Aber dafür ein niedliches, sauberes Zimmer mit Bett und einem Schrank.

„Wann kann ich einziehen?" fragt sie begeistert.

„Von mir aus sofort. Das Zimmer ist leer." Der Mitbewohner ist ebenso begeistert von Alanna wie sie von dem Angebot. Er ist attraktiv, fällt mir auf. Hat nicht wenig Ähnlichkeit mit Martin. Er müsste also auch ihr Typ sein.

„Prima. Dreihundert pro Woche?"

„Ja. Inklusive Internet."

„Großartig!" freut sie sich. „Was dagegen, wenn ich heute schon einziehe?"

„Absolut nicht. Brauchst du dabei Hilfe? Ich habe heute Nachtschicht und Zeit."

So ein netter und hilfsbereiter Kerl. Genau das, was Alanna jetzt braucht. Ich hoffe er ist Single.

„Das ist sehr nett, aber ich habe nur zwei Koffer, das wird schon gehen."

Ich biete an, ihr zu helfen. Das wäre geklärt. Ich bin ein wenig traurig, sie nicht mehr als Zimmergenossin zu haben und hoffe, dass ich die Nächste auch mag. Trotz unseres holprigen Starts würde ich sie schon als meine Freundin bezeichnen.

Wir machen uns auf den Weg zurück ins Hostel. Es sind nur drei Stationen. Dann packt sie alles zusammen, was eine Weile dauert, weil sie sich hier in der kurzen Zeit häuslich eingerichtet hat.

„Adam ist süß, findest du nicht?"

„Ja", sage ich. „Genau dein Typ, oder?"

„Das stimmt. Meinst du er mag mich?"

„Ich weiß es nicht, aber wenn ich tippen muss, würde ich auf ja tippen."

Das freut sie. Ich merke förmlich, wie sie von Martin wegdriftet, auf Adam zu. Sie hat es verdient glücklich zu sein; sie ist ein wirklich netter Mensch, wenn sie nicht gerade vom Jetlag geplagt wird.

Wir schnappen uns jeder einen Koffer – Alanna checkt aus und machen uns auf den Weg. Es ist wirklich nicht weit. Eine viertel Stunde später öffnet uns Adam freudig die Tür.

„Hier ist dein Schlüssel", sagt er mit einem breiten Grinsen. Er mag sie, das merkt man sofort. „Jetzt kannst du kommen und gehen wie du willst."

„Danke, Adam. Zur Feier des Tages möchte ich heute für uns kochen. Hast du Zeit?"

„Habe ich. Ich muss nur um halb 10 los zur Arbeit."

„Was machst du denn?"

„Ich bin Rettungssanitäter."

Alanna ist beeindruckt. Sie mag Helden. Und er ist ganz klar einer. In New York City als Paramedic zu arbeiten verlangt einem sicher eine Menge ab. Die Dinge die man da sieht sind sicherlich nicht leicht wegzustecken. Aber ihm scheint das zu gelingen. Sie hat beinahe Sternchen in den Augen. Meine Arbeit hier ist getan.

„Kommst du auch, Jule?"

Ich halte es für besser, die beiden einen ungestörten Abend verbringen zu lassen und schlage aus. „Ein andermal, ganz bestimmt!"

Ziemlich zufrieden mache ich mich auf den Heimweg. Alanna sollte fürs Erste versorgt sein. Jetzt will ich mich ein bisschen um Karl kümmern. Mal sehen, ob er wach ist.

Ich fühle mich ein bisschen wie die Herbergsmutter. Aber das ist eine Rolle die ich gut drauf habe und die mir steht. Es macht mir nichts aus. Obwohl ich ja eigentlich anfangen wollte, zuerst an mich selbst zu denken. Aber das ist wohl noch ein längerer Weg.

13

„Hey Karl!" sage ich, erfreut ihn mal nüchtern anzutreffen. Er liest tatsächlich in einem Buch. „Alles klar?"

„Jup. Ich tue was für meine Bildung", sagt er mit einem Grinsen. Es freut mich sehr, ihn einigermaßen glücklich zu sehen.

„Was liest du denn?"

„Ein Buch über den Dalai Lama. Hat mich schon immer interessiert."

„Gute Wahl", sage ich überrascht und ein wenig beeindruckt.

„Ja, ein beeindruckender Mensch. Wenn ich nur ein bisschen so werde wie er, dann kann ich mich glücklich schätzen."

„Bist du Buddhist?"

„Nein. Noch nicht. Aber ich denke, man kann auch ohne Religion ein guter Mensch sein, denkst du nicht?"

„Auf jeden Fall. Vielleicht sogar ein besserer!" sage ich voller Überzeugung.

Er lächelt. Ein schönes Lächeln. Offen und herzlich. Ich glaube, tief drinnen ist er schon der Mensch der er zu werden hofft.

„Hast du Lust, was essen zu gehen? Ich lade dich ein."

„Gerne. Aber du hast gestern schon die Pizza ausgegeben. Heute bin ich dran!"

„Soll mir recht sein", sage ich und lehne meine Schuler freundschaftlich gegen seine. „Wo kann man was Gutes kriegen?"

„Gleich hier um die Ecke ist ein Italiener. Gut und günstig."

„Klingt perfekt! Gib mir zehn Minuten, dann bin ich soweit."

Ich ziehe mir etwas anderes an, trage ein wenig Makeup auf und mache mich frisch. Es ist kein Date, aber es kann nicht schaden, einen guten und frischen Eindruck zu machen.

„Warst du schon mal so richtig verliebt?" fragt Karl, nachdem wir Pasta bestellt haben. Er trinkt Wein, ich halte mich an Cola.

„Ja, ein Mal. Aber es ist schief gegangen. Und du?"

„Auch ein Mal. Ist auch schief gegangen."

Ich tue so, als hätte ich von der Geschichte nichts gehört und frage weiter. Ich möchte auch seinen Standpunkt zu der ganzen Sache hören. „Warum?"

„Ich weiß es nicht genau. Sie hieß Mie, eine tolle Frau, aus Dänemark. Sie war drei Monate hier. Wir sind ziemlich schnell zusammen gekommen. Vielleicht zu schnell. Ich hätte ihr die Welt zu Füßen gelegt. Aber sie ist abgereist und wollte den Kontakt nicht halten. Ich glaube, für einen Urlaubsflirt war ich ihr gut genug, aber auf Dauer hätte sie sich für mich geschämt." Er atmet durch. „Weil ich keinen Schulabschluss habe und kiffe. Obwohl ich das kaum getan habe solange sie hier war."

Das nehme ich als ein gutes Zeichen. Wenn er glücklich ist, lässt er das mit den Drogen. Für ihn besteht Hoffnung.

„Das tut mir leid, Karl. Aber dann war sie einfach nicht die Richtige."

„Vielleicht. Aber es hat sich verdammt richtig angefühlt."

„Das glaube ich dir. Hast du nie wieder von ihr gehört?

„Nein. Sie ist seit zwei Monaten weg und antwortet nicht auf meine Nachrichten. Wahrscheinlich hat sie längst einen Anderen."

Dazu kann ich nichts sagen, aber wahrscheinlich liegt er nicht daneben.

„Du wirst dich wieder verlieben, ganz sicher. Du bist ein Guter, das wird bald jemand erkennen."

„Danke, Jule. Ich versuche, die Hoffnung nicht ganz zu verlieren."

„So geht es mir auch. Solange man noch ein wenig Hoffnung hat, wird alles gut."

„Mit dir kann man wirklich gut reden. Danke, dass du mir zuhörst."

„Dito. Und kein Problem, jederzeit."

Wir essen mit gutem Appetit. Es scheint ihm gut zu tun, gehört und gesehen zu werden. Das haben seine Eltern wohl versäumt. Aber ich mag ihn und beschließe, für ihn da zu sein.

„Wann gehst du wieder auf Tour?"

„Übermorgen. Für drei Wochen."

„Macht dir der Job Spaß?"

„Ja, total. Ich liebe das Fahren. Man ist für sich und hat Zeit zum Nachdenken. Keine nervigen Kollegen oder Leute, die man nicht mag, mit denen man aber auskommen muss."

„Das klingt perfekt." Seine Tiefgründigkeit überrascht mich immer wieder. „Lass uns morgen was unternehmen. Hast du Lust?"

„Klar. Klingt gut."

„Es gibt hier in der Nähe einen Comedy Club. Improv. Da ist freier Eintritt, man kann aber eine Spende da lassen. Gut?"

„Sehr gut. Ich lache gerne!"

Das wäre also abgemacht.

Den folgenden Tag verbringe ich beinahe ausschließlich im Bett und auf der Toilette. Irgendwas ist mir gestern Abend nicht bekommen.

Später am Tag geht es mir besser, so dass wir uns abends auf den Weg machen. Vin ist auch mit von der Partie. Seine Freundin bleibt zu Hause und guckt fern. Ein wenig traurig. Aber das ist ihre Entscheidung. Sie hat uns allerdings ein wundervolles Abendessen gezaubert. Das ist ihr Talent. Ein indisches Curry. Super lecker.

Ich kann Vin verstehen und sehe, dass er nicht glücklich ist. Aber er sollte sich nicht in etwas Neues hineinstürzen, bevor die Sache mit Dalia beendet ist. Auch wenn er nicht gerne allein ist, vielleicht ist das genau das was er eigentlich braucht.

Wir gehen zu Fuß, der Club ist nur ein paar Blocks entfernt, und stellen uns in die Schlange. Wenn wir Glück haben, kommen wir noch rein. Es sind schon ein paar Leute vor uns, aber auch bald hinter uns. Und die Tatsache, dass sie trotzdem in Kauf nehmen zu warten, stimmt mich positiv.

Die Leute vor uns unterhalten sich. Es geht darum, dass vor kurzer Zeit ein echter Star hier einfach vorbeigegangen ist – kein geringerer als Keanu Reeves. Sobald er dies gesagt hat, wird es vorne tumultig. Alle Augen gehen nach links. Und da ist er. Tatsächlich. Der echte Keanu Reeves. Schlendert einfach so, in Begleitung einer Frau, an uns vorbei. Ich habe nur zwei Filme von ihm gesehen: Little Buddha und My Private Idahoe – ein Actionfan war ich noch nie. Obwohl ich viel Gutes von ihm gehört habe und ihn sehr attraktiv finde, war er nie wirklich auf meinem Radar, bis ich in seine Augen blicke. Er läuft vorbei und sieht mich ein paar Sekunden lang direkt an. Unfassbar warme, nette Augen hat dieser Mann, denke ich. Ich bin ganz ruhig und genieße den Moment. Aber dann wird mir schlagartig bewusst, wer er ist und dass er in Begleitung einer Frau ist, und ich breche den Augenkontakt ab. Niemand hält ihn auf und so ist er bald in den Straßen von New York verschwunden.

Hinter uns fangen die Leute an zu tuscheln. Eine sagt, ich glaube über mich, dass wenn es jemand hier schaffen kann, wäre ich das. Wahrscheinlich, weil ich so ruhig geblieben und nicht ausgeflippt bin. Ich nehme das mal als Kompliment und hoffe, dass sie Recht hat.

Den restlichen Abend über erlebe ich wie im Film. Ich bin kaum ansprechbar, lasse immer wieder diesen Moment revuepassieren.

Wenn es stimmt, dass man sich im Leben immer zwei Mal sieht, kann ich es kaum erwarten.

14

Ich habe noch keine neue Zimmernachbarin, deswegen kann ich ungestört Licht anmachen und ohne Oropax schlafen.

Es wird eine gute Nacht, ich schlafe bis Mittag. Das habe ich anscheinend gebraucht. Obwohl ich es gar nicht bemerkt habe. Ich muss völlig unter Strom gestanden haben. Das ist die Energie dieser Stadt.

Ich gehe runter in die Küche, aber es ist niemand da den ich kenne. Nur Dalia sitzt im Fernsehraum, aber mit ihr hab ich nicht viel zu besprechen. Doch sie hält mich auf.

„Hey, Jule. Komm mal her, ich möchte mit dir reden."

Überrascht setze ich mich zu ihr. „Okay, gerne. Worum geht's?"

„Um Vin. Seit du hier bist ist er komisch zu mir. Hat er über mich geredet? Läuft irgendwas zwischen euch? Sag mir die Wahrheit."

„Da läuft nichts, versprochen. Und wir reden auch nicht über dich."

„Auch nicht darüber, dass ich in den letzten drei Monaten 20 Kilo zugenommen habe und er mich eklig findet?"

„Nein, auf keinen Fall." Ich fühle mich immer weniger wohl.

„Auch nicht, dass ich zu viel fernsehe?"

„Nein, Dalia, ich schwöre, wir haben nicht über dich geredet. Nur darüber wie gut du kochst", sage ich und ringe mir ein Lächeln ab. „Warum sollten wir auch, wir kennen uns ja kaum. Warum sollte er mir sein Herz ausschütten?"

„Ach, also denkst du, dass es da was zum ausschütten gibt? Wirkt er so auf dich?"

Langsam komme ich mir vor als säße ich auf dem heißen Stuhl. Und werde von einer Paranoiden interviewt. „Nein, das war nur so dahin gesagt. Tut mir leid. Ich muss jetzt auch los, entschuldige."

Sie sagt nichts mehr, wendet sich wieder dem Fernseher zu und versinkt darin. Meine Güte, sie hat wirklich einen kleinen Dachschaden. Oder sie ist einfach nur ehrlich. Wahrscheinlich beides. Auf jeden Fall habe ich mich schon lange nicht mehr so unwohl gefühlt wie in ihrer Gegenwart. Langsam kann ich Vin verstehen. So mit jemandem zu reden den man nicht kennt geht gar nicht. Sie kennt keine Pietätsgrenzen. Kommt wahrscheinlich vom vielen Fernsehkonsum.

Um das abzuschütteln gehe ich joggen. Es ist ein sonniger Tag, wenn auch sehr kalt. Ich gehe wieder meine übliche Strecke und fange am Fluss an zu laufen. Dann sehe ich ein bekanntes Gesicht. Helena Christensen, das Model, geht mit einer Freundin spazieren. Ich lächle sie an, sie wirkt cool. Wem ich ebenso begegne – Jane Krakowsky, aus der Serie Ally McBeal. Die Erfinderin des Gesichts-BHs. Auch sie bekommt ein Lächeln des Erkennens und scheint sich aufrichtig zu freuen. Wie nett. Das gibt mir Schwung und ich jogge eine halbe Stunde länger als sonst. Danach bin ich platt. Ich gehe duschen und lege mich eine Weile auf mein Bett. Träume ein bisschen vor mich hin.

Dann geht die Tür auf. Meine neue Zimmergenossin ist eingetroffen. Ich freue mich und richte mich im Bett auf. Und denke nur WOW als ich sie sehe. Eins achtzig groß, lange blonde Haare, sehr schlank und ein wunderschönes Gesicht mit leichtem Silberblick. Sie ist bildhübsch. Ein absoluter Blickfang.

Ich entschuldige mich dafür, dass ich sie anstarre. „Sorry dafür. Aber du siehst aus wie aus einem Katalog entsprungen."

Sie lacht. Wie kann jemand der so schön ist auch keine schöne Lache haben. Es klingt ansteckend.

„Bist du Model?" frage ich, obwohl das eigentlich auf der Hand liegt.

„Nein, aber vielleicht werde ich ja noch entdeckt"; sie lacht wieder. „Ich studiere Meeresbiologie. Hab mir aber gerade eine Auszeit genommen."

„Woher kommst du?"

„Aus Amsterdam. Die letzten Monate habe ich aber in Montana gelebt. Ich war sozusagen Au Pair. Aber das ging nicht mehr."

„Waren die Kids zu anstrengend?"

„Nein nein. Aber der Vater. Wollte, dass ich bleibe, ihn heirate. Hat mir sogar einen Ring gekauft."

„Wart ihr zusammen?"

„Nein, gar nicht. Nicht im Geringsten. Aber ich glaube er hat gespannt. Und er hat sich was zurecht fantasiert."

„Wow. Heftig! Und was hast du jetzt vor?

„Keine Ahnung, vielleicht komme ich hier irgendwo unter. Sonst fliege ich zurück nach Hause."

„Im Computerraum gibt es ein schwarzes Brett. Da hängen auch Jobangebote."

„Schau ich mir mal an. Aber erstmal ankommen." Sie lächelt wieder. Sie hat Grübchen. Wie entzückend.

Nein, ich bin nicht lesbisch. Aber bei ihr könnte ich glatt in Versuchung kommen, es mal zu probieren. Bis auf einen unschuldigen Kuss auf den Mund mit 12 habe ich in der Richtung keine Erfahrungen. Und eigentlich auch keine Ambitionen. Aber sie ist einfach zu schön. Wie ein Engel.

Ich lasse sie ankommen und gehe runter in den Aufenthaltsraum. Ich habe Hunger und versuche, jemanden zu finden mit dem ich Essen gehen kann. Niemand in Sicht. Dann eben kein Restaurant. Alleine habe ich keine Lust. Ich gehe in den Supermarkt in der Nähe und besorge mir Sushi und Cupcakes. Eigentlich sollte ich, bei dem Vermögen auf meinem Konto, kein Supermarkt Sushi essen. Aber es ist gar nicht mal schlecht, recht frisch. Das ist die Hauptsache. Ich habe keine Lust, noch mal einen Tag auf der Toilette zu verbringen.

Während ich esse, kommen langsam alle aus ihren Löchern. Vin zuerst und bald auch Karl. Die beiden sind gestern, nachdem sie mich nach Hause gebracht haben, noch spontan um die Häuser gezogen.

„Na, wie war's noch?" frage ich.

„Ziemlich cool. Aber in meinem Alter ist der nächste Tag kein Vergnügen"; beklagt sich Vin, 31.

„Lerne aus deinen Fehlern", necke ich ihn.

„Mal sehen", sagt er und plant offenbar schon die nächste Sause.

„Hast du Pläne für heute? Vielleicht mal ein bisschen Sightseeing?"

„Nicht wirklich. Woran denkst du?"

„Vielleicht Empire State Building?"

„Zu voll, zu lange Wartezeit."

„Statue of Liberty?"

„Uninteressant. Man kann nicht mit der Fähre rüber, die rekonstruieren da irgendwas. Also nur Blick von Weitem und das ist nicht anders, als sich ein Foto anzugucken."

„Okay. Dann NBC Studios? Oder Letterman?"

„Wartelisten."

„Du willst mir also weißmachen, dass es absolut nichts zu erleben gibt in New York City?"

„Tagsüber nicht", sagt er, nur halb ernst. „Aber nachts dafür umso mehr. Du musst unbedingt mal mit ins Happy Ending kommen. War mal ein Bordell, jetzt ist es ein Nachtclub."

„Klingt spannend. Ich komme mal mit. Aber trotzdem brauche ich für heute was zu tun."

„Du kannst ja fernsehen", er lacht. Ich auch. Gott, hoffentlich hat Dalia das nicht gehört.

„Ich glaub ich gehe zum Union Square. Da ist bestimmt was los."

„Ich komme mit", überrascht mich Karl, der plötzlich auftaucht.

„Cool. Dann lass uns losziehen!"

Wir müssen nur 20 Minuten laufen dann sind wir da. Trotz der Kälte tobt hier das Leben. Ein Aerobic-Kurs macht eine ernstzunehmende Trainingseinheit, während ein Redner Gedichte rezitiert. Ein Akrobat springt gekonnt über eine Reihe von Menschen. Und ein Jongleur wirft Schwerter durch die Luft. Spannend, dieser Platz. Als uns zu kalt wird setzen wir uns in ein Café.

Wir müssen nicht lange warten, schon sind wir mit Kaffee und Kuchen versorgt.

„Heute ist dein letzter freier Tag, richtig?"

„Jupp. Aber ich freu mich auf die Straße."

„Finde ich toll, dass wir ihn zusammen verbringen", freue ich mich aufrichtig.

„Ich auch, Jule." Er scheint kurz abwesend zu sein. Dann kommt er wieder hier an. „Darf ich doch etwas fragen?"

„Na klar, alles. Okay, fast alles"; sage ich mit einem Zwinkern.

„Was war dein erster Eindruck von mir?"

„Oh, naja, du warst ziemlich bekifft. Abgesehen davon fand ich dich sehr nett."

„Sehr nett. Aha."

„Ok, um vom Oberflächlichen wegzukommen – ich fand dich attraktiv. Und sympathisch. Aber du hast nicht viel geredet, deshalb kann ich nicht mehr sagen. Ich hab dich erst später kennen gelernt."

„Wie findest du mein Englisch?"

„Es ist okay, könnte vielleicht ein bisschen besser sein", sage ich und untertreibe damit. „Aber du wirst es bald richtig gut können, da bin ich sicher."

„Wirke ich auf dich dumm?"

„Nein. Warum fragst du das?"

„Weil ich keinen Schulabschluss habe. Merkt man mir das an?"

„Nein, überhaupt nicht. Du bist ganz normal, nicht dümmer als jeder andere." Es macht mich fast ein wenig sauer, dass er so über sich denkt. „Hast du mal überlegt, deinen Abschluss nachzuholen?"

„Ja, meine Eltern wollten das immer und haben mich gedrängt. Aber ich hab Schiss, dass ich es nicht packe."

„Wenn es so sehr an deinem Ego kratzt, solltest du es vielleicht versuchen, meinst du nicht?"

„Vielleicht. Aber jetzt bin ich hier und arbeite. Da brauche ich eigentlich keinen Schulabschluss. Je älter ich werde, desto unwichtiger wird das werden. Wer in seinen 30ern redet schon noch über die Schule?"

„Das stimmt. Mach, was für dich am besten ist."

„Würdest du mit jemandem ohne Schulabschluss ausgehen?"

„Mache ich das nicht gerade?" Ich lächle.

„Aha. Also ist das ein Date?" Er scheint sich zu freuen. Ich bin mir nicht sicher, was das hier ist, aber ich will nicht auf seine Parade regnen.

„Irgendwie ist es das, oder?"

„Ich werde daran arbeiten, dass du mir bald eine andere Antwort gibst", sagt er ernst. Ich bekomme weiche Knie. Seine Stimme ist so tief und sexy, sein Blick fest und weich zugleich. Ich hab ihn gern. Und wenn er mich fragt, gehe ich gerne mit ihm aus. Aber das muss ich ihm ja noch nicht auf die Nase binden.

Wir machen uns auf den Heimweg. Er bringt mich bis vor meine Tür. Es ist früher Abend – er will noch einen Film gucken, dann schlafen gehen. Ich beschließe, das Gleiche zu tun.

„War ein sehr schöner Tag mit dir, Jule."

„Das fand ich auch, Karl."

Wir schauen uns nur an, keiner sagt ein Wort. Langsam bewegen sich unsere Gesichter aufeinander zu. Dann berühren sich unsere Lippen auf die sanfteste Weise. Ich wurde noch nie so zärtlich geküsst. Ich bin hin und weg. Und auf der Stelle verliebt. Manchmal geht das ganz schnell. Dies ist einer dieser Fälle. Zu dumm, dass er morgen für drei Wochen weg fährt. Aber wir trennen uns, trotz Kuss. Die Nacht werden wir nicht zusammen verbringen. Das wäre zu schnell. Wir verabschieden uns, bis in drei Wochen.

15

Malina ist nicht im Zimmer. Sie versucht bestimmt gerade einen Job zu finden. Was bin ich froh, dass ich das nicht muss. Ich kann mich auf das konzentrieren was mir Freude macht. Keine Pflichten, keine Plackerei für irgendeinen undankbaren Chef. Und Freiheit. Unendliche Freiheit. Mir wird immer bewusster, was für ein Glück ich hatte. Nicht nur, dass ich ausgesorgt habe. Nein, ich kann mein Leben so gestalten wie es mir gefällt. Komplett nach meinen Vorstellungen und Maßstäben. Niemand kann mir sagen was ich tun soll. Nur mein Gewissen. Jemand anderem schulde ich keine Rechtfertigung. Und dieses Gefühl ist unbeschreiblich.

Ich logge mich ins WLAN ein und gucke einen Film. Mit Keanu Reeves. Wird Zeit, dass ich mir mal die Matrix Trilogie reinziehe.

Um neun Uhr abends bekomme ich Hunger. Ich gehe in die Küche und habe Glück – Dalia kocht gerade und lädt mich ein, mitzuessen. Nach unserer kleinen Unterhaltung am Nachmittag habe ich dazu keine große Lust. Aber Essen kann ich in meinem Zustand nur schwer ausschlagen.

Also setzen wir drei uns zum Essen zusammen. Die Atmosphäre ist angespannt.

„Wie war euer Tag?", frage ich, in dem Versuch das Eis zu brechen.

„Langweilig. Und deiner?" Dalia schaut mich nicht an als sie spricht.

„War ganz nett. Ich war mit Karl unterwegs. Wir hatten eine gute Zeit. Was hast du gemacht, Vin?"

„Ich bin ein bisschen mit dem Wagen rumgefahren, hab mir ein paar Häuser angeschaut."

„Und, war was Gutes dabei?"

„Nicht wirklich. Zumindest nicht in unserer Preisklasse."

„Wie lange seid ihr eigentlich schon hier?"

„Eine Woche."

Vin ist kurz angebunden, scheint schlechte Laune zu haben. Wahrscheinlich, weil Dalia ihm komplett alleine die Haussuche überlässt.

„Na, das ist ja noch nicht lange. Ihr findet ganz sicher etwas!"

„Ja, bestimmt."

Wir sagen eine Weile gar nichts mehr. Essen nur. Ich schlinge regelrecht und kann es nicht erwarten, mich hier zu verkrümeln.

Vin und Dalia ignorieren sich komplett. Ich würde ihnen eine Paartherapie vorschlagen, oder vielleicht gleich eine Trennung. Die Beiden sind so offensichtlich nicht glücklich miteinander. Das tut mir irgendwie leid. Obwohl ich nicht weiß, für wen. Ich glaube sie wären beide mit einer Trennung besser dran.

Den Nachtisch spare ich mir, bedanke mich und gehe wieder auf mein Zimmer. Matrix die zweite wartet schon auf mich. Und danach hoffentlich ein schöner, tiefer Schlaf. Malina sieht nicht so aus als ob sie schnarcht. Aber um das Herauszufinden, muss sie erstmal nach Hause kommen.

Gegen Mitternacht öffnet sich die Tür. Ich war gerade dabei einzudösen.

„Darf ich das Licht anmachen?", fragt sie zögerlich.

„Klar, ich schlafe noch nicht."

„Okay, prima. Wow, heute war anstrengend. Aber ich habe vielleicht einen Job."

„Was, so schnell? Erzähl!"

„Ich war in einem Café und hab Stellenanzeigen gelesen. Ein Mann am Nachbartisch hat das gesehen und mich gefragt, was für einen Job ich suche. Ich meinte, ganz egal. Vielleicht etwas im Büro. Da meinte er, er suche eine Assistentin, die für ihn Mails beantwortet. Er ist Musiker und hat keine Zeit, seine Buchungen zu verwalten und neue Auftritte zu planen und so. Dafür bräuchte er jemanden. Ob ich nicht Lust hätte."

„Das ist ja klasse! New York, die Stadt der unbegrenzten Möglichkeiten!"

„Absolut. Ich kann morgen anfangen. Er sagte, er wird mir alle Mails weiterleiten und mich für seinen Terminkalender freischalten. Wenn ich Fragen habe, soll ich ihn anrufen."

„Das nenne ich mal Urvertrauen."

„Ja, mich überrascht das auch ein bisschen, aber das hier ist nicht Europa."

„Da hast du wohl Recht. Und wie läuft das mit der Bezahlung?"

„Er meinte, ich solle ihm für jeden Tag aufschreiben, wie viele Stunden ich gearbeitet habe. Dann rechnet er das pro Woche ab und zahlt in bar."

„Klingt gut."

Dass Malina von diesem Halsabschneider nie einen Cent sehen würde, ahnten wir da noch nicht.

Ich erzähle ihr von meinem Tag, aber nicht von dem Kuss mit Karl. Nicht, dass es mir peinlich wäre. Erstens kennt sie ihn nicht und zweitens gibt es da nichts was peinlich sein könnte. Aber ich will das erstmal für mich behalten. Als unser süßes Geheimnis.

„Morgen werde ich mich nach einem Zimmer umsehen, vielleicht auch Couchsurfing. Mal schauen. Ich hab mich da jedenfalls heute auch noch angemeldet."

„Meinst du denn, das ist sicher?"

„Ich weiß es nicht. Ich werde es herausfinden, denke ich."

Ich mache mir ein wenig Sorgen um sie, sie scheint noch etwas naiv zu sein mit ihren 22. Ich nehme mir vor, ein bisschen auf sie aufzupassen. Aber jetzt wird erstmal geschlafen. Wir wollen hier beide unseren Traum leben und dafür müssen wir fit sein.

Der nächste Morgen beginnt für mich früh. Malina hat zwar nicht geschnarcht, aber sie redet im Schlaf. Das hat mich wach gehalten, bis ich irgendwann keine Lust mehr hatte zu versuchen zu schlafen. Frühstück gibt es erst in einer Stunde. Ich gehe joggen.

Es ist noch dunkel, vielleicht war das keine so gute Idee. Ich lausche auf jedes Geräusch – meinen MP3 Player habe ich nicht angeschaltet. Ich achte auf jede Bewegung, selbst die Äste der Bäume im Wind.

Als ich endlich den Fluss erreiche, sehe ich ein paar andere Leute, die den gleichen Einfall hatten wie ich. Das entspannt mich. Ich laufe eine volle Stunde, dann drehe ich um. Jetzt ist die Sonne aufgegangen und ich fühle mich sicher. Ich höre Musik und jogge auf so leichten Sohlen wie lange nicht. Ich bin verliebt, oder zumindest dabei mich zu verlieben. Und er scheint ein guter Typ zu sein. Nur das mit den Drogen muss er lassen. Das mit dem Schulabschluss stört mich kein bisschen. Er ist schlau und würde den locker packen, wenn er es nur versuchte.

Ich werde ihn vermissen, drei Wochen können lang werden. Aber in zwei Tagen geht mein Schauspielkurs los, das wird mich ablenken. Immer drei Stunden pro Tag, von 10-13 Uhr. Das ist eine perfekte Zeit, wie ich finde. Und da es in der Nähe ist, kann ich sogar ausschlafen.

Als ich zurück im Hostel bin, ist Malina nicht mehr im Zimmer. Ich treffe sie beim Frühstück. Sie strahlt.

„Ich hab ein Zimmer! Oder zumindest eine Couch. Ein Typ hat mir gestern Nacht geschrieben, dass etwas frei ist. Nicht weit von hier."

„Und wann willst du es dir anschauen?"

„Gar nicht. Ich hab Fotos gesehen, das reicht doch."

„Okay. Und wann willst du einziehen?"

„Heute."

„Wow, das geht aber schnell."

„Ja, muss es auch. Ich kann mir dieses Hostel nicht leisten. Ich hab nur noch 50 Dollar."

„Ok. Und wann willst du da hin?"

„Nach dem Frühstück. Ich habe schon gepackt."

Ich esse nur mit mäßigem Appetit. Die Kleine macht mir Sorgen. Geld könnte ich ihr leihen, das wäre ja kein Ding. Aber sie scheint der Typ Mensch zu sein, der es aus eigener Kraft schaffen will. Und das soll sie auch. Ich hoffe nur, dass das nicht schief geht.

Wir tragen gemeinsam ihre Reisetasche und ihre zwei Koffer zur U-Bahn.

„Wenn irgendetwas ist, oder wenn da irgendwas komisch ist, ruf mich an, okay?"

„Du bist lieb. Ja."

„Dann pass auf dich auf, du großes Mädchen in der großen Stadt."

Sie lächelt ihr Grübchenlächeln. Die Welt scheint in Ordnung.

„Kommst du morgen zum Frühstück ins Hostel? Ich hab noch Gutscheine übrig."

„Ja, gerne. Gute Idee."

Das wäre also abgemacht. Ich freue mich. Auch sie habe ich lieb gewonnen, diese Unschuld vom Lande. Und ich dachte ich müsse tough werden. Im Vergleich zu ihr bin ich das schon. Aber sie wird lernen.

Ich sitze im Aufenthaltsraum und lese. Einen Touriführer über die Stadt. Ich möchte zwar nicht gerne Tourist sein und auch nicht als solcher erkannt werden – ich will eintauchen in das Leben hier – aber ein paar Infos können nicht schaden.

Nach einer Weile ertönt eine Stimme. „Hey, schöne Frau. Ist hier noch frei?"

Es ist Vin.

„Na klar, setz dich."

„Und, was hast du für heute geplant?"

„Keine Ahnung, vielleicht ein bisschen Shoppen und dann Kino oder irgendwas am Broadway. Vielleicht ein Musical."

„Suchst du dafür noch eine Begleitung?"

„Willst du dich anbieten?"

„Das will ich, wenn du auch willst."

Er versucht mit mir zu flirten. Das ist mir ein bisschen unangenehm. Nicht nur, weil er eine Freundin hat und ich anderweitig verliebt bin, sondern auch, weil ich ihn noch nie auf diese Art betrachtet habe. Für mich war er, auch wenn das komisch klingt, bisher irgendwie geschlechtslos. Ich habe ihn nicht als Mann angesehen sondern eher als Neutrum. Auch wenn ich mir bei dem Gedanken selber an den Kopf fassen muss. Es klingt komisch, aber anders kann ich es nicht beschreiben.

Die Tatsache, dass er freiwillig mit zum Shoppen will, sollte mir allerdings zu denken geben. Welcher Mann macht das mit, ohne dafür etwas zu erwarten oder mehr zu wollen?

Ich versuche, nicht darüber nachzudenken. Solange er nichts anspricht, werde ich auch nichts sagen. Ich werde mich ganz neutral verhalten.

Wir machen uns also auf den Weg zur 5th Avenue. Schade eigentlich, dass er dabei ist. So kann ich nicht in die teuren Läden gehen und mal richtig auf den Putz hauen. Ich brauche eigentlich auch nichts. Bis auf ein Sportoutfit vielleicht, für meinen Krav Maga Kurs. Das finde ich schnell.

Ich frage ihn, ob er irgendetwas brauchen kann. Er verneint. Ich erkläre ihm, wie erhebend es sein kann, sich mal wieder etwas Neues zuzulegen.

Er kauft sich ein Paar Socken.

„Na, bist du jetzt glücklicher?"

„Ich schwebe geradezu. Danke für den Tipp."

„Na siehst du, 5 Dollar können die Welt verändern." Ich muss lachen. Wenn ich im Gegenzug darüber nachdenke, wie viel Geld meine Welt verändert hat. Immer noch unfassbar.

„Komm, lass uns mal schauen, was es auf dem Broadway gibt heut Abend."

Wir schlendern langsam in diese Richtung. Mir fällt sofort eine Werbung für König der Löwen in die Augen. Das habe ich schon in Hamburg gesehen und es ist einfach sagenhaft. Aber das ist schon Jahre her und ich würde es gerne noch mal sehen. Und die Lieder auf Englisch hören.

Vin will auch und wir kaufen Karten.

„Das geht auf mich."

„Quatsch, das sind fast 120 Dollar pro Karte."

„Ja, lass mich. Ich will dir eine Freude machen. Ich bin ja nicht diejenige die sich ein Haus kaufen will."

„Ja, dann zahle ich wenigstens das Abendessen."

„Abgemacht!"

Wir landen beim Chinesen. Es ist lecker, aber fettig. Nach dem Essen fühle ich mich bettreif. Ich bestelle schnell noch einen Kaffee, dann müssen wir auch schon los. Die Show beginnt.

Das Theater ist sehr klein, vielleicht ein Drittel von dem in Hamburg. Die Bühne ist eher unspektakulär. Aber die Schauspieler sind umwerfend und singen fantastisch. Es ist ein rundum gelungener Abend. Aber kein Date! Ich hoffe, dass Vin das weiß.

Nach der Show nehmen wir uns ein Taxi. Den Betrag teilen wir uns.

Vin bringt mich zu meinem Zimmer.

„Es war ein unvergesslicher Abend, Jules."

„Ja, dank der tollen Schauspieler."

„Eher dank dir."

Jetzt werde ich verlegen und weiß nicht recht, was ich antworten soll. Ich will das hier nicht. Er ist für mich ein Kumpel, mehr nicht.

Meinen inneren Kampf scheint er nicht zu bemerken.

„Wollen wir das wiederholen? Morgen vielleicht?"

„Oh, morgen verbringe ich den Tag mit Malina. Ein andermal, ganz sicher."

Sein Kopf kommt immer näher. Meiner zieht sich im gleichen Abstand zurück.

„Okay, gute Nacht", platze ich heraus und drehe mich um. Er tut mir leid, aber es passt nicht. Weder das Timing, noch der Typ.

Er wirkt geknickt. „Gute Nacht. Süße Träume."

Dann geht er den Flur entlang und ist bald darauf verschwunden. Ich bin erleichtert. Ich muss auf jeden Fall verhindern, dass wir noch mal alleine etwas unternehmen. Ich habe zwar noch keine Ahnung, wer sich uns anschließen sollte – Karl ist auf Reisen, Malina ausgeflogen – hey, Alanna vielleicht! Sie sollte ich mal anrufen. Ich weiß gar nicht, wie es in ihrer neuen WG läuft. Das nehme ich mir fest vor.

Schon bald schlafe ich tief und fest. Ich bin wieder allein im Zimmer. Niemand, der schnarcht, oder redet. Es ist himmlisch. Mal sehen, was die nächste Mitbewohnerin für eine nächtliche Angewohnheit hat. Vielleicht buche ich aber auch ein Einzelzimmer, wenn das so weiter geht. Mein Schlaf ist mir wichtig. Und die Oropax tun in den Ohren weh. Das ist keine Dauerlösung. Geld ist ja kein Thema, und Leute habe ich ja jetzt kennen gelernt. Also, weshalb nicht?

16

Am nächsten Morgen gehe ich zur Rezeption und frage, ob noch ein Einzelzimmer frei ist.

„Ab morgen", sagt mir der Mitarbeiter.

„Prima, und für wie lange?"

„Die nächsten drei Wochen."

„Dann nehme ich es!"

Er rechnet auf seinem Mini-Taschenrechner den Differenzbetrag aus. Es sind genau 500 Dollar. Die zahle ich mit Karte. Ab morgen habe ich hier mein eigenes Reich. Ich bin glücklich.

Malina erscheint pünktlich um acht an der Essensausgabe. Sie sieht müde aus. Ich frage sie, nachdem wir unser Essen bekommen und uns gesetzt haben, wie ihre Nacht war.

„Ich habe so gut wie gar nicht geschlafen."

„War die Couch so unbequem?"

„Es gab gar keine Couch. Und auch kein Bett für mich alleine. Nein, ich musste im Bett von einem der Typen schlafen."

Ich bin geschockt. „Hat er seine Finger bei sich behalten?"

„Nein", sagt sie beschämt. „Aber ich habe nicht mit ihm geschlafen. Wir haben uns nur geküsst."

Ich bin fassungslos. Das ist also nur eine Masche. Aber ich bin froh, dass er nicht über sie hergefallen ist.

„Okay, das war's mit Couchsurfen. Du kommst hierher zurück. Ich zahle dein Zimmer, bis du Gehalt bekommst. Keine Widerrede."

Ich merke, dass sie Probleme hat das Angebot anzunehmen, aber auch, dass sie schließlich dankbar einwilligen wird.

Nach dem Frühstück machen wir ihr ein Bett klar und holen ihre Sachen aus der Wohnung der Schweine. Wir hinterlassen einen Zettel auf dem steht: „Sajonarasville losers!" und machen uns vom Acker. Dafür wird sie sicherlich eine schlechte Bewertung bekommen, aber wen kümmert das. Couchsurfing ist die Vergangenheit, nicht die Zukunft – dank dieser Idioten.

Malina ist wieder in meinem Zimmer, das freut mich. Das mit dem Einzelzimmer werde ich trotzdem machen. Wir beschließen, am Union Square etwas zum Mittag zu essen und dort ein wenig Zeit tot zu schlagen.

Wir finden eine nette kleine Pizzeria. Da Malina keine Kohle hat, lade ich sie ein.

„Wie läuft es eigentlich mit deinem Job?"

„Bisher hab ich noch nicht so viele Mails bekommen. Ich hab mir online mal ein paar Videos angeschaut. Sie haben alle nicht viele Views und, ich bin kein Fachmann, aber ich glaube, er ist nicht besonders gut."

„Was spielt er denn?"

„Klavier."

„Okay. Und willst du weiter für ihn arbeiten?"

„Ich weiß nicht. Eigentlich nicht."

„Du musst dir über Kohle keine Gedanken machen, ich hab Erspartes. Such in Ruhe weiter."

„Ich weiß nicht, vielleicht sollte ich einfach nach Hause zurück gehen."

„Gib der Stadt noch eine Chance, Süße. Vielleicht kannst du ja einen Model-Job an Land ziehen. Versuch es doch mal bei einer Agentur."

„Ich weiß nicht. Es gibt so viel Konkurrenz."

„Wenn du darauf keine Lust hast, dann eben etwas anderes. Du findest bestimmt etwas, mit ein wenig Geduld."

„Vielleicht. Ich schau mich noch ein bisschen um."

„Sehr gut. Dann bleibst du mir noch eine Weile erhalten", freue ich mich.

Wir schlendern über den Platz und sehen uns die Künstler an. Einer spielt, ziemlich gut, Gitarre und singt dazu. Einige tanzen, in wilden Kostümen. Es ist abgefahren und typisch für diese Stadt. Hier kann jeder sein wie er will. Man wird nur von Touristen schräg angeschaut. Die echten New Yorker kann nichts überraschen und schon gar nichts umhauen.

Ein älterer Typ schleicht sich uns von hinten an und quatscht drauflos. Mir ist er sofort unsympathisch. Aber Malina lässt sich auf das Gespräch ein. Er analysiert mich sofort. Wirft mir vor, nicht offen zu sein. *Nicht gegenüber schrägen Typen, nein!* Denke ich. Ich ignoriere ihn einfach. Er sondert sich mit Malina ab. Das gefällt mir nicht.

Sie wirkt sehr in das Gespräch vertieft, als ich ihr vorschlage zu gehen. Sie will nicht.

Ich setze mich in meiner Verzweiflung auf die Treppenstufen und warte ab. Da spricht mich eine ältere Dame an.

„Ihre Freundin sollte nicht mit diesem Mann reden, der ist ein Scam Artist."

„Ich weiß, das habe ich auch gleich gedacht. Aber sie hört nicht auf mich."

„Versuchen Sie es noch einmal. Vielleicht hat sie inzwischen auch gemerkt, dass er nicht koscher ist."

„Würden Sie und Ihre Freundinnen mit mir kommen? Zusammen könnten wir einen stärkeren Eindruck machen. Sie überzeugen und ihn abschrecken."

„Das können wir machen."

Wir ziehen also los. Vier ältere Frauen und ich. Wir erreichen Malina und den Typen, ich hake sie unter und sage: „Komm, wir wollen gehen!"

Der Typ sagt noch: „Ciao, ich melde mich bei dir!" und ich befürchte das Schlimmste – sie hat ihm ihre Nummer gegeben.

Die Damen nehmen Malina unter ihre Fittiche. Sagen ihr, dass sie ein außergewöhnlich hübsches Mädchen sei, und, dass sie es als Model schaffen kann, dass sie aber auf mich hören soll. Und nicht auf schmierige Typen reinfallen darf.

Wir bedanken uns. Malina noch ein wenig ungläubig, weil die Aktion sie überrascht hat. Sie hat sich bei der Unterhaltung nichts gedacht. Dass wir eine Rettungsaktion durchgeführt haben hat sie überrumpelt. Sie fand den Typen, aus irgendeinem Grund sympathisch. Wahrscheinlich, weil er ihr geschmeichelt hat. Aber wir haben ihn durchschaut.

Ich glaube, sie ist ein wenig peinlich berührt. Sie redet nicht viel auf dem Heimweg. Mir fällt auch nicht viel ein, also schweigen wir die meiste Zeit.

Es ist noch nicht spät, aber wir legen uns beide ins Bett. Ich gucke einen Film, sie schaut online nach Jobs.

Ihr Handy fängt an zu klingeln. Sie schaut drauf, geht aber nicht dran. Dann trudeln eine Menge Nachrichten ein.

„Wer ist das?" frage ich. „Etwa der Typ? Was will er denn?"

„Ja, der Typ. Kein Kommentar. Nur so viel: Ihr hattet Recht."

Das tut mir leid für sie. Jetzt kriegt sie all seine Verrücktheit ab. „Blockier die Nummer, Süße."

„Ja, mach ich. Danke noch mal. Auch für die Miete."

„Das ist kein Thema. Wirklich!"

Ich komme mir vor wie der große Aufpasser und Gönner. Irgendwie schräg. Vor einer Woche war ich noch ein Loser, ohne Freunde, ohne Liebe, ohne Job und ohne eine Ahnung. Jetzt habe ich zumindest zwei, vielleicht drei dieser Dinge. So wird es auch Malina ergehen. Alles wird gut werden, man braucht nur etwas Geduld.

Am nächsten Morgen kommt die große Überraschung. Malina hat die ganze Nacht nicht geschlafen, sondern viel nachgedacht.

„Ich werde nach Hause fliegen", verkündet sie mir beim Frühstück.

„Bist du sicher?"

„Ganz sicher. New York ist nicht die richtige Stadt für mich."

„Okay, versteh ich. Wann geht dein Flug?"

„In zwei Tagen. Hatte ein Flexiticket und es gab noch freie Plätze."

„Das ist gut. Dann lass uns noch das Beste aus deinen letzten Tagen hier machen, einverstanden?"

„Ja", sie lächelt wieder. Das hat sie gestern Mittag das letzte Mal getan. Wurde Zeit. Die Stadt scheint ihr wirklich nicht zu bekommen. Aber das ist, wie Vieles, ein Lernprozess. In ein paar Wochen würde sie hier sicher bestens klar kommen. Aber wer weiß, was bis dahin alles passieren würde. Es ist wohl das Beste so.

Ich will ihr einen kleinen Abschied organisieren, für morgen Abend. Da sie hier niemanden kennt, lade ich meine neuen Freunde ein: Alanna und Vin. Sie sagen beide zu.

17

„Wie heiß die Band noch mal?" Malina hat sie kennen gelernt, als sie in Tribeca unterwegs war. Sie haben ein paar Flyer verteilt, für ihren Gig heute abend in Brooklyn, zu dem wir alle gerade unterwegs sind.

„Rolling Thunder – from Down Under, haha!" Nur Rolling Thunder, aber sie kommen aus Australien.

„Und woher kennt ihr die noch mal", fragt Alanna.

„Auf der Straße getroffen. Sie haben ein bisschen musiziert und Flyer verteilt. Sind echt gut", wirbt Malina.

„Wir sind gespannt", sage ich und meine es.

Die Bar in der sie spielen heißt Little Paradise. Es ist überall Sand aufgeschüttet. Und die Australischen Klänge der Jungs passen super in diese Atmosphäre hinein. Sie sind wirklich gut. Ich kaufe eine CD.

„Hast du auch meine CD gekauft", fragt mich der Singer/Songwriter der die Band auf Tour unterstützt und vor ihnen aufgetreten ist. „Oh, hi. Nein, wir haben deinen Auftritt leider verpasst. Ich weiß nicht, wie du klingst."

„Das lässt sich ändern." Er schnappt sich seine Gitarre und führt mich nach draußen. Auf der Straße gibt er mir einen Song zum Besten. Ein Liebeslied. Er hat eine gute Stimme und der Sound gefällt mir. Lässig und entspannt. Ein wenig wie Jack Johnson. „Okay okay, ich kaufe deine CD! Lass uns wieder reingehen."

„Warum bleiben wir nicht ein bisschen draußen? Hier kann man sich besser unterhalten."

Er ist sehr betrunken, was schade ist. Nüchtern hätte ich ihn gerne kennen gelernt, aber er lallt und wankt beim Gehen. Ich habe größere Mengen Alkohol und stark Betrunkene noch nie gemocht. Die machen mich irgendwie traurig.

Er willig ein, etwas enttäuscht, aber das ignoriere ich.

„Wie alt bist du?" fragt er.

„27"

„Das ist das perfekte Alter. Du bist noch jung, hast aber so eine Weisheit und Wärme in den Augen, wie sie nur ältere Menschen haben. Du bist wunderschön, weißt du das."

„Danke", sage ich, ein wenig verlegen. Seine Worte gefallen mir, aber die Art, wie er sie sagt – volltrunken – nicht.

„Weißt du, ich bin nicht nur Musiker, ich bin auch Geschäftsmann. Ich bin kein armer Schlucker. Ich habe Geld auf der hohen Kante, zu Hause in Australien."

Er will mich beeindrucken und von sich überzeugen. Das ist irgendwie süß. Aber ich mag immer noch keine Betrunkenen. „Das freut mich für dich", sage ich, ein wenig barscher als beabsichtigt. Ich weiß auch nicht warum. Vielleicht bin ich von ihm enttäuscht. Unter anderen Umständen hätte ich die Unterhaltung genossen. Er gefällt mir. Aber nicht so.

„Ich bin sehr betrunken. Zu betrunken, stimmt's?"

„Ja, tut mir leid."

„Nein, tut mir leid." Er macht einen Rückzieher, ein wenig beschämt.

Ich kaufe mir trotzdem seine CD. Auch wenn er Kohle hat, die Kunst muss unterstützt werden.

Ich gehe wieder zurück zu den anderen. Malina knutscht mit einem aus der Band. Alanna textet und Vin schaut mich erwartungsvoll an.

„Hat der dich angemacht?" fragt er und klingt eifersüchtig.

„Nein, wir haben uns nur unterhalten."

„Dann ist gut. Der ist ein Loser."

„Wenn du meinst. Aber er macht gute Musik."

„Stehst du auf Musiker? Ich hab mal Klarinette gespielt."

Ich muss mich sehr zusammen reißen, nicht zu lachen. Will er mich damit etwa beeindrucken? „Nicht ausschließlich."

„Worauf stehst du dann?"

Diese Unterhaltung fängt an mir auf die Nerven zu gehen. „Auf nichts Bestimmtes. Es muss einfach passen."

„Für mich passt es sehr gut."

Scheiße! Wie konnte ich so in die Enge geraten. Ich hab doch extra darauf geachtet, nicht mehr mit ihm alleine zu sein. Ich sage einfach nichts. Doch er gibt nicht auf.

„Ich liebe dich, Jules."

Ach du meine Güte. Das haut dem Fass echt den Boden aus. Ich sage wieder nichts, aber das hält ihn nicht auf.

„Und ich glaube, du liebst mich auch."

Er versucht, mir in die Augen zu schauen, aber ich meide den Blickkontakt. Er nimmt mein Gesicht in seine Hände. „Du musst jetzt nichts sagen. Überleg es dir einfach. Ich erwarte deine Antwort morgen. Denk darüber nach."

„Vin, tu das nicht, bitte. Lass uns einfach Freunde sein" flehe ich ihn beinahe an.

„Morgen", sagt er noch einmal. Dann verabschiedet er sich. Starker Auftritt.

Ich sitze da wie bestellt und nicht abgeholt. Meine Antwort lautet Nein, das ist völlig klar, da gibt es nichts zu überlegen. Ich weiß nur noch nicht, wie ich ihm das schonend beibringen soll.

Alanna hat sich von ihrem Handy losgerissen und die Szene anscheinend beobachtet. „Er ist aufdringlich."

„Ja, und nicht mein Typ."

„Sag einfach Nein."

„Ich habe Angst, dass dann etwas Schlimmes passiert. Er kommt mir ein wenig fanatisch vor."

„Was denn, willst du deshalb etwa Ja sagen? Und nach kurzer Zeit bekommt ihr Kinder und heiratet, obwohl du ihn nicht magst, nur, weil du dich nicht getraut hast Nein zu sagen?"

Wir müssen beide lachen.

„Erzähl mir lieber von Adam."

Sie grinst breit. „Er ist toll. Hat am zweiten Abend für mich gekocht und mich nach Strich und Faden verwöhnt. Er ist lustig, romantisch, nett und schlau. Und sieht einfach umwerfend aus, findest du nicht auch?"

„Ja!" Mein Typ war er nicht, aber das tut nichts zur Sache. „Du bist also verliebt?"

„Voll und ganz. Ich bin wirklich glücklich. Er tut mir gut."

„Das freut mich, Alanna!" Sie hat es verdient.

Als die Bar schließt sind wir obdachlos. Wir wollen den Abend noch nicht beenden, also lassen wir uns auf der Straße nieder. Irgendjemand hat Bier dabei. Ich genehmige mir eins. Das brauche ich jetzt.

Die Australier sind nicht mehr da. Aber dafür ein Fotograf, der den ganzen Abend Fotos gemacht hat. Er ist von Malina und mir fasziniert und hält uns die ganze Zeit die Linse vor die Nase. Keine von uns hält ihn davon ab. Wir sind geschmeichelt und es stört uns nur ein wenig.

Wir unterhalten uns noch ein paar Stunden, bis wir alle müde sind und uns auf den Heimweg machen.

In der U-Bahn-Haltestelle lungert ein älterer Obdachloser herum, der mich mit den Augen fixiert. Das ist ein wenig unangenehm. Ich versuche, ihn zu ignorieren.

„Ich glaube er mag dich" bemerkt Malina.

„Das beruht völlig auf Gegenseitigkeit. Schon mal von Liebe auf den ersten Blick gehört?" Wir lachen. Der Mann tut mir leid, aber man starrt andere Leute einfach nicht an. Das gehört sich nicht. Das ist löst Unbehagen aus.

Zu Hause lasse ich mich in mein Bett fallen. Ich bin erledigt. Ich denke über Vin und sein Ultimatum nach. Er liebt mich, das sind starke Worte. Sollte man jemanden, der einen liebt nicht erhören? Und wenn man es nicht tut, rächt sich das dann irgendwann?

Für einen kurzen Moment denke ich, dass ich vielleicht lernen könnte ihn zu lieben. Aber ist es das was ich will? Eine Vernunftliebe? Aber warum eigentlich. Was wären die Vorteile? Geld habe ich selber. Und es ist ja nicht so, dass wir Nachwuchs erwarten oder ähnliches. Nein, ich will ihn nicht. Und das werde ich ihm wohl oder übel sagen müssen.

Beim Frühstück überrumpelt Vin mich. Er ist allein, Dalia scheint noch zu schlafen.

„Und", fragt er ohne Umschweife, „Hast du es dir überlegt?"

Ich fühle mich nicht gut, aber da muss ich jetzt durch. Seine Direktheit macht mir meine Antwort irgendwie leichter „Ja Vin. Es tut mir leid, aber meine Antwort lautet Nein. Ich liebe einen anderen."

Er fängt laut an zu lachen.

„Reingelegt! Es war alles nur ein Scherz! Ich hab dich verarscht."

Wenn das seine Art ist damit umzugehen, ok.

„Weiß das Arschloch wenigstens Bescheid? Und liebt er dich auch?"

„Ja. Und ich denke schon", lüge ich mir zusammen. Aber auch nicht wirklich. Ich bin ja verliebt, oder dabei mich zu verlieben – in Karl. Und ich denke, er mag mich auch.

„Ok" sagt er nur, isst schweigend sein Frühstück und macht sich dann ohne ein Wort vom Acker.

Malin gesellt sich zu mir. Sie sieht so unausgeschlafen aus wie ich mich fühle. „Warum sind wir schon so früh wach?" fragt sie mich.

„Weil du auschecken musst, Hase."

„Ach ja, da war ja was" sie grinst.

„Hast dich mit dem Typen aus der Band gestern richtig gut verstanden, nicht?"

„Ja. Er ist toll. Und ein fantastischer Küsser!"

„Dann weiß ich ja, wohin deine nächste Reise geht" sage ich mit einem Zwinkern.

„Ja, vielleicht mache ich Work&Travel in Australien. Er gefällt mir wirklich gut. Darf ich dir ein Geheimnis verraten?"

„Vorsicht, ich kann für nichts garantieren." Das meine ich nicht so.

„Ich war noch nie verliebt."

„Echt nicht? Ich das erste Mal mit 11." Die Erinnerung daran macht mich wehmütig. Ich war in einen 15-Jährigen verliebt, dem ich natürlich zu jung war. Aber ich habe ihm Gedichte und einen Liebesbrief geschrieben, den ich seinem Freund überreicht habe. Als Antwort wollte er mich treffen. Ich machte mir natürlich Hoffnungen. Doch er gab mir, ganz nett zwar, aber doch, er gab mir einen Korb. Heute verstehe ich das natürlich. Aber damals war es ein ganz schöner Schlag.

„Nein, noch nie" wiederholt Malina. „Aber bei Tom habe ich ein echtes Kribbeln im Bauch."

„Dann kannst du ab jetzt nie wieder sagen, dass du noch nie verliebt warst, denn jetzt bist du es!"

Sie lächelt. „Ja, ich denke schon."

„Dann bleib am Ball. Plane was in Australien und genieß das schöne Gefühl. Woher kommt er denn genau?"

„Sie wohnen in der Nähe von Sydney."

„Na dann auf. In so einer großen Stadt findest du auf jeden Fall ein Praktikum oder vielleicht sogar einen festen Job. Du brauchst nur jemanden, der dein Visum sponsort. Oder vielleicht kannst du modeln", sage ich mit einem Zwinkern.

„Das ist der Traum."

„Lebe deinen Traum, Süße."

Sie grinst.

Nach dem Frühstück checkt Malina aus. „Was soll ich jetzt machen? Mein Flug geht erst heute Abend und ich bin hundemüde."

„Wenn du möchtest, kannst du es dir in meinem Zimmer bequem machen. Deine Sachen kannst du auf jeden Fall auch lagern."

„Danke, du bist die Beste! Aber was machst du dann?"

Ich gehe joggen. Wer feiern kann, kann sich auch körperlich betätigen. Ich habe ja, anders als die anderen, nur ein Bier getrunken, habe also keinen Kater. Die fünf Stunden Schlaf müssen eben einfach mal reichen.

Als ich zurückkomme schläft Malina tief und fest. Ich genehmige mir eine heiße Dusche, dann checke ich mein Handy. Das habe ich die letzten Tage sehr vernachlässigt. Aber wie sich herausstellt habe ich nicht viel verpasst. Anrufe von unbekannter Nummer – das könnte Ramon sein. Weiß ich nicht, ist mir auch egal. Keine Nachricht auf dem AB. Nicolette schreibt, dass es ihr immer noch schlecht geht. Ich blockiere sie. Das interessiert mich nicht mehr. Eine Bekannte vom Studium, eine von den

Guten, an die ich mich nicht wirklich rangetraut habe, lädt mich zum Geburtstag ein. Da bin ich aber leider nicht im Lande. Und schon bin ich durch. Ich mache mein Handy aus und lege es in meinen Schrank. Wenn ich mal wieder frustriert sein möchte, hole ich es raus. Obwohl die Einladung mich doch freut. Wenn ich zurück bin, werde ich sie auf einen Kaffee einladen.

Ich setze mich in meinen Sessel und lese im Stadtführer.

Ich weiß nicht genau, wann Malinas Flug geht, aber ich möchte nicht, dass sie ihn verpasst. Deshalb wecke ich sie um vier. Sie bedankt sich und ich soll Recht behalten, sie muss sich bald auf den Weg machen. „Nur noch schnell duschen, dann muss ich los." Ihr Flieger geht um sieben.

Weil ich sicher sein möchte, dass alles klappt und unterwegs nichts mehr schief geht, sie also sicher im Flieger ankommt, begleite ich sie. Sie freut sich. „So haben wir noch ein bisschen mehr Zeit zusammen."

Sie lehnt den Kopf an meine Schulter. „Ich weiß nicht, was ich hier ohne dich gemacht hätte."

„Das müssen wir ja zum Glück nicht rausfinden. Ich bin auch froh, dich jetzt zu kennen, du Sonnenscheinchen."

Sie lacht. „Sonnenscheinchen?"

„Ja. Wie Sonnenschein, nur noch viel besser."

Wir lächeln uns an. Ein Außenstehender, so wie unser Taxifahrer, könnte uns für ein Pärchen im Anfangsstadium halten. Er schielt auch öfter in unsere Richtung, wie mir auffällt. Aber es ist mir egal.

Ich begleite Malina zum Check-In, alles klappt. Dann wird es Zeit, dass wir uns verabschieden.

„Ich werde dich vermissen", sagt sie und fällt mir um den Hals.

„Und ich dich!" Das werde ich wirklich. Sie ist für mich inzwischen wie die kleine Schwester die ich nie hatte und mir immer gewünscht habe. „Melde dich, wenn du zu Hause angekommen bist."

Sie verspricht es.

Ich sehe sie durch den Security Check gehen, alles gut. Jetzt kann nicht mehr viel schief gehen. Ich überlasse sie wieder in die Obhut ihrer Eltern, vorerst. Ich sehe sie schon nach Australien aufbrechen, auf den Spuren der Liebe.

Zurück im Hostel weiß ich nichts mit mir anzufangen, also lege ich mich ins Bett. Vin möchte ich lieber aus dem Weg gehen, Malina ist weg und Karl arbeitet. Bleibe nur ich übrig. Gut, dass morgen mein Schauspielkurs beginnt. Ich brauche Beschäftigung. Und Abendessen, wie ich merke.

Ich hole mir im Supermarkt ein paar Sandwiches und esse sie alleine in meinem Zimmer.

18

Am Morgen wache ich früh auf. Heute ist mein erster Tag an der Schauspielschule – ich bin aufgeregt und ein wenig nervös. Gespannt auf das Training und die anderen Teilnehmer. Vielleicht sind ja ein paar neue Freunde darunter.

Beim Frühstück sehe ich Vin und Dalia. Wir grüßen uns, sitzen aber nicht zusammen. Wir haben uns im Moment nichts zu sagen. Vielleicht ändert sich das noch mal, wenn Gras über die Sache gewachsen ist. Aber für jetzt ist Abstand wohl das Beste.

Da es noch früh ist, gehe ich die drei Stationen zu Fuß. Die Sonne scheint, es verspricht ein guter Tag zu werden. Unterwegs werde ich von Fremden angelächelt. Ich weiß nicht, warum. Möglicherweise, weil ich gute Laune habe und das irgendwie ausstrahle? Es könnte sein.

„Guten Morgen, liebe Teilnehmer. Willkommen bei Schauspiel für Anfänger."

Die Leiterin des Kurses ist um die 50, stellt sich als erfahrene Theaterakteurin vor, die auch ein wenig Erfahrung im Film hat. Sie wirkt sympathisch. Und kompetent.

Wir sind insgesamt acht Teilnehmer. Nicht überfüllt, aber genug, um Gruppenarbeit zu machen. Wir hören alle gespannt zu.

„Ich frage Sie mit Absicht nicht, was Sie hoffen hier zu lernen. Nein. Ich werde Ihnen sagen, was Sie lernen werden: Ihr Potential optimal zu nutzen. Dazu werden wir Ihre Stimme und Ihren Körper trainieren. Sie werden Rollen- und Textarbeit machen, Improvisation üben und lernen, sich schnell in die verschiedensten Stimmungen zu versetzen. Das typische auf Kommando weinen setze ich voraus."

Nachdem sie sich vorgestellt hat, bittet sie uns, dass sich jeder kurz vorstellt. Wir sind fünf Frauen und drei Männer. Die meisten von uns haben nicht viel Erfahrung in diesem Bereich und sehen das Ganze eher als Hobby. Aber einer, Carlos aus Madrid, hat große Ambitionen. Er sieht sich bereits in Hollywood. Er sieht gut aus, ein bisschen wie der Sänger von Bush – gleiche Haare, gleiches Gesicht. Aber irgendetwas ist mit ihm. Ich kann es nicht benennen, aber das werde ich noch herausfinden.

„Es freut mich, Sie alle kennen zu lernen", beendet Samira, unsere Leiterin, die Vorstellungsrunde. „Heute beginnen wir mit Atemübungen. Ist jemand von Ihnen mit Meditation vertraut?"

Ein paar nicken.

„Gut, darauf können Sie aufbauen. Alle anderen werden es schnell lernen. Schließen Sie bitte die Augen und legen Sie eine Hand auf Ihren oberen Bauch." Sie schaut sich in der Runde um. Alle tun, was sie gesagt hat. „Jetzt atmen Sie, in einem Zug, tief ein. Halten Sie den Atem für vier Sekunden an und atmen Sie stoßweise – in drei Stößen – aus. Das wird Ihnen helfen Ihre innere Mitte zu finden", verspricht sie.

Das wiederholen wir zehn Mal. Dann sollen wir auf Kommando aus vollem Halse lachen. Das fällt mir nicht so leicht wie das Atmen. Ich fühle mich ein wenig verrückt. Carlos dagegen legt sofort los. Er hat damit nicht das geringste Problem. Sein Lachen ist irgendwie ansteckend, und wir steigen alle mit ein.

„Sehr gut", lobt uns die Leiterin. „Und jetzt wird wieder geatmet."

Das machen wir, im Wechsel, fast die ganze Zeit. Am Ende sind wir alle geschafft. Sie fragt uns, wie es uns ergangen ist. Wir sagen alle, es gehe uns gut. Nach drei Stunden verabschieden wir uns bis zum nächsten Tag.

„Hey, warte mal", ruft mir Carlos hinterher. „Du bist Jule, richtig?"

„Ja, was gibt's?"

„Nichts Besonderes. Ich hab mich nur gefragt, ob du vielleicht mit mir Mittag essen magst. Ich esse nicht gerne alleine."

Ich auch nicht. Also sage ich zu. Wir gehen in einen Imbiss in der Nähe, der Hotdogs und Pommes anbietet. Wir schlagen uns die Mägen voll. Währenddessen plaudert Carlos ununterbrochen.

„...und dann hat sie einfach gesagt, verpiss dich. Kannst du das glauben? Nach zwei Jahren."

„Das tut mir leid." Ich weiß nicht genau, wovon er redet, ich habe abgeschaltet. Sein Redefluss prasselt seit einer halben Stunde auf mich ein.

„Ich chatte nachher noch mit Johnny Depp. Soll ich ihm von dir Hallo sagen?"

Okay, er ist übergeschnappt. Wenn ich es benennen müsste, würde ich sagen, er wirkt manisch oder psychotisch. Ist er wahrscheinlich auch. Ich will ihn nicht aufbringen. Ich habe mal ein Praktikum in einer Psychiatrie gemacht und weiß, wie leicht sowas passiert. Man muss einfach positiv bleiben und viel lächeln. Das was sie sagen ernst nehmen. Also sage ich, dass ich mich darüber freuen würde und mache mich, sobald ich kann, aus dem Staub. Morgen muss ich ihn wiedersehen, also auf jeden Fall freundlich bleiben, denke ich mir.

„Free hug?" fragt er, beziehungsweise bietet sich an.

Wir umarmen uns. Das kann er wirklich gut. Aber er macht mir auch ein wenig Angst. Er wirkt unberechenbar. Ich hoffe einfach mal, dass von ihm keine Gefahr ausgeht. Widersprechen werde ich ihm aber besser nicht. Er scheint temperamentvoll zu sein.

Ich habe heute nicht viel mehr gemacht als zu atmen, dennoch bin ich erschöpft. Ich beschließe, mich in mein Zimmer zurückzuziehen und den letzten Matrixteil anzusehen. Auf andere Menschen hab ich keine Lust.

Zum Abendessen wage ich mich allerdings in die Küche. Dalia kocht wieder. Aber ihr Angebot, mich zu ihnen zu gesellen schlage ich aus. Auf dieses Theater habe ich keine Lust. Keine Lust, gut Miene zu machen und so zu tun als wäre alles in Ordnung. Vin wird es mir sicher danken. Ich mache mir Instantnudeln und esse sie oben in meinem Zimmer.

Irgendwie bin ich froh für mich zu sein. Obwohl ich mich ein wenig einsam fühle. Ich bin zweigespalten zwischen dem Wunsch nach der richtigen Gesellschaft und dem Bedürfnis, für mich allein anzuschalten. Ich vermisse Karl. Auf seine Gesellschaft hätte ich jetzt große Lust. Oder einfach nur auf ein Telefonat mit ihm. Aber wir haben verpennt unsere Nummern zu tauschen. So muss ich wohl oder übel noch knapp zwei Wochen auf seine Rückkehr warten.

Ich hoffe, Vin und Dalia ziehen bald in ihr eigenes Heim, dann kann ich mich in dem Hostel endlich wieder frei bewegen und neue Leute kennen lernen, wenn mir danach ist. Ich will einfach nur die Freiheit haben. Aber kein Druck. Ich komme auch alleine klar.

Dennoch, in meinem Zimmer wird mir langweilig. Es ist noch nicht spät. Ich beschließe, auszufliegen. Es zieht mich zum Empire State Building.

Die Schlange nehme ich in Kauf. Ich habe Musik auf den Ohren. Als ich endlich den Fahrstuhl betrete, gibt mein MP3 Player mal wieder den Geist auf. Ich brauche dringend einen neuen. Aber das Timing ist perfekt, denn jetzt verlangt etwas anderes meine Aufmerksamkeit.

Die Aussicht ist sagenhaft. Die Lichter der Stadt funkeln wie Diamanten. Ich schaue auf sie herab und träume von der Zukunft. Möglicherweise einer Schauspielkarriere. Auf jeden Fall aber einer erfüllten Liebe. Mehr brauche ich nicht. Alles andere habe ich schon.

Voller Zuversicht und in Gedanken bei Karl nehme ich den Fahrstuhl zurück zum Boden der Tatsachen. Ich werde bestimmt wieder herkommen, es war einfach sagenhaft.

Ich schlendere die 5th Avenue entlang. Schaue auf die Auslagen, aber bin nicht in Shoppinglaune. Das mache ich irgendein anderes Mal. Ich brauche nichts Bestimmtes. Außer vielleicht einen neuen Wintermantel. Aber meiner tut es noch. Und bald ist Frühling. Es ist ja schon Ende Januar. Vor kurzem war der 22te. Der Todestag von Heath Ledger. Das habe ich mir gemerkt. Und jedes Jahr lege ich eine Trauerminute für ihn ein.

Er war mein absoluter Lieblingsschauspieler, lange vor Brokeback Mountain und Batman. Ich war total in ihn verknallt.

Von seinem Tod habe ich im Radio erfahren. Ich kann mich noch genau an den Moment erinnern. Ich hatte einen Schock, musste mich übergeben. Und konnte es nicht glauben. Er war so jung, ein enormes Talent und schien so ein top Mensch zu sein. Einfach nur tragisch. Ich glaube, ich werde nie so ganz darüber hinwegkommen, auch wenn ich ihn gar nicht kannte. Ich kann mir nur ausmalen, wie es Leuten geht, die tatsächlich mit ihm zu tun haben durften. Vor allem seiner Familie. Nur traurig. Ich nehme mir vor, mal in die Broome Street zu gehen – dort hat er gewohnt und dort ist er gestorben.

Zuhause falle ich tot müde ins Bett. Der Fußmarsch hat mich platt gemacht. Ich sinke in einen traumlosen Schlaf.

„Guten Morgen", begrüßt Samira uns am nächsten Tag erneut. „Wie ich sehe sind wir geschrumpft." Eine Teilnehmerin hat anscheinend schon die Flinte ins Korn geworfen. Jetzt sind wir nur noch sieben. „Wie geht es Ihnen nach gestern?"

Der Reihe nach berichten wir. Allen geht es gut. Und alle fassen sich recht kurz, bis auf Carlos. Er berichtet von seinem Chat mit Johnny Depp. Den es nie gab.

Die anderen Teilnehmer lauschen gespannt, wollen sich mit ihm gut stellen. Es ist unfassbar, aber sie glauben ihm. Und er genießt die Aufmerksamkeit. Sogar unsere Kursleiterin ist begeistert. Als er erzählt, er hätte eine kleine Rolle in Fluch der Karibik gehabt, sind alle beeindruckt. Und da macht es natürlich Sinn, dass er auch den Star der Filme kennt. Unfassbar naiv diese Leute. Und ich dachte, ich hätte was das angeht noch an mir zu arbeiten.

Carlos kommt vom Hundertsten ins Tausendste und erzählt und erzählt. Niemand hält ihn auf. Heute ist anscheinend das Thema Zuhören dran. Er redet von den Projekten, die er schon gewuppt hat. Von Spanien. Von der großen weiten Welt. Von seiner Musik. Er ist auch noch Musiker. Gitarre und Gesang. Aber er schreibt nichts eigenes, er singt nur die Lieder von anderen Leuten.

Samira möchte, dass wir anderen auch von uns erzählen und bemüht sich, das Gespräch in unsere Richtung zu lenken. Damit hat sie kurz Erfolg. Doch dann reißt Carlos wieder das Ruder an sich.

Wir beenden diesen Tag mit einer Atemübung.

Ich mache, dass ich wegkomme. Ich möchte nicht wieder von Carlos eingefangen werden.

Der nächste Tag läuft genauso ab. Carlos betrachtet diesen Kurs als seine Bühne. Am Ende bitte ich Samira um ein Gespräch. Alle anderen sind schon weg. Da platzt es aus mir heraus.

„Ich möchte mich beschweren. Tut mir leid, aber ich hatte mir etwas anderes von diesem Kurs erwartet, als immer nur Geschichten von Carlos zu hören. Hat das irgendeinen höheren Sinn?"

„In deinem Fall trainiert es die Geduld. Als Schauspieler braucht man davon eine Menge. Man muss oft Szenen wiederholen oder auf seinen Einsatz warten. Da ist Geduld sehr wichtig. Im Falle der anderen trainiert es ihre Ohren. Zuhören, aufnehmen ist ebenso wichtig wie sich selbst zu produzieren. Aber ich höre dich. Morgen machen wir weiter im Stoff."

Ich bedanke mich und bin froh, es angesprochen zu haben. Ich hatte schon meine Hoffnung verloren und befürchtet, ich müsse mir einen anderen Kurs suchen.

19

Am Abend setze ich mich mit meinem Supermarkt-Sushi in die Küche. Vin und Dalia sind noch nicht da. Zum Glück. Dafür eine junge Frau, die, in Britischem Dialekt, telefoniert.

Wie sich später herausstellt, ist ihr Name Lucy und sie ist eine Modelagentin aus London. Sie wirkt sehr nett und unheimlich cool. Was sie hier macht, denn Urlaub ist es nicht, verrät sie mir später. Sie will ihr Geschäft erweitern, in den amerikanischen Markt einsteigen. Dafür muss sie viel rumtelefonieren und Klinken putzen. Sie wird voraussichtlich eine Weile hier sein. Je nachdem, wie es läuft. Ich frage sie, ob sie auch Schauspieler vermittelt. Sie verneint. Noch nicht. Aber das könne sich ja ändern. Ich erzähle ihr von meinem Kurs. Sie findet, dass ich Ausstrahlung und Charisma habe. Wenn ich dazu noch talentiert bin, könne ich es weit schaffen, sagt sie mir voraus. Das macht mich glücklich.

Wir unterhalten uns ein bisschen über Gott und die Welt und ich merke gar nicht, wie die Zeit vergeht. Mit einem Mal ist es Mitternacht und wir können beide gar nicht mehr aufhören zu gähnen.

Vin und Dalia habe ich über das Gespräch völlig vergessen, aber jetzt fällt mir auf, dass sie nicht aufgetaucht sind. Vielleicht essen sie auswärts. Oder sie haben endlich eine Wohnung gefunden. Stellt sich heraus, dass ich das bald erfahren soll. Als ich zu meinem Zimmer gehe, sehe ich Vin vor meiner Tür warten.

„Hi", sage ich zögerlich.

„Hi Jules. Wie geht's dir?"

„Gut, danke. Was machst du hier?"

„Ich wollte mit dir reden, unter vier Augen. Darf ich mit rein kommen?"

„Lieber nicht. Wir sind hier draußen ja auch unter uns. Was gibt es denn?

Er wirkt enttäuscht, aber das ist mir egal. „Ich wollte mich bei dir entschuldigen. Ich hätte dich nicht so nerven sollen. Mir ist bewusst geworden, dass dich das unter Druck gesetzt haben muss. Und das tut mir leid. Kannst du mir verzeihen?"

Er klingt aufrichtig. Ich beschließe, ihm noch eine Chance zu geben. „Ja, das kann ich. Schwamm drüber."

„Danke", sagt er, sichtlich erleichtert.

Ich weiß nicht, ob wir nach der Sache wieder richtige Freunde werden können oder ob das immer zwischen uns stehen wird. Aber ich bin bereit es zu versuchen.

„Ihr habt heute gar nicht gekocht. Ist alles in Ordnung?"

„Ja, wir waren essen. Wir hatten heute Jahrestag. Ich habe sie ausgeführt:"

„Das klingt gut. Versteht ihr euch wieder besser?"

„Ja, wir haben uns ausgesprochen. Das hat gut getan."

„Also bleibt ihr zusammen?"

„Ich denke schon. Wir haben uns beide ein bisschen gehen lassen und uns nicht mehr angestrengt. Das wollen wir ändern. 15 Jahre schmeißt man nicht so einfach weg."

„Ja. Freut mich, dass du das so siehst."

„Aber Dalia muss sich ändern. Es geht nicht, dass sie den ganzen Tag vor dem Fernseher sitzt. Sie will sich einen Job suchen. Und ich schaue weiter nach Häusern."

„Das klingt doch gut."

„Hast du Lust, mal was mit uns zu unternehmen? Wir könnten raus nach Coney Island. Ein bisschen am Strand spazieren gehen. Die Brise spüren."

Ich weiß noch nicht, ob ich dazu schon bereit bin, also gebe ich mich diplomatisch. „Ich denke das klingt gut."

„Prima. Ich würde mich wirklich freuen, wenn wir wieder Freunde sein könnten. Ich habe dich vermisst. Aber rein platonisch, versprochen."

„Wir können es versuchen. Lass uns einfach nicht mehr davon reden, ok?" Ich bin wirklich bereit für einen Neustart. Aber ich will es langsam angehen lassen.

„Okay. Gute Nacht, Jules."

„Nacht Vin."

Ich bin irgendwie erleichtert. Jetzt muss ich ihnen nicht mehr aus dem Weg gehen. Und vielleicht gibt es für mich bald wieder leckeres Indisches Essen. Kein Supermarkt-Sushi mehr. Das wäre schön.

Im Kurs geht es heute um unsere Sprechstimme – darum, wie man sie gezielt einsetzt, hebt und senkt, flüstert und schreit. Wir machen Übungen um dies zu trainieren. Carlos scheint sauer zu sein, dass er heute nicht zum Reden kommt. Er bedenkt Samira des Öfteren mit bösen Blicken. Sie merkt davon nichts. Und wenn doch, lässt sie es sich nicht anmerken.

Er scheint völlig von der Rolle zu sein. „Können wir was zum Thema Aggression machen?" fragt er völlig unvermittelt.

„Heute ist eigentlich Stimmarbeit dran, Carlos."

„Aber ich brauche das jetzt."

„Sie sind in einem Kurs mit sechs anderen Teilnehmern, Carlos. Sie müssen sich ein bisschen anpassen."

Das scheint ihm nicht zu gefallen. Er springt auf und reißt dabei seinen Stuhl um. Der fällt krachend zu Boden. Wir anderen erleben einen kurzen Schreckmoment, Carlos scheint das nicht zu bemerken. Er brüllt: „So ein verdammter Scheiß-Kurs. Sie wissen anscheinend nicht, wen sie hier vor sich haben!"

Er nimmt seinen Stuhl und schlägt damit auf den Boden ein. Der Stuhl zerbricht dabei in seine Einzelteile.

„Beruhigen Sie sich, Carlos." Samira versucht es auf die freundliche Art, hat damit aber keinen Erfolg. Carlos schnappt sich einen anderen Stuhl und macht weiter. Einer der männlichen Kursteilnehmer versucht, ihn aufzuhalten und erntet einen Faustschlag. Dann noch einen.

Ich habe genug gesehen. Ich gehe raus und rufe die Polizei. Hier ist mit Vernunft nichts auszurichten, hier braucht es Autorität und vielleicht einen Krankenwagen. Ich glaube, dass Carlos in der Psychiatrie besser aufgehoben wäre als in diesem Kurs. Aber das sollen Fachleute entscheiden.

Die Polizei ist vier Minuten später vor Ort. Carlos zerhackt gerade den dritten Stuhl. Als er die Männer sieht, fängt er an laut zu schreien. Er scheint zu ahnen was ihm blüht. Dies scheint nicht das erste Mal zu sein, dass jemand wegen ihm die Polizei gerufen hat. Er hatte in der Vergangenheit garantiert schon Ausbrüche dieser Art.

„Beruhigen Sie sich", sagt einer der Männer.

„Einen Scheiß werde ich!" Er ist gerade nicht besonders schlau.

„Wenn Sie sich nicht beruhigen, müssen wir Sie mitnehmen. Möchten Sie das?"

„Das sollten Sie lieber nicht tun. Ich bin der Erzengel Michael. Sie kriegen Ärger mit Gott!"

Okay, jetzt ist er völlig drüber. Er tut mir ein bisschen leid, auch wenn ich Angst vor ihm habe.

„Nehmen Sie Medikamente, Carlos?"

„Nein, igitt. Den Scheiß nehme ich nie wieder! Wissen Sie, was das mit einem macht? Das macht einen verrückt!"

Okay, er hat seine Medikamente abgesetzt. Er ist selbst schuld. Jetzt tut er mir nicht mehr leid.

„Der Krankenwagen ist unterwegs", sagt sein Kollege.

„Nein! Ich gehe in kein Krankenhaus!"

„Das sollten Sie aber. Wenn Sie nicht freiwillig gehen, müssen wir Sie zwangseinweisen. Überlegen Sie es sich."

Die Sanitäter treffen in diesem Moment ein. Als Carlos sie sieht fängt er an zu brüllen. „Verpisst euch ihr Schweine!"

Das besiegelt es. Er ist nicht zur Vernunft zu bringen. Also wird er zwangseingewiesen. Er ist sehr krank und braucht dringend die Hilfe die er jetzt hoffentlich bekommt. Wenn er sie annehmen kann.

Die Männer schnappen sich ihn und verschwinden.

Samira erklärt den Kurs für heute als beendet. Zum Abschluss machen wir noch mal unsere Atemübung. Wir können es alle gebrauchen. Über das was passiert ist verliert niemand ein Wort.

Im Hostel treffe ich auf Lucy und erzähle ihr was von dem Vorfall. Es tut gut, jemanden zum Reden zu haben. Sie kann nichts so schnell schocken, aber sie nimmt mich kurz in den Arm. Vorhin habe ich mir das nicht anmerken lasse, aber ich habe einen kleinen Schock. Sie merkt das sofort.

„Was sollen wir machen um dich abzulenken?" fragt sie mich.

„Broadway!" platzt es auch mir heraus. „Vielleicht können wir in eine Nachmittagsvorstellung gehen? Irgendein Musical."

Lucy hat Kohle, so wie ich, also muss ich mir keine Sorgen machen, dass ich sie finanziell überfordere. Sie willigt ein.

Wir nehmen ein Taxi, sie läuft nicht gerne. Nicht mal in dieser wunderbaren Stadt, in der jeder Spaziergang ein Ereignis ist.

Wir entscheiden uns für Das Phantom der Oper. Es gibt noch gute Plätze. Wir buchen. Premium-Tickets für die erste Reihe. Das war den meisten Leuten zu teuer, unser Glück.

Die Darbietung ist erstklassig. Hervorragende Stimmen. Wir sind beide begeistert und meine Laune hat sich schon gebessert. Die Ablenkung tut mir gut.

Hinterher gehen wir schick essen, im Red Lobster. Da wollte ich schon immer mal hin, aber es hat sich nie ergeben.

Der Hummer ist fantastisch. Butterzart, mit leckerem Aroma.

Wir trinken beide Wein. Das brauche ich heute. Aber ein Glas reicht. Das findet Lucy auch, was mich freut. Ich bin froh, dass sie auch nur wenig trinkt, da muss ich mich nicht erklären. Wenn man wenig bis nichts trinkt, wundern sich die Leute immer. Denken, man sei trockener Alkoholiker oder so. Dabei sollte es das Normalste auf der Welt sein. Es ist doch vernünftig, nichts zu trinken. Das sagt mir nur, dass die meisten Menschen nicht vernünftig sind. Ich finde es nicht schlimm, wenn sich jemand für Alkohol entscheidet, aber jeder sollte seine Grenzen kennen und einhalten. Es gibt für mich nichts schlimmeres, als jemand, der zu betrunken ist um noch zu wissen was er oder sie tut. Was hat man davon, das ist doch beängstigend, oder nicht? Für mich jedenfalls. Ich habe gerne noch halbwegs unter Kontrolle was ich tue. Deshalb trinke ich immer nur ein Glas von was auch immer – Wein, Gin Tonic, eine Flasche Bier. Das reicht mir vollkommen.

Während des Essens erzählt Lucy mir von ihrem Liebesleben. Sie steht auf Frauen. Im Spezifischen auf Asiatische Frauen. Sie hat im Moment keine feste Freundin, aber eines ihrer Models interessiert sie sehr. Ich sage, sie soll sie um ein Date bitten. Was hat sie schon zu verlieren?

„Ich glaube sie ist hetero… Das könnte unangenehm werden."

„Finde es heraus. Ist sie auf Facebook?"

„Nein. Zumindest nicht unter ihrem echten Namen."

„Dann musst du irgendwie versuchen Zeit mit ihr zu verbringen. Das Thema wird schon aufkommen. Lade sie doch einfach zum Essen ein. Unter dem Vorwand über ihre Karriere zu sprechen."

„Ja, das ist eine gute Idee, das könnte ich machen."

„Wohnt sie in London?"

„Ja."

„Dann sieh zu, dass du deine Geschäfte hier in Gang kriegst und auf nach Hause", sage ich mit einem Zwinkern. „Wie läuft es denn eigentlich?"

„Nicht so gut. Es könnte sein, dass das Projekt Übersee scheitert. Aber daheim läuft es bestens, es wäre also nicht sehr schlimm."

Wir zahlen. Dann nehmen wir uns ein Taxi zurück ins Hostel. Lucy hat auch ein Einzelzimmer, deshalb verbringt sie viel Zeit im Aufenthaltsraum. Dass man lieber alleine schläft heißt noch lange nicht, dass man die ganze Zeit alleine sein möchte. Aber heute möchte sie den Rest des Abends auf ihrem Zimmer verbringen. Mir geht es ähnlich. Ich will nur noch schlafen. Es war ein anstrengender Tag. Wenn auch mit schönem Ausklang. Ich danke Lucy für den tollen Abend und wir verabschieden uns mit einer Umarmung.

Eine Sache gibt es für mich noch zu erledigen. Ich möchte mir etwas gönnen und brauche dringend etwas worauf ich mich freuen kann. Ich buche online einen Helikopterflug für morgen Abend. Das wird mein Highlight. Da ist es beinahe egal wie der Tag läuft.

20

Der Kurs ist vollständig versammelt, bis auf Carlos, der hoffentlich in guten Händen und zur Vernunft gekommen ist. Der gestrige Tag wird kurz besprochen. Wir sagen der Reihe nach, wie wir uns fühlen. Der Konsens ist, es geht allen soweit gut. Nur Jimmy hat ein blaues Auge davongetragen. Aber er lächelt es weg. Es war sicherlich nicht der erste Faustschlag den er in seinem Leben abbekommen hat. Um uns auf andere Gedanken zu bringen schlägt Samira vor, Improvisationstraining zu machen.

„Das ist wichtig und trägt dazu bei, dass selbst in Momenten in denen euch mal die Konzentration verlässt, die Szene weiterlaufen kann. Und heute wollen wir uns ein bisschen auflockern. Was zu beachten ist: Was auch geschieht, eure Antwort ist immer Ja. Soweit alles klar?"

Alles klar. Wir beginnen. Zwei Freiwillige machen den Anfang.

„Okay, denkt euch eine Szenerie aus."

„Ich hab was", sagt Samantha. „Kindergarten."

„Gut, das nehmen wir. Minnie, einverstanden?"

„Von mir aus, ok."

Samantha macht den Einstieg. „Herzlich Willkommen in unserer Kindertagesstätte."

„Ja, danke. Ich möchte gerne mein Kind abholen."

„Ja, welches ist denn ihr Kind?"

„Das weiß ich noch nicht, welches können Sie denn empfehlen?"

Wir verkneifen uns ein Lachen. Minnie bleibt ganz ernst.

„Ja, also da wäre Stefano, italienischen Ursprungs. Er ist sehr begabt. Er zeichnet gerne."

„Haben Sie auch eins, das schon lesen kann?"

„Ja, aber sie ist nicht sehr nett."

„Dann möchte ich sie auf keinen Fall. Haben Sie vielleicht eins, das keine Windeln mehr braucht?"

„Ja, da haben wir einige vier-bis fünf-Jährige."

„Und welches davon ist das Beste? Ich möchte nur das Beste."

„Ja, das wäre, würde ich sagen… lassen Sie mich kurz überlegen. Anton. Er ist eindeutig der Beste."

„Gut, dann nehme ich den."

„Der ist heute leider nicht da."

„Oh, wie schade. Dann komme ich ein andermal wieder."

„Ja, sehr gerne."

„Auf Wiedersehen und bis bald."

„Auf Wiedersehen."

Wir applaudieren.

„Das war mal etwas außergewöhnlich, aber gut gelöst. Nicht schlecht für den Anfang", kommentiert Samira. „Wer möchte als nächstes?"

Jim und ich melden uns freiwillig.

„Ok, welche Szenerie?" fragt Samira.

„Schulhof", schlage ich vor. Wir legen los.

„Also, Herr Direktor, das geht nun wirklich nicht, dass Sie sich mit meinem Jungen prügeln – er ist erst 10!"

„Ja, aber er hat angefangen und mir immerhin ein blaues Auge verpasst. Sehen Sie nur."

„Ja, ich sehe. Sie sollten sich schämen. Sie sind ja wohl alles andere als ein Vorbild."

„Ja, aber ich bin der Chef hier. Beschweren Sie sich doch über mich."

„Sie verhalten sich wie ein Kind!"

„Ja, das macht der Umgang."

„Werden Sie sich wenigstens entschuldigen?"

„Ja, gut. Aber er hat trotzdem angefangen!"

„Nicht wichtig. Soll ich ihm die Entschuldigung ausrichten oder möchten Sie das selber machen?"

„Ja, ausrichten bitte."

„Mache ich. Feigling."

Ich verbeuge mich, um anzudeuten, dass wir fertig sind. Die Runde applaudiert.

„Das war auch sehr gut. Wer möchte als nächstes?"

Wir machen weiter bis alle dran waren. Es war eine wirklich gute Idee. Wir haben alle wieder beste Laune. Am Ende machen wir noch unsere Atemübung und dann sind wir entlassen.

Ich habe eine Nachricht von Alanna. Sie möchte sich heute Abend auf einen Drink treffen. Sehr schön. Das mache ich nach meinem Flug.

Nach dem Einsatz habe ich Hunger. Aber nicht auf Supermarkt-Sushi oder Sandwiches. Ich möchte etwas Gekochtes. Am besten von einem Profi. Da heute mein Verwöhntag ist, lasse ich mich von einem Taxi erneut ins Red Lobster fahren.

Es schmeckt auch alleine. Warum sollte man sich nicht selbst mal zu einem leckeren Essen einladen? Warum denkt man immer, man bräuchte dazu andere Leute? So ist es nicht und das lerne ich heute. Zwar spüre ich ein paar mitleidige Blicke, aber das ist ein Einstellungsproblem der anderen. Es interessiert mich nicht.

Ich hinterlasse ein großzügiges Trinkgeld und laufe nach Hause. Ein bisschen Bewegung wird mir gut tun.

„Oh mein Gott! Das kann ja wohl nicht wahr sein!" Dalia schreit den Fernseher an. Offensichtlich konnte sie sich noch nicht von ihm trennen. Ich gehe an ihr vorbei in den Aufenthaltsraum. Hier finde ich Vin.

„Na, alles gut?" frage ich.

„Geht so. Sie guckt schon wieder in die Glotze."

„Unternimm doch mal was mit ihr. Was mag sie denn?"

„Im Moment gar nichts. Sie mochte mal das Meer. Und Shoppen. Aber sie findet ja nichts in ihrer jetzigen Größe."

„Dann fahr mit ihr nach Coney Island. Ist bestimmt auch im Winter schön. Schnapp sie dir einfach und gib ihr keine Chance zur Widerrede."

„Ja, das sollte ich vielleicht. Hilfst du mir? Wäre sicher auch schöner wenn du mitkämest."

„Kann ich machen. Ich hab eine Idee. Wir machen das Sonntag und abends gehen wir in einen Comedy Club. Klingt gut?"

„Klingt großartig!"

Das wäre also abgemacht. Ich weiß nicht, wie wohl ich mich in dieser Konstellation fühle, aber auch ich mag das Meer. Warum sollte ich es nicht einfach auf einen Versuch ankommen lassen? Wenn es blöd wird war es eben das letzte Mal.

Ich gehe auf mein Zimmer und ruhe mich noch eine Runde aus. Bald geht es in die Lüfte.

20

„Alanna, ich bin hier drüben!" rufe ich, peinlicherweise, quer durch die Bar. Aber sie hätte mich in dieser Ecke einfach nicht gefunden.

„Jule! So schön dich zu sehen!"

„Absolut. Was willst du trinken?" Der Kellner ist gerade am Tisch, bereit die Bestellung aufzunehmen.

„Einen Gin Tonic bitte."

„Machen Sie zwei draus."

„Du siehst aus wie das blühende Leben. Dir scheint es gut zu gehen", sage ich, und freue mich riesig für sie.

„Ja, der Job läuft prima und mit Adam könnte es nicht besser sein."

„Erzähl mir mehr."

„Also, er ist nicht reich, er kann mir nicht die Welt zu Füßen legen, aber er legt mir sein Herz zu Füßen. Das ist viel mehr wert. Er macht mich wirklich glücklich. Gestern waren wir oben auf dem Empire State Building und da hat er mir gesagt, dass er sehr in mich verliebt ist. Er hat nicht ‚Ich liebe dich' gesagt, aber das wäre auch sehr früh. Ich habe mich riesig gefreut. Und natürlich bin ich auch wahnsinnig in ihn verliebt."

Das klingt alles top. „Freut mich sehr, Alanna!"

Sie grinst nur. „Und was gibt es bei dir Neues?"

„Ich war gerade in der Luft. Bin mit dem Helikopter über die Stadt geflogen. Das war unvorstellbar. Ein richtiges Lichtermeer. Ich fühle mich immer noch ganz high."

Dann erzähle ich ihr vom Schauspielkurs.

„Krass. Und der Typ ist jetzt im Krankenhaus?"

„Ich denke schon. Da gehört er auf jeden Fall hin. Er ist eigentlich ganz nett, aber muss sehr krank sein. Ich hoffe, er bekommt Hilfe und kann sie annehmen."

„Ja. Und was macht bei dir die Liebe?"

Ich beschließe, die Annäherung mit Karl erstmal noch für mich zu behalten. „Nicht viel. Ich bin glücklicher Single."

„Gut gut. Solange du glücklich bist bin ich froh."

Wir reden noch eine Weile und es wird immer später. Um Mitternacht verabschieden wir uns.

Auf dem Nachhauseweg fällt mir ein, dass ich noch gar nichts von Malina gehört habe. Ich schreibe ihr eine Nachricht. Hoffentlich geht es ihr gut.

Ich schlafe unruhig. Mache mir ein wenig Sorgen. Malina kann zwar ein wenig schusselig sein, aber ich schätze sie so ein, dass sie sich bei mir gemeldet hätte. Sie hatte es versprochen.

Mitten in der Nacht piepst mein Telefon. Endlich eine Nachricht von ihr.

Sie schreibt: Süße, es tut mir leid. Ich habe vergessen mich zu melden. Ich war im Krankenhaus. Ich habe im Flughafen auf der Treppe mit meinem Gepäck hantiert und bin die Treppe runtergefallen. Das wurde mir zumindest gesagt. Ich kann mich nicht erinnern. Ich habe mir den Kopf angeschlagen. Aber es geht mir schon besser. Ich drück dich."

Oje, ich hatte es ja geahnt. Bin aber froh, dass es nur halb schlimm ist. Ich wünsche ihr gute Besserung und schicke tausend Küsschen über den großen Teich. Sie muss unbedingt besser auf sich aufpassen – oder jemanden finden, der das übernimmt. Ich bin ja leider zu weit weg.

Ich kann nicht mehr einschlafen. Um 8 muss ich aufstehen, das sind noch drei Stunden. Was soll ich mit mir anfangen? Ich bin froh, dass ich jetzt ein Einzelzimmer habe und niemanden störe. Ich mache mir Licht und schmeiße meinen Rechner an.

Ich gucke ein bisschen Netflix. Und denke darüber nach, wie gerne ich Karl jetzt bei mir hätte. Wenn ich ihn kontaktieren könnte und wüsste wo er gerade Halt macht, würde ich mich dahin aufmachen. So bleibt mir nur die Erinnerung an unseren ersten gemeinsamen Abend und den unvergesslichen Gutenachtkuss.

Schade, dass ich kein Foto von ihm habe. Die Erinnerung verblasst langsam ein bisschen. Noch vor ein paar Tagen habe ich sein Gesicht vor mir gesehen wenn ich die Augen geschlossen habe. Jetzt ist da nur noch Dunkelheit. Das macht mich ein wenig traurig. Es ist mies, wenn man sich so kurz nach dem Kennenlernen so lange nicht sieht. Vielleicht sollte ich ihn auf seiner nächsten Tour ein Stück begleiten. Als Beifahrer, das wäre doch mal ein Spaß. Aber vermutlich hat er einen und es wäre kein Platz für mich. Außerdem habe ich hier meine Kurse, die ich unbedingt absolvieren möchte. Also muss ich es irgendwie fertigbringen das zu überstehen. Ich bin ja kein Teenager mehr, das werde ich schon schaffen.

Die Zeit ist irgendwie doch schneller als gedacht verflogen. Es ist Zeit aufzustehen. Ich dusche und gehe runter zum Frühstück. Dort treffe ich Lucy.

„Guten Morgen, Sonnenschein. Oder auch nicht. Da hat aber jemand schlecht geschlafen."

„Eher gar nicht", antworte ich und fühle mich ertappt.

„Warum nicht, was ist los?"

„Mir ist eine Menge durch den Kopf gegangen. Aber es geht mir ganz gut. Ich muss nur diesen Tag überstehen. In vier Stunden kann ich wieder ins Bett."

„Also wenn du darüber reden möchtest, ich bin für dich da."

„Das ist sehr lieb, aber es hat sich schön geklärt." Von Karl möchte ich nicht reden. Ich habe Angst, von ungelegten Eiern zu sprechen. Ich will nicht, dass es schief geht.

„Und wie geht's dir heute Morgen?"

„Bestens. Ich habe durch einen Zufall rausbekommen, dass Mitsue, das Model, von dem ich dir erzählt habe, frisch getrennt ist. Sie war mit einer Frau zusammen." Sie freut sich sichtlich.

„Wow, woher weißt du das? Das freut mich sehr für dich."

„Hab es bei Facebook erfahren. Wir haben eine gemeinsame Freundin, so hab ich sie gefunden. Es ist gut, dass ich jetzt hier bin. Ich will kein Übergangsfick werden. Sie soll sich erholen und innerlich abschließen während ich hier bin und wenn ich wieder in London bin, gehe ich auf Angriff."

„Guter Plan. Ich drück dir die Daumen, dass sie dir niemand vor der Nase wegschnappt."

„Oh, daran habe ich noch gar nicht gedacht. Sie ist natürlich heiße Ware und die Gefahr besteht auf jeden Fall. Ich weiß auch gar nicht, wie lange sie mit ihrer Ex zusammen war. Vielleicht braucht sie gar keine lange Trauerphase."

„Nimm doch Kontakt zu ihr auf. Begib dich ins Spiel. Zeige Interesse. Das kannst du auch von hier aus."

„Vielleicht hast du Recht. Ich bin nicht gut in diesen Dingen. Ich kann nicht flirten. Deute Signale falsch und so. Könnte sein, dass ich Hilfe brauche."

„Ich werde tun was ich kann", verspreche ich und mache mich auf den Weg zur Schauspielschule.

Heute machen wir ein Table Read, ohne Tisch. Wir sitzen im Stuhlkreis und lesen in verteilten Rollen aus einem Drehbuch vor. Dabei müssen wir auf Betonung und Emotionen in unserer Stimmer achten. Jeder kommt dran und jeder bekommt ein Feedback von Samira. Meines fällt gut aus; sie findet, ich sei ein Naturtalent. Das freut mich riesig. Denn es hat mir auch sehr viel Spaß gemacht. Wenn ich die Gelegenheit dazu bekäme, würde ich das gerne öfter machen.

Da ich hundemüde bin, bin ich dennoch froh, als der Kurs zuende ist. Wir verabschieden uns ins Wochenende und wünschen uns eine gute Zeit.

Hunger habe ich nicht, dazu spüre ich meinen Körper viel zu wenig. Müdigkeit macht taub. Ich gehe direkt ins Bett und schlafe sofort ein.

Später, beim Abendessen, mache ich mir Gedanken. Um Karl. Was ist, wenn ihm irgendetwas passiert - ein Unfall vielleicht? Niemand würde mich benachrichtigen und ich würde es nie erfahren. Ich weiß nicht mal, wie die Firma für die er fährt heißt.

Und was, wenn er einen Drogentag einlegt. Und trotzdem fährt?

Ich wünschte mir so sehr, dass ich ihn irgendwie kontaktieren könnte. Oder zumindest jemanden hätte, der ihn kennt und mit ihm in Kontakt steht.

Unterschwellig ist dies der Grund, warum ich nicht schlafen konnte. Ich habe mir Sorgen um Malina gemacht und in dem Zuge auch gleich um Karl mit. Aber bei ihr kann ich wenigstens nachfragen. Jetzt kommt mir die Regelung, dass man nicht länger als einen Monat bleiben darf richtig dumm vor. Es gibt hier niemanden mehr der ihn kennt.

Vielleicht wissen die bei der Rezeption mehr. Zumindest, wo er arbeitet. Vielleicht habe sie sogar seine Nummer. Und mit ganz viel Glück geben sie sie mir. Ich werde es morgen früh versuchen.

21

„Ja, ich hab hier eine Nummer", sagt der Typ am Empfang, „Aber ich darf sie nicht rausgeben – Datenschutz."

„Es ist aber ein Notfall. Ich bitte Sie, ich bin seine Freundin."

„Ich hab ihn nie von einer Freundin reden hören. Außer die eine, die ist aber nicht mehr hier."

„Es ist noch ganz frisch. Aber sehr wichtig, dass ich ihn erreiche." Ich hole einen Hundertdollar-Schein hervor und setze mein flehendstes Gesicht auf. „Bitte!"

„Wenn mich das meinen Job kostet komme ich mit 100 Dollar nicht weit."

Ich checke mein Bargeld. Zähle es im Portemonnaie, damit er nicht sieht wie viel ich habe. Es sind 650 Dollar. Ich halte sie ihm hin.

Er schaut ungläubig, merkt aber, dass ich es ernst meine. „Okay. Aber wenn das rauskommt, haben Sie die Nummer nicht von mir."

„Ich weiß ja gar nicht wer Sie sind."

„Okay."

Mit der Nummer bewaffnet mache ich mich auf in mein Zimmer. Was man mit Geld nicht alles erreichen kann. Schade allerdings, dass es nur so geht.

Ich atme einen Moment durch, dann wähle ich.

„Hello?" Er geht sofort ran.

„Karl, ich bin's, Jule."

„Hey! Das ist ja eine Überraschung. Ich wollte dich auch schon anrufen, aber wir haben keine Nummern getauscht. Ich Volltrottel! Woher hast du meine Nummer?"

„Das ist ein Geheimnis, das ich mit ins Grab nehmen muss", versuche ich zu scherzen. „Wie geht es dir?"

„Bestens. Ich komme gut durch, fast kein Stau. Und wie geht es dir?"

„Jetzt besser. Ich hab schlecht geträumt und mir Sorgen gemacht, dass dir was passiert sein könnte. Aber jetzt bin ich beruhigt."

„Ja, da kannst du ganz beruhigt sein, bei mir ist alles bestens. Ich vermisse dich ein bisschen."

„Ich dich auch. Noch zwei Wochen."

„Ja. Halten wir das durch oder muss ich die Tour abbrechen?" fragt er, nur halb im Scherz.

„Halten wir durch!" sage ich, mit so viel Überzeugung wie ich aufbringen kann.

„Okay. Ich muss jetzt Schluss machen und weiterfahren. Telefonieren wir morgen?"

„Ja, sehr gerne. Dann wünsch ich gute Fahrt!"

„Danke. Bis morgen!"

Puh, jetzt bin ich beruhigt. Nun kann ich mich entspannen und meinen freien Tag genießen. Ich werde einfach nichts machen. Nur rumgammeln, essen, weiter rumgammeln und wieder essen. Ich starte mit Frühstück. Das im Hostel ist schon zuende. Ich gehe also in ein Restaurant und lasse mir noch mal Pancakes servieren. Heute schmecken sie mir irgendwie gut.

„Willst du mal ein Foto sehen?" fragt mich Lucy. Wir sitzen gemeinsam im Aufenthaltsraum. Sie möchte mir anscheinend ihre Freundin in Spe vorstellen.

„Klar!"

„Das ist sie", sagt Lucy verträumt. Ich sehe eine wunderschöne junge Frau. „Ist sie nicht umwerfend?"

„Ja, wunderschön. Und ich sehe noch etwas Tolles. Hier, sie schreibt: ‚Super viel Spaß beim Shooting auf Ibiza. Wohin soll ich als nächstes reisen?' Das ist doch fast schon eine Einladung. Schreib New York!"

„Meinst du, ist das nicht zu viel? Zu plötzlich?"

„Nicht, wenn sie dich auch mag."

„Ich weiß nicht, ob ich mich traue."

„Was gibt es da zu trauen, das sind doch bloß ein paar Worte unter einem Foto. Du sollst ihr ja nicht deine Liebe erklären. Nur Interesse bekunden."

„Okay, wenn du es so sagst hast du eigentlich Recht. Warum nicht. Soll ich einfach nur New York schreiben?"

„Ja, kurz und knapp. Damit gibst du dir nicht die Blöße, aber du machst einen ersten Schritt."

Lucy schreibt und bestätigt. Da Mitsue online ist erwarten wir eine schnelle Antwort.

Und sie kommt. „Hab ich da einen Job?" fragt das Model.

„Okay okay, sie denkt an dich zuerst als ihre Agentin. Lass dich davon nicht aus dem Konzept bringen. Bleib am Ball."

„Und was soll ich darauf antworten?"

„Schreib: Nein, aber ich bin hier. Mit einem Smiley."

„Oh mein Gott. Das krieg ich nicht hin."

„Möchtest du, dass sie dir jemand vor der Nase wegschnappt?" stichele ich.

„Natürlich nicht! Gut, ich mache es… Aber wenn das in die Hose geht musst du dir mein Gejammer anhören."

„Von mir aus."

Mitsues Antwort lässt ein paar Minuten auf sich warten. Für mich kein Problem. Aber Lucy knabbert an ihren Fingernägeln.

Dann endlich schreibt sie: „Guter Grund. Smiley."

„WOW. Jetzt bin ich baff."

„Siehst du, ich hab's dir doch gesagt. So ist das in der Liebe, einer muss sich trauen, dann wird das schon."

„Bisher musste ich noch nie den ersten Schritt machen."

„Du verwöhntes Gör. Aber jetzt hast du es. Und das gehen wir heute feiern! Lass uns tanzen gehen!"

Und das tun wir. Ausgelassen. Bis in den frühen Morgen. Als ich ins Bett falle, fällt mir ein, dass ich für einen Ausflug nach Coney Island mit Vin und Dalia verabredet bin. Mist. Aber gut. Dann machen wir das eben nachmittags. Ich hoffe mal, sie sind damit einverstanden.

Jemand hämmert an meine Tür. Ich schrecke aus dem Schlaf hoch und bin sofort wach.

„Ist ja schon gut, ich komme."

Draußen steht Vin und sieht irgendwie sauer aus. „Wo steckst du, wir wollen losfahren und warten seit einer halben Stunde am Auto auf dich."

„Wie spät ist es?" Ich wünschte das Licht wäre aus, denn es sticht in meinen Augen.

„Eine halbe Stunde nach unserer Verabredung."

Er ist wirklich sauer. „Hör zu, es tut mir leid, ok? Ich war gestern noch spontan unterwegs. Also ist es jetzt halb 11. Dann hab ich erst fünf Stunden geschlafen. Macht es euch etwas aus, wenn wir gegen 1 losfahren, auf ein spätes Mittagessen?"

Er versucht, sich zu beruhigen. Langsam scheint ihm wieder einzufallen, dass er mich eigentlich mag.

„Ok. Dann schlaf noch ne Runde."

Ich stelle mir meinen Wecker auf halb 1. Mehr als genug Zeit. Jede Sekunde Schlaf zählt, denn ich brauche davon viel.

„Auf geht's Freunde!" Ich bin ausgeschlafen und es geht mir bestens. Obwohl mich die beiden, als Retourkutsche, auch etwas haben warten lassen. Aber der Hunger scheint sie zu treiben. Weil sie sich so über mich geärgert haben werde ich sie einladen. Das ist das Mindeste. Ich mag keine

Zuspätkommer. Ich bin eigentlich auch nicht so. Das heute war eine Ausnahme.

Vin fährt. Und das macht er ziemlich gut. Ich bin nicht gerne Beifahrer, ich fahre lieber selbst. Dabei kommt es natürlich auf den Fahrstil der Person an. Meine Mutter zum Beispiel fährt sehr ruppig und nicht sehr vorausschauend. Da kann einem schon mal Angst und Bange werden. Ramon ist extrem risikoreich gefahren. Da musste ich mehrmals den Atem anhalten. Aber Vin fährt gut. Ich kann mich entspannen.

Als wir endlich ankommen hängt auch mein Magen durch. Mir tut die Verspätung nun noch mehr leid, weil ich nur ahnen kann, wie es den anderen gehen muss.

Das Meer interessiert uns vorerst nicht, wir steuern direkt auf irgendein geöffnetes Restaurant zu. Es wird Burger und Pommes geben – genau das Richtige jetzt.

Beim Essen sagt niemand ein Wort. Hauptsächlich, weil wir essen. Aber auch, weil die Stimmung ein wenig seltsam ist. Ich weiß, dass Vin in mich verliebt ist, oder zumindest war, weiß aber nicht, ob Dalia das auch weiß. Dalai denkt womöglich, wir hatten heimlich etwas miteinander. Und Vin bemüht sich krampfhaft darum, dass nichts von seinen Gefühlen durchsickert.

Vielleicht war dieser Ausflug keine gute Idee. Im Auto gab es wenigstens das Radio. Hier wird die Musik nur angedeutet, so leise ist sie.

Ich bin als erste mit dem Essen fertig. Damit ich meinen Mund weiterhin beschäftigen kann und die Bürde der Konversation nicht auf meinen Schultern lastet, bestelle ich mir noch einen Milchshake. Bis der kommt dauert es allerdings eine Weile.

Was bespricht man mit einem Pärchen, das deutliche Probleme hat und deren einer Part einem seine Liebe gestanden hat? Ich hätte mich hierauf nicht einlassen sollen. Ich hätte Vins Bitte um Hilfe ausschlagen sollen. Was hat er sich eigentlich davon erwartet? Wahrscheinlich hat er es nicht bis zum Ende durchdacht. Vielleicht graut ihm so sehr davor, mit Dalia allein zu sein, dass er jeden mitgenommen hätte. Ich bedanke mich innerlich dafür und trinke meinen Shake.

Dann fällt mir endlich ein relativ unverfängliches Thema ein. Sofern sie zusammen bleiben. „Wie läuft die Wohnungssuche?" Sofort bereue ich meine Frage. Was, wenn sie gar nicht mehr zusammenziehen wollen. Oder was, wenn sich das heute entscheiden soll?

„Ich hab die letzten Tage nicht gesucht", gibt Vin zu. „Brauchte mal eine kleine Pause"; erklärt er sich.

„Ja, verstehe." Ich traue mich nicht, einen der beiden anzuschauen. Zum Glück ist mein Glas noch nicht leer.

Als die Beiden aufgegessen haben zahle ich und überlege, ob ich nicht einfach mit dem nächsten Zug zurückfahren soll. Das hier ist eine Qual. Aber kann ich die beiden allein lassen? Ich hatte es Vin immerhin versprochen. Meiner Rolle in diesem Szenario bin ich mir allerdings nicht bewusst. Ich trage nichts dazu bei, dass dieser Tag schöner oder entspannter wird. Vielleicht sogar im Gegenteil.

Ja, ich habe meine Entscheidung getroffen. Ich werde mich verabschieden. Da der nächste Zug erst in einer halben Stunde geht und der Bahnhof direkt gegenüber ist, beschließe ich, noch sitzen zu bleiben. Den anderen schlage ich vor, doch einen Strandspaziergang zu machen. Es windet zwar ein bisschen, aber immerhin scheint die Sonne.

„Dreht ihr beiden Turteltauben ruhig ohne mich eine Runde", versuche ich das Eis zu brechen. Und hoffe, dass sie gleich gehen werden.

Sie sehen sich an. Da platzt es aus Dalia heraus: „Ich bin schwanger."

Vin und ich sind sprachlos.

„Deshalb habe ich auch so zugenommen. Die Ärztin meint, das sind Wassereinlagerungen." Sie muss sich kurz beruhigen. „Ja, Vin, ich bin schwanger. Im dritten Monat. Und was machen wir nun?"

Vin zögert keine Sekunde. „Wir bekommen das Kind! Was denkst du denn?"

„Aber wir haben Probleme. Ich weiß nicht, ob wir das schaffen."

„Wir müssen nur miteinander reden." Nach einer kurzen Pause fragt er: „Liebst du mich noch?"

„Ich weiß es nicht, Vin." Die ehrliche Antwort muss weh tun.

„Dann lass es uns herausfinden. Komm, gehen wir eine Runde."

Während ich im Restaurant warte, dass die Zeit vergeht, gehen Vin und Dalia langsam zum Strand. Als ich sehe, wie er ihre Hand nimmt, muss ich lächeln. Vielleicht besteht doch noch Hoffnung für die Beiden. Obwohl ein Kind nicht als Beziehungskitt herhalten sollte. Aber das müssen die Zwei unter sich ausmachen. Meine Arbeit hier ist getan. Ab nach Hause.

Im Aufenthaltsraum sitzt Lucy an ihrem Rechner und tippt eifrig.

„Na, arbeitest du fleißig?"

„Nein, erwischt. Ich chatte – mit Mitsue!" Sie wird ein bisschen rot. Süß.

„Das klingt gut. Kannst du dich heute Abend davon loseisen? Ich hab Bock auf Comedy."

„Ja, klar, immer gerne. Ich kann ja mit dem Handy weitermachen", sagt sie lachend. Ich gucke mürrisch. „Nein, nur ein Scherz. Heute Abend bin ich ganz dein."

„So soll es sein. Ich freu mich. Lass uns um 7 vor der Tür treffen. Gut?"

„Bestens."

Auf dem Weg zu meinem Zimmer überrascht mich mein klingelndes Telefon. Das Display zeigt Karl an, ich freue mich. „Hey!"

„Na meine Schöne, was machst du?"

„Einen anstrengenden Tag verdauen…" Er will mehr erfahren, also erzähle ich ihm vom Ausflug. Er versteht.

„Aber der Tag wird nicht so enden. Lucy und ich gehen in einen Comedy Club."

Karl freut sich und wünschte er könnte dabei sein.

„Komm bald zurück", bitte ich ihn.

„Ganz bald, nur noch 12 Tage…"

„Eine Ewigkeit. Wie soll ich das nur überstehen, hast du einen Tipp?"

„So wie du die letzten 27 Jahre ohne mich überstanden hast, mein Engel."

„Überstanden ist genau das richtige Wort. Genossen habe ich sie jedenfalls nicht."

„Das werden wir ändern. Nicht mehr lange, nur ein bisschen Geduld."

„Wo bist du gerade?"

„In Delaware, auf dem Parkplatz einer Raststätte. Aber ich muss gleich weiter."

„Dann fahr vorsichtig. Versprichst du mir das?"

„Versprochen, Süße. Und du hab viel Spaß heute Abend! Bis morgen."

Ich bin kurz abgelenkt. Neben mir steht ein Typ und brüllt in sein Handy. Irgendwas von irgendwelchen Pillen die er dringend braucht. Er ist angsteinflößend. Ich mache, dass ich hier weg komme, denn wir sind allein im Flur. Ich hoffe er sieht nicht in welches Zimmer ich gehe. Aber er ist so vertieft in seinen Streit, dass er mich wahrscheinlich gar nicht wahrgenommen hat.

Ich schließe schnell die Tür ab und lege mich aufs Bett. Was für ein Tag! Von einem Schreck zum nächsten. Ich werde alles dafür tun, dass er gut endet. Aber jetzt brauche ich erstmal Ruhe.

22

Keanu Reeves ist gestern ausnahmsweise mal nicht an der Schlange Wartender vorbeispaziert. Der Abend war trotzdem gut. Wir haben viel gelacht. Vin und Dalia haben uns, wie geplant, begleitet. Und sie schienen über das gemeinsame Lachen erneut zueinander zu finden. Ich habe wieder Hoffnung für die Beiden.

Heute wird ein langer Tag. Ich werde zum Schauspielkurs und danach zum Krav Maga in Brooklyn gehen. Beinahe bereue ich die Wahl, weil die Strecke wirklich weit ist. Aber ich wollte etwas Authentisches und das wird mir dort geboten. Mein Trainer wird als der beste der Stadt gehandelt. Das ist es mir wert.

Beim Kurs sind alle bester Laune. Carlos fehlt weiterhin und wird auch nicht mehr zu uns stoßen. Wir berichten kurz reihum, wer was gemacht hat und wie es geht, dann starten wir.

Heute ist Körperbeherrschung dran. Wir machen alle möglichen Übungen, zum Schluss atmen wir wieder, dann ist der Tag beendet. Ich muss zugeben, ich war nicht ganz bei der Sache. Ich bin aufgeregt wegen Krav Maga. Ich hoffe, ich stelle mich nicht allzu blöd an. Ich habe noch nie Kampfsport gemacht. Aber ich brenne darauf es zu lernen.

Ich kaufe mir einen Hotdog für unterwegs und mache mich auf.

Levi, mein Trainer, ist klein, aber drahtig. Er hat freundliche Augen und grüßt mich freudig. Dann erklärt er mir diese Sportart.

„Es geht um Körperbeherrschung und Selbstverteidigung. Wir werden trainieren, wie man unter Stress richtig reagiert. Dazu gehört Abwehr, aber auch verbale Eskalation. Mach dich bereit für Bodenkampf und Stressdrills, Tritt-und Schlagtechniken. Ich werde dir beibringen, wie du dich im Falle eines Angriffs richtig verhältst."

„Klingt alles gut für mich, ich bin bereit", sage ich beindruckt.

„Ok, dann starten wir direkt."

Nach der Stunde bin ich körperlich erledigt, aber ich fühle mich mental gestärkt. Wenn ich das zwei Mal die Woche für zwei Monate mache, bin ich überall sicher. Dann hat kein Angreifer mehr eine Chance gegen mich.

Durch die Anstrengung hab ich nun richtigen Hunger. Der Hotdog von vorhin hat definitiv nicht gereicht. Ich brauche etwas Richtiges, etwas Nahrhaftes. In der Küche des Hostels mache ich mir wenig später Haferbrei mit Apfelstückchen. Es muss ja nicht immer ein schickes Restaurant sein. Und man kann ruhig auch mal Frühstück zum Abendessen zu sich nehmen.

Ich habe keine Lust mehr auf Gesellschaft, ich war heute genug unter Menschen. Also nehme ich mein Essen mit aufs Zimmer und gucke einen Film.

Mitten in einer spannenden Szene klingelt mein Telefon. Es ist Karl. Ich erzähle ihm von meinem Tag und er mir von seinem. Alles ist gut. Ich freue mich von ihm zu hören, aber will das Gespräch kurz halten. Ich habe Kopfschmerzen.

Nachdem wir aufgelegt haben mache ich den Film aus und lege mich schlafen. Der kann bis morgen warten, ich brauche Ruhe.

23

Die letzten zwei Wochen sind gut verlaufen, ich kann zufrieden sein. Der Schauspielkurs und Krav Maga laufen bestens. Von beiden Kursleitern wird mir Talent bescheinigt. Und es macht mir Spaß. Was aber viel wichtiger ist: Heute kommt Karl wieder. Heute Abend, um genau zu sein.

Wir hatten zwar erst ein Date, aber ich habe das Gefühl, ihn schon ewig zu kennen. Ich fühle mich ihm verbunden, wir haben eine Wellenlänge. Deshalb ist es egal wie lange wir uns kennen, das mit uns ist intensiv. Und es fühlt sich gut an. Ich kann es kaum erwarten, von ihm in den Arm genommen zu werden und ihn zu küssen.

Wir haben in den letzten beiden Wochen jeden Tag gechattet und telefoniert. Seine Stimme macht etwas mit mir, das unbeschreiblich ist. Sie ist tief, warm, männlich. Ich stehe auf Stimmen. Wenn ein Mann eine gute Stimme hat, braucht es nicht viel mehr um mich scharf zu machen. Ein paar Worte, geflüstert in mein Ohr, und ich bin zu allem bereit.

Ich denke nicht, dass heute die Nacht der Nächte wird. Ich will es dann doch ein wenig langsamer angehen lassen. Aber in den nächsten Tagen wird es passieren. Und ich bin deswegen schon ganz aus dem Häuschen. Kann es kaum erwarten und bin gespannt auf ihn. Will ihn nackt sehen, alles von ihm. Ihn berühren. In mir spüren. Ich will ihn mit Haut und Haar.

Heute ist Sonntag und ich habe nichts zu tun. Also vertreibe ich mir die Zeit mit joggen, lesen und essen. Lucy begleitet mich mittags und ist auch ganz auf Alarm. Mitsue wird nächste Woche zu Besuch kommen, am Mittwoch. Sie freut sich riesig. Auch sie hatten in den letzten Wochen jeden Tag Kontakt und verstehen sich prima. Es liegt definitiv Liebe in der Luft, oder zumindest eine heftige Romanze. Das freut mich sehr.

Alle meine neuen Freundinnen sind glücklich verliebt. Alanna hat ihren Adam, der sie jeden Tag glücklicher macht. Lucy hat jetzt Mitsue. Mit Vin und Dalia läuft es wieder besser und Malina hat schon ihren Flug nach Australien gebucht, um bei Tom zu sein. Das Leben ist gut. Jetzt muss es nur noch so bleiben.

Ich bin nach New York gekommen, um tougher zu werden. Mehr an mich zu denken, mich an erste Stelle zu setzen. Das gelingt mir noch nicht hundert prozentig. Aber ich merke, dass ich nicht mehr so naiv bin, mich auf jeden einzulassen, nur um dann ausgenutzt zu werden. Sicherlich, meine neuen Freunde brauchen auch ab und an meine Unterstützung, aber sie behandeln mich gut und sind im Gegenzug auch jeder Zeit für mich da, wenn ich es brauche. Ich bin ein guter Mensch und verdiene gute Menschen um mich herum. Das habe ich zumindest schon mal verinnerlicht. Und so lebe ich. Ich lasse mir nichts Schlechtes mehr antun. Sobald ich sowas wittere bin ich weg. Oder kicke die Person aus meinem Leben. Davon habe ich genug, das brauche ich nicht mehr. Was ich brauche ist Seelenfrieden. Und ich tue alles dafür, mir diesen zu erhalten.

Ich habe meinen Freundinnen mittlerweile von Karl erzählt. Deshalb ist Lucy auch nicht überrascht, als ich aufspringe als ein junger Mann den Gemeinschaftsraum betritt und ihm um den Hals falle.

Karl umarmt mich fest, wir küssen uns innig. Und es fühlt sich verdammt gut an. Endlich. Endlich ist er wieder hier, bei mir.

„Ich hab dich vermisst", gesteht er mir.

„Und ich dich erst!" sage ich voller Hingabe. „Lass uns was Schönes unternehmen, ja?"

„Okay, was schwebt dir vor?"

„Schick essen, dann Comedy Club."

„Ist gebongt."

Wir gehen ins Red Lobster, Karl lädt mich ein. Es ist wieder super lecker. Wir genießen die Zeit zu zweit. Wir flirten, schauen uns tief in die Augen. Ziehen uns mit Blicken förmlich aus. Er nimmt immer wieder meine Hand. Streichelt mir zärtlich die Wange. Ich schwebe. Er, glaube ich, auch. Hoffe ich. Aber seine Küsse verraten ihn. Sie sind so sanft, dennoch leidenschaftlich. Genau die richtige Mischung.

Ich kannte mich bisher nur mit unerfüllter Liebe aus. Aber das hier ist etwas anderes. Etwas so viel besseres. Etwas Unbeschreibliches. Ich bin so froh, dass ich das erleben darf. Zum ersten Mal, und das mit 27. Aber besser spät als nie. Durch meine schlechten Erfahrungen weiß ich es mehr zu schätzen und kann es noch mehr genießen.

Wir vergessen vor lauter Fixierung aufeinander beinahe zu essen. Aber wir haben beide großen Hunger, also widmen wir uns doch ab und zu unserer Mahlzeit.

Nachdem Karl bezahlt hat, schlendern wir über die 5th Avenue zum Comedy Club. Er nimmt meine Hand, sie passt ganz wunderbar in seine.

Der Abend ist ein voller Erfolg. Die Comedy Gruppe macht ihren Job gut. Wir lachen viel, auch wenn Karl nicht alles versteht. Sein Englisch ist noch nicht perfekt. Ab und zu muss ich übersetzen, aber es macht mir nichts aus.

Der Abend endet vor meiner Tür.

„Geh lieber rein, sonst kann ich für nichts mehr garantieren", flüstert Karl.

Mir geht es genauso. Es ist noch nicht die Zeit, um aufs Ganze zu gehen. Auch wenn ich es möchte, möchte ich es wiederum nicht. Noch nicht. Gut Ding will Weile haben. Und es ist auch ein spannendes Gefühl, auf etwas zu warten. So lange, bis man es nicht mehr aushält. Und dann wird es passieren, nicht eher. Ich freue mich, dass er es genauso sieht und bereit ist zu warten, mich zu nichts drängt. Er ist ein wahrer Gentleman. Was sehr sexy ist.

Der Wecker reißt mich aus meinen Träumen. Es dauert eine Weile bis ich mich gesammelt habe. Es ist Montag Morgen, acht Uhr – ich muss zum Schauspielkurs.

Am liebsten würde ich noch weiter in Träumen schwelgen. Und das am liebsten in Karls Armen. Aber ich quäle mich aus den Federn.

Ich habe bisher keinen Tag verpasst, aber heute würde ich am liebsten schwänzen und den Tag mit ihm verbringen. Schließlich ist er nur eine Woche hier, denke ich mir beim Duschen.

Beim Frühstück, wegen dem er extra aufgestanden ist, obwohl er ausschlafen kann, unterbreite ich ihm meinen Plan. Er findet das nicht richtig und sagt mir, ich solle gehen. Ein sehr pflichtbewusster Mann, das gefällt mir.

Ich mache mich also auf. Ein wenig lustlos, aber ich setze einen Fuß vor den anderen.

Heute steht Rollenspiel auf dem Programm. Ich bin gerade so zufrieden mit mir und meinem Leben, dass ich gar nicht in eine andere Rolle schlüpfen möchte. Aber ich muss, das wird vielleicht mal mein Job und ist eine gute Probe.

Ich spiele einen Twen, der keine Lust auf Arbeit hat, nur zu Hause rumsitzen möchte und das vor seinen Eltern verteidigen muss. Es macht Spaß. Obwohl ich ein ganz anderer Menschenschlag bin. Aber das ist gerade das Spannende daran.

Die Szene ist ernst und ein wenig lustig. Alle Beteiligten gehen voll auf. Am Ende gibt es großes Lob von Samira.

Nach der Stunde bittet sie mich zu einem Gespräch.

„Du warst sehr gut heute", lobt sie mich. „Wie sonst auch. Deshalb habe ich einen Vorschlag." Ich höre gespannt zu. „Ich werde demnächst bei einem Filmprojekt mitwirken. Sie suchen jemanden für die Rolle meiner Tochter. Und du bist meine beste Schülerin. Interesse?"

Wow. Ich falle aus allen Wolken. „Denkst du, dass ich dafür schon bereit bin?" frage ich unsicher.

„Denkst du es denn?"

Ich überlege. Ich habe in ihrem Kurs schon viel gelernt und sie hat mir Naturtalent bescheinigt. Ich wage mich vor. „Ich weiß nicht. Vielleicht."

„Schön, das reicht fürs erste. Dann werde ich mal einen Castingtermin organisieren."

Vom Alter her könnte Samira tatsächlich meine Mutter sein, obwohl wir uns nicht besonders ähnlich sehen. Aber wir haben beide dunkles Haar und braune Augen. Das sollte genügen.

Ich bin ekstatisch auf dem Rückweg ins Hostel und kann es nicht abwarten, Karl davon zu erzählen. Obwohl ich die Rolle noch gar nicht habe, aber ich schnuppere schon den Duft der großen weiten Welt.

„Wow, Jule. Das klingt ja sagenhaft!" Karl ist fast noch begeisterter als ich. „Und wann ist das Casting?"

„Diese Woche noch, aber einen genauen Termin habe ich noch nicht."

„Meine Freundin wird Filmstar!" sagt er mit einem breiten Lächeln.

Ich bin noch begeisterter davon, dass er mich seine Freundin nennt, als von der Möglichkeit in einem Film mitzuwirken. „Mal sehen", sage ich, etwas schüchtern.

Krav Maga lasse ich heute tatsächlich ausfallen. Wir wollen feiern. Karl besorgt Sekt. Noch habe ich die Rolle nicht und ich will meine Chancen nicht vermasseln, indem ich mich zu früh freue. Aber er ist nicht aufzuhalten.

„Auf dich", prostet er mir zu.

„Auf uns", korrigiere ich ihn.

Beim Anstoßen schauen wir uns tief in die Augen. „Wir werden viele Jahre lang guten Sex haben", kann er sich nicht verkneifen zu sagen.

„Ich freue mich darauf", sage ich, nur halb im Scherz. Der Tag gefällt mir immer besser. Zum Glück habe ich mich heute früh aus dem Bett bequemt.

„Lass uns essen gehen, ich sterbe vor Hunger!" Karl sieht auch schon ganz verhungert aus. Für meinen Geschmack ist er ein wenig zu dünn. Also werden wir mal ordentlich reinhauen. „Ich lade ein!", besteht er. Ich habe ausnahmsweise nichts dagegen. Ich weiß, dass er in seinem Job gut verdient, das beruhigt mich ein wenig. Und seit er sein Geld nicht mehr für Drogen ausgibt, hat er mehr davon.

Heute gehen wir nicht ins Red Lobster, sondern zu einem netten kleinen Italiener in der Nähe.

Die Pizza ist sehr lecker. Wir schlagen uns die Mägen damit voll, bis wir wirklich nicht mehr können. Die Reste lassen wir uns einpacken. Ich hatte schon immer etwas gegen die Verschwendung von Lebensmittel. Anstatt sie wegzuwerfen kann man sie sehr gut an Obdachlose verteilen. Und das machen wir.

Zurück in der Herberge lade ich Karl auf mein Zimmer ein. Es soll nicht heißen, dass wir es jetzt wie wild treiben werden, aber ich möchte ihn in meiner Nähe haben und mit ihm allein sein. Aber alles ist offen. Der Sekt wirkt noch und seine Anziehungskraft ebenso. Ich glaube, ich bin bereit.

Ich liege in seinem Armen und wir träumen zusammen. Er von seiner eigenen Firma, ich von meiner Schauspielkarriere. Dabei kommt es mir gar nicht darauf an, berühmt zu werden. Es macht mir einfach tierisch Spaß. Karl hält das für eine gute Einstellung.

Wir liegen seit einer Stunde hier rum und ihm ist noch nicht die Hand entglitten. Wir küssen uns zwar, aber mehr passiert nicht. Ich merke, wenn etwas passieren soll, muss es von mir ausgehen. Also wage ich mich vor. Ich streichle seinen Oberkörper, dann seinen Bauch.

„Wenn du nicht willst, dass ich mich gleich auf dich stürze, hör lieber auf."

Ich mache weiter. Wir küssen uns stürmischer und meine Hand wandert in südliche Richtung. Er ist deutlich einsatzbereit. Ich brauche noch ein bisschen.

Er küsst meinen Nacken, beißt spielerisch zu. Ich werde immer erregter.

Wir reißen uns die Kleidung vom Körper und legen los.

Er hat eine wahnsinnige Ausdauer, es dauert fast zu lange. Ich komme noch vor ihm. Und es ist ein himmlisches Gefühl.

Hinterher liegen wir völlig erschöpft auf meinem Bett. Er erzählt mir von seiner Kindheit in Bayern. Ich erzähle ihm von mir.

„Was, du warst bis 20 Jungfrau?" Er scheint milde geschockt.

„Ich wollte auf den Richtigen warten. Aber der kam nicht. Also habe ich mich dem Nächstbesten dargeboten. Ich war einfach reif."

Wir müssen beide lachen. Ich fühle mich ihm unheimlich nahe. Mein Freund Karl. Das klingt gut in meinen Ohren und fühlt sich noch besser an. Ich bin angekommen. Endlich.

„Weißt du eigentlich, dass du die schärfste Braut bist mit der ich je zusammen war?" fragt er mich rhetorisch.

Ich werde rot. Da es langsam dunkel wird, bleibt dies jedoch vor ihm verborgen. Keine Ahnung, wann ich mich zuletzt so gut gefühlt habe – ich glaube noch nie.

Da wir keine Lust haben das Bett zu verlassen, bleiben wir einfach liegen. Bis wir einschlafen.

„Oh mein Gott, es ist zehn Uhr!" Ich erwache mit Schrecken. Hatte ganz vergessen meinen Wecker zu stellen.

„Gestern wolltest du noch schwänzen, wie sich die Dinge ändern können", stichelt Karl liebevoll.

„Aber es hat sich einiges geändert. Ich muss unbedingt einen guten und zuverlässigen Eindruck bei Samira hinterlassen!"

„Das hast du bestimmt schon, Baby. Stress dich nicht. Dann kommst du eben eine halbe Stunde zu spät."

Ich dusche im Schnellverfahren. Das Frühstück lasse ich ausfallen.

Es ist gut, dass ich heute da bin, denn Samira hat einen Castingtermin vereinbart und kennt meine Handynummer nicht.

„Morgen um 14 Uhr. Das ist so zeitig, weil sie wirklich jemanden brauchen. Die Dreharbeiten sollen nächsten Monat schon beginnen."

„Das ist kein Problem. Soll ich irgendetwas vorbereiten?"

„Nicht auswendig, aber hier ist das Drehbuch. Lies es dir durch, du bist für heute vom Kurs beurlaubt. Setz dich da drüber an den Tisch."

Der Film heißt ‚Dunkle Erinnerung'. Die Geschichte klingt wirklich gut. Eine junge Frau lernt im Urlaub einen Mann kennen und lieben. Sie führen eine zeitlang eine Fernbeziehung, bis er beschließt, zu ihr zu ziehen. Doch er wird in einen Unfall verwickelt und verliert einen Teil seines Gedächtnisses. Alle Erlebnisse mit ihr und auch sie selbst sind gelöscht. Sie setzt alles daran, dass er sich erinnert. Gibt ihren Job auf und ihr ganzes Leben, um bei ihm sein zu können und ihm beizustehen. Seine Erinnerung ist für immer verloren, doch er verliebt sich neu in sie. Happy End.

Meine Rolle wäre die der jungen Frau. Eine Hauptrolle! Ich kann es gar nicht fassen. Wenn das klappt, mache ich drei Luftsprünge, mindestens.

Um 13 Uhr ist der Kurs vorbei und ich muss den Raum verlassen. Ich habe eine Stunde um zum Casting nach Uptown zu kommen. Ich gönne mir ein Taxi und versuche, mich zu entspannen.

Ich bin eine halbe Stunde zu früh da. Das macht mich wieder nervös. Zeit zum Nachdenken. Was, wenn ich es verkacke? Wenn ich nicht der Typ bin den sie suchen. Was, wenn ich vor Nervosität kein Wort heraus bringe? Oder ich vergesse zu betonen?

Ich mache mich noch eine Weile verrückt, dann öffnet sich endlich die Tür.

„Jule, freut uns, dass Sie so spontan Zeit hatten. Nehmen Sie Platz." Der Castingdirektor scheint sehr nett zu sein. „Beginnen Sie, wenn Sie bereit sind."

Das tue ich. Anfangs fällt es mir noch ein bisschen schwer, es ist alles so ungewohnt. Aber dann finde ich mich in die Rolle ein und es läuft, zumindest meiner Ansicht nach, gut.

Ich spreche den letzten Satz und wage den Blick nach oben. Der Direktor nicht freundlich. „Vielen Dank. Wir melden uns."

Ist das jetzt ein gutes oder schlechtes Zeichen? Oh Gott, ich weiß nicht, ob meine Nerven es aushalten auf eine Antwort zu warten. Da es von mir noch keine Headshots gibt, habe ich nichts zu überreichen. Ich nehme meine Tasche und begebe mich nach draußen.

Ich hoffe, ich muss nicht allzu lange auf eine Antwort warten.

24

„Na, wie war's?" begrüßt mich Karl.

„Ich glaube nicht gut."

„Warum?"

„Es hat eine Weile gedauert bis ich mich in die Rolle eingefunden habe. Später lief es dann ganz gut, finde ich, aber wenn ich sie nicht von Anfang an überzeugen konnte, bekomme ich den Part sicher nicht. Wenn der erste Eindruck zählt bin ich raus."

„Aber du hast dich noch eingefunden. Ist doch egal, dass es eine Weile gedauert hat. Es war bestimmt nicht so schlimm wie du denkst."

„Ich hoffe sie melden sich bald. Ich bin schon ganz verrückt von der Warterei und es ist gerade erst vorbei."

„Mach dich nicht kirre. Komm, wir lenken dich ab."

Der Drogentyp ist schon wieder in der Küche am telefonieren und fragt lautstark nach seinen Pillen. Er macht mir Angst.

Wir schleichen uns an ihm vorbei und hoffen, dass er uns nicht registriert.

„Hast du eigentlich mal wieder was geraucht seitdem du zurück bist, oder auch auf Tour?" frage ich Karl, ein wenig ängstlich.

„Nicht seit du hier bist. Ich brauche das nicht mehr."

Es freut mich so dermaßen, dass er das Zeug scheinbar nur braucht wenn es ihm mies geht. Er ist also nicht süchtig, denn er kann einfach damit aufhören.

„Ich kann dir gar nicht sagen, wie froh ich darüber bin."

„Du bist mein Sonnenschein. Die einzige Droge die ich noch brauche."

Er sagt das voller Überzeugung und ich glaube ihm. Allerdings befürchte ich, dass er, falls wir mal Streit haben, wieder zu seinen Hilfsmitteln greift. Aber das bleibt abzuwarten.

„Dein Zimmer ist wirklich viel schöner als meines", bemerkt Karl. „Was hab ich für ein Glück, an eine Frau mit Geld geraten zu sein, die sich das leisten kann."

Wenn er wüsste. Aber nein, er weiß von nichts. Und ich bin mir auch nicht sicher, wann und wie ich es ihm sagen soll. Es ist ja nichts Schlimmes, ich hatte einfach nur wahnsinniges Glück, zu dem richtigen Menschen nett gewesen zu sein. Aber ich habe Angst, dass sich zwischen uns etwas ändert wenn er es erfährt. Oder, dass er mich mit anderen Augen betrachtet. Außerhalb seiner Liga vielleicht. Die meisten Männer haben ja ein Problem damit, wenn die Frau mehr Geld verdient oder besitzt.

Ich glaube, ich behalte das vorerst noch für mich. Wie lange wird sich zeigen. Vielleicht warte ich erstmal ab, wie das mit dem Filmprojekt sich entwickelt. Wenn ich dafür eine Gage bekomme, erklärt das zumindest, dass ich nicht pleite bin.

Wir reißen uns ziemlich gierig die Kleider vom Leib und fallen übereinander her.

Es ist noch besser als beim ersten Mal. Karl ist souveräner, scheint sich sicherer zu fühlen. Wir kommen gleichzeitig – ein berauschendes Gefühl. Danach liegen wir uns eine Weile in den Armen und dösen vor uns hin.

„Hast du Hunger, Baby?"

„Bärenhunger."

„Lass uns ausgehen, ich will dich verwöhnen. Und wir sind noch nicht durch mit dem Feiern."

„Ja, lass uns solange feiern, bis die Absage endlich kommt."

„Quatsch. Sei nicht so pessimistisch."

„Du warst nicht dabei. Die schienen alle nicht sonderlich begeistert."

„Die haben doch alle ein Pokerface drauf. Sie können ihre Begeisterung vielleicht nicht sofort zeigen, weil sie sich noch beraten müssen und keine falschen Versprechungen machen wollen. Könnte das vielleicht sein?"

„Ja, vielleicht hast du Recht. Okay, lass uns was essen gehen. Ich verhungere."

Heute gehen wir zum Mexikaner. Ich liebe Burritos und genehmige mir einen prall mit Avocado, Käse und Hackfleisch gefüllten. Er ist unbeschreiblich lecker.

„Genau das was ich jetzt gebraucht habe. Hier sollten wir öfter herkommen."

„Ja, du hast mich auch ziemlich ausgelaugt…"

„Entschuldige, aber du hast angefangen."

„Nur, weil du so verdammt unwiderstehlich bist. Daran solltest du arbeiten."

„Wird gemacht. Ich bestelle mir einfach noch drei weitere dieser Babies und bald kannst du mich nicht mehr hochheben. Würde das dein Problem lösen?"

„Nein, ich liebe dich auch noch, wenn du 100 Kilo wiegst und ich mit gebrochenem Rücken um Krankenhaus lande."

Hat er gerade gesagt, dass er mich liebt? Ich freue mich sehr, aber für diese Worte ist es noch zu früh. Ich kann sie noch nicht erwidern, obwohl er mir viel bedeutet.

Keiner verliert ein Wort darüber. Es ist so, als wären diese Worte nicht gefallen. Beide überspielen wir den Moment als wäre er nicht passiert.

„Nachtisch?", fragt der Kellner in die Stille hinein.

„Nein, danke, nur zwei Kaffee."

Der Nachhauseweg ist nicht sehr lang, also gehen wir zu Fuß – Hand in Hand durch den aufkommenden Schneesturm.

„Ich bin sehr froh, dass wir uns begegnet sind", sagt ich, um seinem ‚Ich liebe dich' ein wenig entgegenzukommen.

„Ich auch, Jule. Ich kann gar nicht sagen wie sehr. Du hast mir das Leben gerettet.

Er kann nicht ahnen, wie sehr ich die Bedeutung seiner Worte erfasse.

Wir bleiben stehen, um uns zu küssen. Der Schnee ist uns egal. Ebenso die Kälte. Die Wärme, die wir füreinander empfinden kann nichts erschüttern.

„Zu mir oder zu dir?" fragt Karl scherzhaft.

„Wenn es deinen Mitbewohnern nichts ausmacht, dass ich dich vernasche, gerne zu dir." Karl bewohnt ein voll belegtes Viererzimmer.

„Sie freuen sich bestimmt über eine kostenlose Liveshow. Besonders der Pillenheini."

„Was, der ist auf deinem Zimmer?"

„Ja, leider. Schräger Typ."

„Ich hab total Angst vor dem."

„Ach was, der ist harmlos. Der braucht nur seine Pillen. Welche auch immer. Er ist eh fast nie im Zimmer und nachts verhält er sich ganz ruhig."

Das beruhigt mich ein wenig. Obwohl ich von jetzt an darauf bestehen werde, dass Karl über Nacht bei mir bleibt. Mir ist der Kerl nicht geheuer.

Am nächsten Morgen wache ich mit gemischten Gefühlen auf. Irgendwie bin ich neugierig und möchte wissen, wie das Casting aus Sicht der Profis gelaufen ist. Anderseits hab ich panische Angst vor ihrem Urteil. Wie halten das Schauspieler bloß aus?

Karl und ich frühstücken gemeinsam. Da wir beide keine Morgenmenschen sind, herrscht einvernehmliche Stille. Bis Lucy sich zu uns setzt.

„Mein Gott, ich bin so aufgeregt. Heute kommt Mitsue!"

Beinahe hätte ich das über meine eigenen Angelegenheiten verpennt. Ich freue mich mit ihr. Von meinem Casting erzähle ich nichts. Ungelegte Eier und so weiter.

„Was hast du dir für sie einfallen lassen?"

„Ich werde ihr ausführlich mein Zimmer zeigen, das ist der Plan", sagte sie mit einem gekonnten Schlafzimmerblick.

„Soso. Dann hat sich die Reise für sie auch schon gelohnt."

„Wir machen, was immer sie will. Sie ist zum ersten Mal hier, also wahrscheinlich allen möglichen Touristenkram. Ich kenne auch noch nicht alles, könnte also interessant werden."

„Du wirst dich sicherlich gut um sie kümmern", bin ich überzeugt.

„Ich werde alles geben, schließlich soll sie mein Leben nicht so bald wieder verlassen. Ich habe es sogar geschafft, ihr hier einen Job zu besorgen, also lohnt sich die Reise für sie tatsächlich."

„Du hast es einfach drauf!"

„Danke, ich gebe mein Bestes."

„Dann laufen die Geschäfte hier also endlich an?"

„Ein wenig. Nicht so doll, wie ich mir erhofft habe, aber es wird sich trotzdem gelohnt haben hergekommen zu sein."

„Das klingt doch prima! So, ich muss dann auch schon los. Seid schön artig ihr beiden und macht mir keine Schande."

„Würden wir nie", antworteten sie.

Samira empfängt mich mit einem breiten Lächeln. „Ich weiß etwas, das du nicht weißt."

„Nein, haben sie sich schon gemeldet?"

„Eine Stunde nach eurem Termin. Sie müssen sich schnell einig gewesen sein. Und jetzt kommt's." Sie macht eine geheimnisumwogene Pause. „Sie wollen dich!"

Es haut mich fast aus den Latschen. „Ernsthaft?"

„Ganz ernsthaft. Die Produktionsfirma besorgt dir ein Arbeitsvisum, alles was du brauchst. Es ist nur ein B Movie, also erwarte keine horrende Gage. Wird wahrscheinlich so um die 20.000 liegen. Aber das sollte dich eine Weile über Wasser halten. Und wer weiß, wenn's gut läuft bekommst du vielleicht bald viel mehr Angebote."

Ich bin sprachlos. Das sage ich dann schließlich.

„Kann ich gut nachempfinden. Bei meinem ersten Film ging es mir ähnlich. Aber ich bin mir sicher, dass du das gut machen wirst. In einem Monat geht es los. Ich werde dafür sorgen, dass du noch mehr Handwerkszeug an die Hand bekommst. Ich werde dich richtig gut vorbereiten."

Davon war ich überzeugt. Samira hatte wirklich Talent. Als Lehrerin sowie als Schauspielerin. Dass sie mich überhaupt vorgeschlagen hatte war schon eine große Ehre. „Ich freue mich darauf!" brachte ich schließlich hervor.

„Ich mich auch. Also los, Gang, lasst uns beginnen!"

Die drei Stunden vergehen wie im Flug. Ich sauge jedes ihrer Worte auf wie ein Schwamm, will alles verinnerlichen. Am Ende bin ich erschöpft, aber zufrieden.

Zum Abschied gibt mir Samira noch einen Tipp: „Wenn du Zeit hast, schau dir mal ein paar Folgen von ‚Inside the Actor's Studio' an, ist ganz interessant."

„Mach ich! Bis morgen!"

Es wundert mich ein bisschen, aber bis auf Samira habe ich zu den anderen Teilnehmern keinen rechten Draht aufgebaut. Obwohl wir so viel gemeinsam erleben und erarbeiten. Wahrscheinlich ist es der Konkurrenzgedanke. Oder wir sind alle zu sehr mit uns selbst beschäftigt um Kontakte zu knüpfen. Nun, da bekannt ist, dass ich als einzige eine Rolle in einem Film ergattert habe, wird es für mich sicherlich nicht einfacher. Aber das kann mir egal sein. Ich habe hier meine Leute. Und könnte nicht glücklicher sein.

Im Hostel kann ich Karl nirgends finden. Sein Handy ist ausgeschaltet. Vielleicht hat er sich ein bisschen aufs Ohr gelegt, denke ich. Also mache ich es mir mit einer Folge ‚Inside the Actor's Studio' auf Youtube bequem. Ich wähle die Folge mit Johnny Depp, inspiriert durch Carlos.

Es ist wirklich interessant. Wenn ich nicht schon Schauspielunterricht nehmen würde, würde ich mich spätestens jetzt dafür anmelden. Ich gucke noch zwei weitere Folgen, dann versuche ich es wieder auf Karls Handy. Immer noch aus. Jetzt mache ich mir allmählich Sorgen. Hatte er einen Rückfall? Ist irgendetwas passiert?

Ich klopfe an seine Zimmertür. Der Pillentyp öffnet. Sofort fährt mir ein Schauer den Rücken hinab.

„Hi, ich suche Karl. Ist er hier?"

„Wer ist Karl?" fragt der Typ. Scheint endlich seine Pillen bekommen zu haben. Er ist auf jeden Fall mit irgendwas zugedröhnt. Kein guter Umgang für Karl.

„Bist du allein?"

„Ja."

„Dann weiß ich Bescheid. Danke."

Bis eben habe ich noch Hunger verspürt, der ist jetzt wie weggeblasen. Wo zur Hölle steckt er? Ich schaue noch mal in allen Räumen nach – keine Spur von ihm. Oder sonst jemandem den ich kenne.

Gegenüber ist eine Polizeistation. Soll ich da mal vorbeischauen? Oder wäre das zu übertrieben? Er ist immerhin ein erwachsener Mann und kann tun und lassen was er will. Er kann ja höchstens ein paar Stunden fort sein.

Ich entscheide mich gegen die Polizei und für einen Zettel an seiner Tür, mit der Bitte, sich bei mir zu melden.

Ich schaue mir noch eine weitere Folge der Schauspielserie an, aber kann mich nicht darauf konzentrieren. Robin Williams müht sich völlig umsonst ab.

Ich male mir die schlimmsten Katastrophen aus und stelle mir vor, wieder ein Leben ohne ihn führen zu müssen. Der Gedanke macht mich tieftraurig.

Es klopft an meiner Tür. Ich springe auf wie gestochen. Es ist Karl!

„Gott sei Dank, du lebst! Ich hab dich überall gesucht!"

„Ja. Es tut mir leid, Baby. Mir ist vorhin mein Handy runtergefallen. Total im Eimer. Ich war unterwegs um mir ein neues zu besorgen."

Das war schon alles, nur das blöde Handy kaputt. Und ich hatte solche Angst, dass ihm etwas zugestoßen sein könnte. Da rutscht es mir raus: „Ich liebe dich, Karl." Endlich kann ich es sagen, ohne zwei Mal darüber nachdenken zu müssen.

„Ich dich auch, Jule."

„Jag mir nie wieder so einen Schrecken ein."

„Mach ich nicht, versprochen."

Zum Abendessen besorgen wir uns Sandwiches und setzen uns in die Küche. Dalia kocht.

„Hey, ewig nicht gesehen!" sage ich erfreut. „Wie geht's denn so?"

„Hey, ja, wir waren viel auf Achse. Haben uns die Stadt und ein paar Häuser angesehen."

„Oh, das klingt prima! Und, habt ihr etwas gefunden?"

„Sieht ganz so aus. Ein kleines Häuschen in Long Island. Der Preis ist okay und wir würden den Zuschlag bekommen."

„Dann nehmt ihr es?"

„Wir haben morgen noch eine Besichtigung, danach entscheiden wir."

„Das freut mich so für euch!"

„Danke dir. Ich glaube, wir haben unsere Krise überwunden." Sie lächelt und sieht dabei so hübsch aus. Mir fällt auf, dass ich sie noch nie lächeln gesehen habe. Das wurde aber Zeit.

„Schade, dass ihr euch Essen geholt habt. Wir hätten uns zusammen tun können. Ich hab mal wieder viel zu viel gemacht."

„Das können wir ja nachholen. Ein Zweierdate, wie klingt das? Weißt du was, wir laden euch morgen zum Essen ein. Eure neue Bleibe muss gefeiert werden. Und das Baby, natürlich!"

„Klingt prima. Bis morgen Abend haben wir auf jeden Fall eine Entscheidung gefällt. Danke, Jule!"

„Sehr gerne. Es freut mich wirklich, dich so glücklich zu sehen!"

In diesem Moment kommt Vin, pünktlich zum Essen, das gerade fertig ist. „Jule! Ewig nicht gesehen!"

„Ja, wie ich höre wart ihr sehr beschäftigt."

„Das stimmt." Er geht auf Dalia zu und umarmt sie von hinten. Sie dreht den Kopf und sie küssen sich. Mann, ist das süß. Ungewohnt, deshalb umso besser. Da soll noch mal einer sagen, dass ein Baby eine Beziehung nicht retten kann. Ich hoffe es ist von Dauer.

Nachdem wir aufgegessen haben ziehen Karl und ich uns auf mein Zimmer zurück und lassen den Abend ausklingen.

25

Am nächsten Tag, nach dem Unterricht, gehe ich zur Produktionsfirma, um die Sache mit dem Visum anzustoßen. Bei der Gelegenheit wird mir meine ganz eigene Kopie des Drehbuchs ausgehändigt.

„Bereiten Sie sich schon einmal vor, der Drehbeginn ist in drei Wochen. Finden Sie sich in die Rolle ein. Die Zeit sollte reichen."

Da ich selbst gerade verliebt bin, sollte mir diese Rolle leicht fallen. Ich werde mit dem Auswendiglernen beginnen. Das sollte alle Vorbereitung sein die ich brauche.

„Machen Sie auch noch ein wenig Sprachtraining. Ihr Amerikanisch ist sehr gut, fast akzentfrei. Aber ein wenig ausbügeln kann man das noch."

Ich freue mich über das Kompliment und verspreche, noch besser zu werden. Ich lasse auch meine Bankdaten da. Der genaue Betrag wird mir noch nicht genannt. Ich denke, das ist auch Verhandlungssache. Aber mir ist eigentlich egal wie viel ich bekomme. Auf das Geld bin ich nicht aus.

„Kommen Sie nächste Woche noch mal vorbei, dann machen wir den Vertrag fest. Einen Vorvertrag habe ich schon mal vorbereitet. Wenn Sie sich ihn durchgelesen haben und einverstanden sind, unterschreiben Sie."

Ich lese mir den Vertrag durch und kann nichts finden was mich stört. Ich muss unter anderem versichern, dass sich an meinem Aussehen nichts verändert und dass ich auf mich achte, damit mir nichts zustößt. Ich darf die nächsten Monate keinen Bungee-Sprung wagen, was mich sehr traurig macht. Nein, nicht wirklich. Ich hätte sehr viel Schiss davor.

Ich unterzeichne. Mein Gegenüber lächelt zufrieden. „Wir freuen uns sehr auf die Zusammenarbeit."

Ich mich auch!

Am Abend machen wir Vier uns auf ins Restaurant. Ich habe einen noblen Laden ausgesucht, zur Feier des Tages.

Zum Einstieg erzähle ich Vin und Dalia von meinem Filmdeal. Sie freuen sich sehr für mich. Ein Grund zu feiern. Ein weiterer: Dalias Schwangerschaft. Ein dritter:

„Wir haben ein Haus gefunden! In Long Island. Es ist einfach wunderbar und liegt in unserer Preisklasse. Wir haben gleich Nägel mit Köpfen gemacht. Wir haben keine Zeit zu verlieren. Das Baby kommt in fünf Monaten." Man merkt Dalia an, dass sie sich wahnsinnig drauf freut.

„Das ist großartig!", sagen Karl und ich beinahe zeitgleich.

Wir stoßen an. „Auf uns alle. Unser Glück und unsere Gesundheit", sagt Vin freudig.

Das ist ein guter Trinkspruch, finden wir und genießen den Wein.

„Wisst ihr schon was es wird?"

„Sieht nach einem Jungen aus", sagt Vin stolz.

„Toll! Ein Mini Vin. Der erste von vielen, hoffentlich." Ich zwinkere den Beiden zu.

„Mal sehen. Aber vielleicht ja. Wir haben uns noch nie darüber unterhalten. Schatz", wendet er sich an Dalia, „wie viele Kinder wollen wir?"

„Na mindestens drei, wir sind schließlich Inder."

Wir lachen. Doch, wie ich feststelle, ist Vin nicht ganz so ausgelassen wie wir anderen. Irgendetwas scheint ihn zu beschäftigen. Beim Dessert lässt er die Katze aus dem Sack.

„Dalia", sagt er und geht auf die Knie. „Wir hatten unsere Schwierigkeiten, Höhen und Tiefen. Aber wir haben sie gemeistert – zusammen. Ich möchte, wie schon die letzten 15 Jahre, alles mit dir zusammen erleben. Und weiterhin für unsere Liebe kämpfen. Du bist die Liebe meines Lebens, ich hoffe das weißt du. Und ich möchte, dass wir das offiziell machen. Möchtest du meine Frau werden?"

Dazu kann Dalia nur schwer Nein sagen. Und sie tut es auch nicht.

„Wow, Vin, du hast uns gerade noch einen Grund zum Feiern geliefert. Wenn das so weiter geht, sind wir für den Rest unseres Lebens betrunken!" scherzt Karl.

„Meinen Glückwunsch, ihr Beiden!" Ich freue mich aufrichtig. Ich habe ihre Tiefen miterlebt und bin sehr froh, dass ich jetzt auch Zeuge der Höhen werde.

„Jetzt werde ich eine Braut mit dickem Bauch!" Dalia ist nur zum Schein entsetzt.

„Du wirst wunderschön sein, mein Schatz."

Wir stimmen alle zu.

„Jetzt gibt es eine Menge zu planen. Aber ich möchte nur eine kleine Hochzeit, nichts zu Übertriebenes. Vielleicht können unsere Eltern und Geschwister kommen. Und Karl und Jule, natürlich. Mehr Leute möchte ich nicht einladen."

„Ganz wie du möchtest, Liebling."

„Wenn du mit der Planung Hilfe brauchst, sag mir Bescheid", biete ich an.

„Ach, das wird schon gehen. Ich habe ja im Moment nichts anderes zu tun. Und du musst dich auf deine Filmkarriere konzentrieren. Und auf Karl", sagt sie mit einem Nicken ins seine Richtung.

„Da hast du Recht." Ich gebe Karl einen dicken Kuss.

Wir bestellen die Rechnung, die ich übernehme und beschließen, diesen Abend zu wiederholen. Dann gehen wir, nehmen ein Taxi zurück ins Hostel und schlafen alle glücklich und zufrieden ein.

Am nächsten Morgen beim Frühstück machen wir endlich die Bekanntschaft von Mitsue. Wir stellen uns vor und sind uns direkt sympathisch. Sie ist definitiv ein Mensch den man mögen muss. Ich kann gut verstehen, dass Lucy sich in sie verliebt hat. Sie hat einen guten Geschmack.

„Und, was habt ihr bisher so getrieben?"

Getrieben scheint das richtige Wort zu sein. Sie haben sich noch nicht aus dem Hostel herausbegeben. Aber es scheint sie nicht zu stören.

„New York interessiert mich, aber Lucy noch mehr", gibt Mitsue zu.

Lucy wird rot. „Wir haben ja noch ein bisschen Zeit. Sie bleibt eine ganze Woche. Ich werde ihr die Stadt schon noch zeigen."

„Wenn nicht dieses Mal, dann ein andermal." Mitsue scheint es nichts auszumachen, nichts von der Stadt zu sehen. Sie muss nur die nächsten Tage ihren Modeljob erledigen.

Ich berichte den Beiden von meinem Filmprojekt und ernte viel Begeisterung. „Du wirst das sicher prima machen!" findet Lucy. „Kann es nicht erwarten, den Film zu sehen."

„Das wird noch eine Weile dauern. Wir starten in drei Wochen. Drehdauer sind circa zehn Wochen und dann müssen sie ja alles noch schneiden. Du wirst dich ein wenig gedulden müssen."

„Okay, ich versuche es. Was habt ihr heute Abend vor?"

„Bisher noch nichts. Warum?"

„Wollen wir vielleicht essen gehen?"

„Bist du dir sicher, dass du Mitsue mit uns teilen möchtest?"

„Ausnahmsweise. Essen müssen wir so oder so."

Wir verabreden uns für den Abend und gehen unserer Wege. Ich zum Schauspielkurs, Karl zurück in mein Bett. Die anderen Beiden wohl ebenso in das ihre. Es sei ihnen sehr gegönnt!

„Wie ich höre hast du deinen Vertrag in der Tasche. Glückwunsch!", freut Samira sich für mich.

„Einen Vorvertrag, aber ja. Wem habe ich das nur zu verdanken?"

„Ich weiß auch nicht. Aber sie muss eine Granate sein!"

Breites Grinsen auf beiden Seiten.

„Ich würde mich gerne bei dir bedanken. Hast du heute Abend schon was vor? Wir gehen mit Freunden essen und ich hätte dich gerne dabei."

„Ich hab noch nichts vor und das klingt klasse! Bin dabei."

„Du kannst gerne noch jemanden mitbringen. Deinen Freund? Deinen Mann?" Ich bin mir was ihren Beziehungsstatus angeht nicht sicher.

„Meinen Mann. Sehr gerne. Soweit ich weiß ist er auch frei."

„Prima!"

Ich lade auch noch Alanna und Adam ein. Sie sagen spontan zu. Das verspricht ein toller Abend zu werden, mit all meinen neugewonnenen Freunden. Und meinem Freund. Ich mag mein Leben. Es könnte nicht besser laufen. Vor zwei Monaten hätte ich diese Gedanken nicht mal im Traum gehabt. Wie sich das Leben doch ändern kann. Zum Glück habe ich die Stange gehalten und nicht aufgegeben. Das macht sich jetzt bezahlt.

Im Aufenthaltsraum des Hostels finde ich Dalia und lade auch noch sie und Vin ein. Sie sagt zu. Jetzt sind wir komplett. Bis auf Malina, aber die ist in Australien bei ihrem Tom. Und es geht ihr gut dort. Sie hat einen Job in einer Werbeagentur ergattert und somit ihr Visum für ein Jahr gesichert. Keine Ahnung, wann ich sie das nächste Mal sehe. Vielleicht werde ich sie mal besuchen.

Ich reserviere lieber einen Tisch im Red Lobster. Und habe Glück, sie sind noch nicht ausgebucht. Das liegt sicher daran, dass Donnerstag ist. Am Wochenende hätte das bestimmt nicht geklappt.

„Tisch für Acht, auf den Namen Pasch", sage ich der Empfangsdame.

„Bitte hier entlang." Ein junger Mann geleitet uns an unser Ziel.

Wir sind die ersten und bestellen schon mal etwas Wein. Nach und nach trudeln die anderen ein. Ich stelle alle kurz vor, dann kann unser Gelage beginnen.

„Auf die Liebe!" prostet Alanna uns anderen zu.

„Auf die Liebe, das Leben und die Gesundheit!" stimme ich ein. Die anderen wiederholen es in einem großen Durcheinander.

Wir haben Hunger und bestellen schnell, es gibt nichts groß zu überlegen, wir möchten alle Hummer.

„Das ist ja der Wahnsinn mit deinem Film", freut sich Alanna für mich.

„Ja, ich kann es auch noch gar nicht glauben. Fühlt sich irgendwie surreal an."

„Du wirst das aber großartig machen, da bin ich sicher", findet Samira.

„Auf deinen Film!" Wir prosten uns wieder zu.

„Nicht ganz richtig, ich bin nur ein kleiner Teil des Projekts", bemerke ich bescheiden. „Aber jemand anderes hat eine Hauptrolle ergattert – Dalia. Sie wird bald eine wunderschöne Braut sein!"

„Auf die Braut!" Wir trinken wieder. Dann bemerken wir unsere leeren Gläser.

„Mehr Wein!" ruft Vin. Er ist definitiv in Feierlaune. Der Kellner schnappt es im Vorbeigehen auf und versorgt uns prompt.

„Auf den Bräutigam", rufe ich.

So geht es den ganzen Abend. Wir finden immer wieder Grunde, anzustoßen und sind bald alle, bis auf Dalia, betrunken. Ich erst das zweite Mal in meinem Leben, aber das muss ja niemand erfahren.

„Auf den köstlichen Hummer!" Uns gehen langsam die Trinksprüche aus. Wir prosten uns ein letztes Mal zu, dann macht Dalia die Schotten dicht.

„Kommt, Leute. Wir sollten langsam nach Hause gehen."

Ich kann mir vorstellen, wie ätzend es für sie sein muss mit lauter Betrunkenen rumzuhängen. Die anderen scheinen auch zu verstehen. Ich zahle, wir machen uns auf den Weg.

„Taxiiii", ruft Alanna, aber niemand hält an. „Die wollen bestimmt nur nicht riskieren, dass ihnen jemand ins Auto kotzt."

Da könnte sie recht haben. Bis zum Hostel ist es nicht sehr weit. Wir beschließen deshalb, zu Fuß zu gehen. Samira wohnt in Brooklyn. Sie und ihr Mann nehmen die U-Bahn.

„Es war ein wunderbarer Abend", sagt sie zum Abschied. „Danke nochmal für die Einladung. Die Rechnung muss aber hoch gewesen sein. Wenn du die nächsten Tage Geldprobleme bekommst, sag mir Bescheid."

Wie rührend. Ich versichere ihr, dass ich es mir leisten kann und gebe ihr zum Abschied einen dicken Schmatzer auf die Wange. Wir drücken uns noch mal feste, dann trennen sich unsere Wege.

Unterwegs finden wir doch noch ein Taxi für Alanna und Adam, die zufrieden einsteigen. Schon sind wir nur noch zu viert.

„Du hast sehr nette Freunde", bemüht sich Dalia um ein Gespräch. Ich stimme ihr zu, aber ziemlich einsilbig. Das macht Alkohol mit mir, er macht, dass ich müde werde. Und wenn ich müde werde, werde ich stumm. „Wir kennen hier immer noch niemanden."

„Bald gibt's Nachbarn, andere Mütter, Kollegen", versuche ich sie zu trösten, wofür ich mich sehr zusammenreißen muss.

„Das stimmt. Hoffentlich sind sie nett."

Schade, dass Dalia nichts trinken kann. Unsere Partystimmung ist nicht so ganz auf sie übergeschwappt. Sie scheint deprimiert. Ich würde sie gerne weiter trösten, aber mir fällt nichts mehr ein. Außer: „Meine Freunde sind auch deine Freunde, wenn du möchtest."

„Du bist lieb. Danke, Jule!"

Keine Ursache. Ich teile gerne. Aber jetzt will ich unbedingt in mein Bett und nicht mehr reden. Zum Glück sind wir endlich angekommen. Karl und ich verschwenden keine Zeit mit Ausziehen. Wir legen uns in voller Montur ins Bett und schlafen sofort ein.

Der Wecker klingelt. Gott sei Dank habe ich ihn noch gestellt. Karl blinzelt mich verträumt an. Wir schauen uns tief in die Augen. Ich liebe diesen Moment am Morgen, das gemeinsame Aufwachen. Es hat etwas so Unschuldiges, Rührendes. Keiner von uns wagt es, die Stille zu durchbrechen. Doch der Moment kann nicht für immer währen. Ich muss schließlich bald los.

„Ich muss aufstehen, Schatz", sage ich traurig.

„Dann mal los, Baby. Lass uns frühstücken gehen."

Wir treffen keinen der anderen. Sie haben Glück, sie können ausschlafen. Ich habe keine Ahnung, wann wir uns Bett gefallen sind. Aber lange können wir nicht geschlafen haben. Ich fühle mich total groggy. Der Kaffee hilft ein wenig, ich trinke drei Tassen. Dann fühle ich mich halbwegs lebendig.

„Du hast es gut, du kannst wieder ins Bett." Ich beneide Karl dafür.

„Das stimmt, aber denk dran, nur noch heute, dann kannst du auch wieder ausschlafen."

Er hat Recht. Heute ist Freitag.

Um richtig wach zu werden beschließe ich, zu Fuß zum Kurs zu gehen. Ich brauche frische Luft. Auf meinem Weg komme ich an einem Geschäft für Babysachen vorbei. Davor steht ein junger Mann mit einem Clippboard, der Blickkontakt zu mir sucht. Er sieht nett aus, deswegen lasse ich mich von ihm ansprechen.

„Guten Morgen! Ich bin vom Kids in America. Wir setzen uns für Kinder in Not ein und können immer Spenden gebrauchen. Können Sie etwas erübrigen?"

Er ist sehr direkt, das ist ungewohnt. Klar könnte ich etwas erübrigen. Das sage ich ihm.

„Prima! Dann bräuchte ich nur Ihre Kreditkarte, damit wir die Zahlung auch erhalten."

„Warum meine Kreditkarte? Kann ich nicht selbst etwas an Sie überweisen?"

„Nein, wir regeln das auf diese Art."

„Das tut mir leid. Ich wäre ja bereit, etwas zu spenden, aber meine Kreditkarte gebe ich Ihnen nicht." Sehr gut, neue Jule! Die alte hätte es sicherlich gemacht, so naiv wie sie war. Aber da stimmt doch irgendwas nicht. Auf keinem Fall gebe ich einem fremden Typen auf der Straße meine Kreditkarte!

„Wir brauchen sie doch nur für unsere Daten. Es ist absolut sicher!"

„Nein, danke. Ich habe es mir anders überlegt. Auf Wiedersehen!"

Knallhart. So ist es richtig. Lass dich nicht ausbeuten, Jule. Auch nicht von einem netten Menschen, von niemandem!

Ich gehe an ihm vorbei, ignoriere ihn so gut ich kann und bin verschwunden.

„Guten Morgen, Jules!" Samira begrüßt mich freudestrahlend. Sie hat anscheinend keinen Kater, was mich wundert.

„Morgen! Du siehst aber frisch aus. Was ist dein Geheimnis?"

„Aspirin und viel Wasser vor dem Schlafengehen", sie zwinkert.

Ja, davon habe ich auch schon gehört. Aber gestern Abend hatte ich kein Aspirin zur Hand. Mir fehlt einfach die Erfahrung beim Trinken. Samira scheint sie zu haben.

„Was machen wir heute?" frage ich sie.

„Nur ein paar Atemübungen, wie immer. Und, wenn ihr möchtet, noch mal Improv."

Wir möchten, da sind wir uns alle einig. Sam und ich machen den Anfang. Ich steuere die Szenerie bei: Ein Pärchen liegt abends im Bett.

„Ich weiß, dass du keine Kinder möchtest, aber ich schon. Deshalb habe ich die Pille abgesetzt."

„Ja, dann nehmen wir besser ein Kondom."

„Wir haben keine da. Und wie gesagt, ich möchte gerne schwanger werden."

„Ja, dann haben wir heute besser keinen Sex."

„Doch, ich bin unheimlich scharf. Und du auch, das kann ich fühlen."

„Ja, schon. Und was für ein Kind möchtest du am liebsten?"

„Ein Mädchen."

„Ja, das tut mir leid. Ich glaube, heute würde es ein Junge werden."

„Okay, dann machen wir das morgen."

„Ja, gut."

Wir ernten Applaus und ein Lob von Samira. Die Szene war zwar sehr kurz, aber wir haben uns gut in die Charaktere reingefunden.

„Wer möchte als nächstes?" fragt Samira.

Jimmy und Amanda melden sich. Da sie sich nicht auf eine Szenerie einigen können, mischen sie einfach. Schuhgeschäft mit Bar.

„Wir haben heute leider keine Schuhe, aber ich kann Ihnen einen Drink anbieten."

„Ja, ich möchte ihn aber gerne aus einem Schuh trinken."

„Wie gesagt, Schuhe sind leider aus. Aber ich kann Ihnen ein ganz tolles Glas anbieten."

„Ja, dann gebe ich Ihnen meinen Schuh und Sie können mir den Drink darin servieren."

„Ja, das kann ich machen. Was darf es denn sein?"

„Einen Screw Driver bitte."

„Ja, wir haben leider keinen Orangensaft. Darf es auch Himbeer sein?"

„Ja, ich hasse Himbeer, aber gut. Wenn Sie nur das da haben."

Jimmy zieht seinen Schuh aus und reicht ihn Amanda. Sie reicht ihn zurück.

„Bitte sehr, ihr Getränk."

„Ja, vielen Dank!" Jimmy tut so als würde er trinken. „Igitt!"

„Ja, stimmt etwas nicht?"

„Der Drink schmeckt nach Fuß, das ist voll ekelhaft! Unerhört!" Jimmy schüttet seinen Schuh aus und verlässt den Laden.

„Gut", meint Samira. „Dann machen wir jetzt mal ein paar Atemübungen."

Es tut mir gut, richtig durchzuatmen. Es ist befreiend. Nicht, dass ich sonderliche Probleme hätte – mein Leben läuft gut. Und ich bin stolz, dass ich den Typen vorhin abgewimmelt habe. Aber es tut mir leid für die Kinder, die jetzt keine Spende von mir bekommen. Vorausgesetzt, das Geld wäre überhaupt bei ihnen angekommen. Ich nehme mir vor, mich in der Richtung mal zu informieren und vielleicht auf anderen Wegen etwas zu spenden.

Der Kurs ist zuende und ich bin k.o. Ich mache mich direkt auf den Rückweg nach Hause, will nur noch in mein Bett.

Karl ist nicht in meinem Zimmer. Aber er hat mir einen Zettel hinterlassen. Er ist nur kurz etwas einkaufen. Ich schicke ihm eine SMS, sage dass ich mich jetzt hinlege und erstmal schlafen will. Er solle besser in sein Zimmer gehen.

Sobald ich mich hingelegt habe, schlafe ich ein.

Ich träume. Das habe ich schon länger nicht bewusst gemacht. Normalerweise kann ich mich immer an meine Träume erinnern, zumindest direkt nach dem Aufwachen. Aber wenn ich morgens vom Wecker geweckt werde, sind die Träume schnell vergessen.

Ich bin an einem Strand. Außer mir ist keine Menschenseele zu sehen. Der Sand ist weiß, das Wasser türkis. Ich lasse mich von den seichten Wellen umspielen. Alles ist friedlich. Plötzlich taucht ein Wal auf. Sein Mund ist aufgerissen. Er schwimmt auf mich zu. Und bevor ich mich versehe, lande ich darin. Er verschluckt mich in einem Stück. Um mich wird es dunkel. Ich habe Angst. Ich weiß nicht, wie ich hier je wieder rauskommen soll. Da höre ich Geschrei von draußen. Es ist Karl. Er hat ein riesiges Schwert, schreit er. Er wird mich befreien. Und das tut er. Er schlitzt dem Wal den Leib auf und ich sehe wieder Licht. Mein Karl hat mich gerettet. Mein Held. Da wache ich auf.

Was soll das nur bedeuten? Habe ich etwas Angst, von der Hollywood-Maschinerie verschluckt zu werden? Bevor ich überhaupt meinen ersten Drehtag hatte?

Aber der Gedanke an Karl beruhigt mich. Mit ihm an meiner Seite kann mir nichts passieren.

Ich stehe auf, verlasse mein Zimmer und klopfe an seine Tür. Er macht mir auf, an den Türrahmen gelehnt, mit einem verschmitzten Lächeln im Gesicht. „Na, Hunger?"

„Riesigen Hunger!" Ich hatte kein Mittagessen.

„Dann kommen Sie mal in mein Restaurant." Karl will für mich kochen? Wie süß, das hat er noch nie gemacht.

Er zaubert Chili Con Carne, das in der Küche schon auf dem Herd brodelt. Es riecht zum Niederknien. Er tut mir eine riesige Portion auf und wir hauen rein. Es schmeckt so gut wie es riecht.

„Da hast du mir aber ein großes Talent verheimlicht", necke ich ihn.

„Tja, ich bin eben voller Geheimnisse."

„Ich möchte jedes einzelne erfahren!" Ich will alles von ihm wissen. Absolut alles.

„Das wirst du. Wir haben ja unser ganzes Leben Zeit." Er sagt das so voller Überzeugung und mit einer Selbstverständlichkeit, dass es mich umhaut. Unser ganzes Leben. So ernst ist ihm das mit mir. Und ja, ich kann es mir vorstellen. Mit ihm alt zu werden. Er ist schon jetzt mein bester Freund, Liebhaber und Partner. Mehr kann ich mir beim besten Willen nicht wünschen.

Nach dem Essen mache ich den Abwasch. Dann gehen wir nach oben und zeigen uns, wie sehr wir uns lieben.

Die nächsten beiden Tage verbringen wir im Bett. Wir lieben uns, essen, reden, schlafen. Es ist himmlisch. Schade nur, dass er ab Montag wieder für drei Wochen weg ist. Wenn er wiederkommt, werde ich vollends mit den Dreharbeiten beschäftigt sein. Zum Glück sind sie in New York, nicht in LA oder anderswo. Wir werden uns also sehen können. Ich hoffe nur, ich werde nicht zu erschöpft sein, um mit ihm Zeit zu verbringen.

26

Die letzten zwei Wochen sind so dahingeplätschert. Dalia und Vin sind in ihr Haus gezogen. Alanna und Adam sind immer noch verliebt wie am ersten Tag. Und Karl ist On the Road. Der Schauspielkurs hat gestern für mich geendet, denn am Montag beginnen schon die Dreharbeiten.

Ich habe mit Samira täglich zwei Stunden an meinem Akzent gearbeitet. Jetzt klinge ich, auch für Muttersprachler, wie eine echte New Yorkerin, meint sie.

Ich kenne meinen gesamten Text auswendig. Darauf bin ich richtig stolz. Nun kann ich mich voll und ganz auf die Performance vorbereiten.

Verliebte Frau, der ein großes Unglück widerfährt. Das werde ich überzeugend spielen können. Ich muss mir einfach nur vorstellen, dass es um mich und Karl geht. Dann sollte es die leichteste Rolle überhaupt sein.

Aber ich bin trotzdem aufgeregt. Was, wenn ich vor Nervosität ein Blackout habe und den Text vergesse? Was, wenn die Chemie zwischen mir und dem Hauptdarsteller nicht stimmt? Wir haben zwar einen Check gemacht – ich war mit ihm Kaffee trinken und wir haben uns gut verstanden. Auch vor der Kamera haben wir Chemie. Aber was, wenn einfach alles schief läuft? Ich kann es nicht leugnen, ich habe Schiss. Jetzt könnte ich eine Umarmung von Karl gebrauchen, aber er ist nicht da. Scheiße. Ich muss ihm endlich sagen, dass ich richtig Kohle habe und er nicht arbeiten muss, wenn er es nicht selbst will. Dann könnte er immer bei mir sein und mich unterstützen. Aber wäre das nicht zu viel verlangt? Er braucht schließlich sein eigenes Leben. Nein, das kann ich ihm nicht antun. Ich muss einfach damit leben, dass es ist wie es ist.

Diese Gedanken haben mich noch vor dem Frühstück ereilt. Ich brauche dringend etwas in den Magen und ein bisschen Ablenkung. Im Frühstücksraum treffe ich Lucy.

„Hey, wie geht's dir, Filmstar?"

„Ach, mieser Morgen. Ich brauche erstmal Kaffee!" Den besorge ich mir, plus meinen obligatorischen Bagel.

„Was ist los? Freust du dich nicht?"

„Doch, aber ich bin nervös…"

„Das verstehe ich. Sei einfach authentisch. Die Verliebte müsstest du doch gut hinbekommen."

„Ja, danke. Ich will einfach nur, dass es endlich los geht, damit ich sehe, wie es wird und ich mir darüber nicht mehr den Kopf zerbrechen muss."

„Also gut, wir werden dich heute wohl ein bisschen ablenken müssen, was?" Sie lächelt, ich bekomme auch ein Lächeln zustande. „Was willst du machen? Coney Island?"

Das klingt gut für mich. Ein Tag am Meer. „Das machen wir!"

Es ist erst Mitte März, das Wasser ist noch sehr kalt, trotzdem ziehen wir unsere Schuhe aus und laufen durch das kühle Nass.

„Wie geht es denn Mitsue?"

„Gut, sie jettet um die Welt."

„Habt ihr noch Kontakt?"

„Nicht wirklich. Ich glaube, ich war für sie nur eine Bettgeschichte. Nichts Ernstes."

„Schade! Aber arbeitest du denn noch für sie?"

„Hin und wieder vermittle ich ihr was, aber nicht mehr so oft. Ich habe ihr gesagt, sie solle sich besser eine andere Agentur suchen."

„Ja, das ist bestimmt das Beste. Tut mir leid, Süße! Ich weiß, wie verliebt du in sie warst…"

„Schon. Aber da muss ich jetzt durch. Ich bin ja ein großes Mädchen und das ist nicht die erste Beziehung die keine wird."

„Also hast du vor wieder zu daten? Das finde ich gut!"

„Ja, ich hab mir ein Tinder-Profil zugelegt. Mal sehen, was sich da ergibt."

„Oh, hattest du schon Dates?"

„Nein, noch nicht, aber ich schreibe mit ein paar Damen. Das lenkt mich zumindest von Mitsue ab. Aber treffen möchte ich, glaube ich, keine von ihnen. Ich bin ja auch nicht mehr lange in der Stadt, was soll das also bringen?"

„Stimmt, das hatte ich verdrängt. Wann fliegst du noch mal?"

„In einer Woche. Ich hab langsam auch die Nase voll von New York, ich vermisse London."

„Schade, ich werde dich vermissen. Aber ich kann dich auch verstehen."

„Geht dir die Stadt nicht auch langsam auf den Wecker?"

„Nein, überhaupt nicht. Ich liebe es hier wie am ersten Tag."

„Du Glückliche. Dann lass dich von mir nicht runterziehen. Ich bin vielleicht auch ein bisschen enttäuscht, weil ich hier gescheitert bin. Es ist alles nicht so gelaufen wie ich es mir vorgestellt hatte."

„Ich weiß. Aber in London hast du großen Erfolg, das muss man auch erstmal schaffen, vergiss das nicht."

„Nein. Und darauf bin ich auch stolz. Aber ich habe das Gefühl, ich gehöre hier nicht her. Alle Zeichen deuten darauf hin."

„Dann lass doch die Arbeit Arbeit sein und genieß deine letzte Woche hier. Mach Urlaub."

„Ja, das sollte ich, du hast Recht." Schon sieht sie entspannter aus.

„Komm, lass uns was essen gehen!"

Das machen wir. Heute lassen wir es uns richtig gut gehen. Da macht es auch nichts aus, dass wir für ein simples Fischgericht horrende Preise zahlen. Und dabei ist noch nicht mal Saison. Aber vielleicht auch gerade deshalb.

Auf der Fahrt zurück in die Stadt lehnt Lucy den Kopf an meine Schulter und schläft ein. Die arme Maus, ihr muss es ziemlich schlecht gehen. Und sie wollte mich aufmuntern! Das ehrt sie ungemein. Sie ist eine wirkliche Freundin und ich bin sehr froh, sie kennen gelernt zu haben. Wir werden auf jeden Fall Kontakt halten, auch wenn ein ganzer Ozean zwischen uns liegt, da bin ich mir sicher.

Den Sonntag verbringe ich im Bett, bestelle Pizza und versuche, nicht an morgen zu denken. Abends bin ich mit Lucy verabredet – wir wollen in den Comedy Club.

Es ist wie immer eine lange Schlange, in die wir uns einreihen. Aber es lohnt sich. Wir kommen noch rein und der Abend wird ein voller Erfolg. Die Comedians laufen zu Hochform auf, obwohl sie kaum eine Gage bekommen. Aber sie sind jung und hungrig und hoffen, entdeckt zu werden.

Wenn ich darüber nachdenke, dass sich morgen mein ganzes Leben verändert, fange ich ein bisschen an zu zittern. Das sind einfach die Nerven. Es soll endlich losgehen, damit ich weiß, wie es ist und ich mir nicht mehr darüber den Kopf zerbrechen muss.

In der Nacht schlafe ich unruhig. Ich wache immer wieder auf. Mist, ich muss morgen früh doch erholt sein, denke ich. Aber es gibt ja Makeup. Und meinen Text kann ich mittlerweile im Schlaf, das sollte also keine Probleme geben.

Ich möchte irgendwie mit jemandem reden. Aber alle schlafen. Moment! Nicht in Deutschland, dort ist schon zehn Uhr!

Ich rufe meine Mutter an.

„Mein Kind, wie schön, dass du dich meldest! Wie geht es dir?"

„Ich bin so wahnsinnig nervös. Morgen beginnen die Dreharbeiten."

„Was für Dreharbeiten, Motte?"

Oh, da fällt mir ein, ich habe ihr davon noch gar nichts erzählt. Wir haben nicht oft Kontakt und in letzter Zeit habe ich das wohl sehr schleifen lassen. Ich erzähle ihr alles und sie ist zu baff um mir beizustehen. Sie stellt mir dutzende Fragen, was mich erschöpft.

„Spielen denn irgendwelche berühmten Leute mit?"

„Nein, Mama, das ist keine große Produktion. Der Hauptdarsteller ist hier ein bisschen bekannt. Aber nicht in Deutschland."

„Besorg mir trotzdem ein Autogramm, das kann ja noch werden." Das werde ich auf keinen Fall tun, aber ich verspreche es. „Wann kommst du denn wieder nach Hause?"

„Wenn wir abgedreht haben. In zehn Wochen ungefähr."

„Prima. Ich koche auch dein Lieblingsessen!"

„Schön", sage ich und verabschiede mich. Das hätte ich mir auch sparen können. Mir geht es kein bisschen besser. Dann muss ich da wohl alleine durch. Aber das kenne ich ja schon. Auch wenn ich, was das angeht, in den letzten Wochen ziemlich verwöhnt wurde. Ich hatte immer jemanden an meiner Seite.

Um sieben ist Drehbeginn. Ich habe noch zwei Stunden. An Schlaf ist nicht mehr zu denken, also ziehe ich meine Joggingschuhe an und mache mich auf zu einem Lauf.

Ich bin weit und breit der einzige Mensch. Aber ich habe keine Angst. Ich war immerhin ein paar Mal beim Krav Maga und habe viel gelernt.

Die kühle Luft tut mir gut. Ich laufe schneller als sonst und bin nach einer Viertelstunde erschöpft. Also drehe ich um.

Als ich zurück in meinem Zimmer bin klingelt mein Handy. Es ist Karl.

„Süße, ich wollte dir viel Glück für heute wünschen. Konntest du schlafen?"

Es rührt mich, dass er an mich denkt und extra früher aufgestanden ist. „Nicht wirklich. Aber ich freue mich, deine Stimme zu hören!"

„Du wirst das prima machen, Baby, da bin ich ganz sicher. Und wenn nicht, ist das auch kein Beinbruch." Da hat er Recht. „Jetzt dusch dich, zieh dir was Schickes an, geh frühstücken und dann hau sie um!"

„Aye aye, sir! Ich liebe dich."

„Ich dich auch, Baby."

Ich folge seinem Rat. Im Hostel gibt es noch kein Frühstück, deshalb gehe ich in ein Café. Ich habe keinen großen Hunger, aber Karl hat Recht, ich sollte etwas frühstücken. Ich bestelle mir Rührei mit Speck. Proteine werden mir gut tun.

Danach nehme ich mir ein Taxi, ganz dekadent, und lasse mich zum Studiogelände fahren.

27

Es herrscht schon reges Treiben. Die Assistentin des Regisseurs begrüßt mich knapp und schickt mich direkt in die Maske. Wir haben keine Zeit zu verlieren. Jeder Drehtag kostet die Produktionsfirma tausende Dollar.

Ich nehme auf einem Stuhl Platz und begebe mich in die Hände von Tammy. Wir reden kein Wort, sie ist hochkonzentriert. Aber neben mir sitzt Ashton Greene, der Star des Films. Er zwinkert mir zu. Wenn er mir weiter so freundlich gewogen ist, werden wir etwas Gutes abliefern.

„Bist du auch so unausgeschlafen?" fragt er mich.

„Unausgeschlafen ist gar kein Ausdruck", antworte ich ihm.

„Wie viele Stunden hast du geschafft?"

„Nur zwei."

„Dann schlägst du mich in der Tat. Ich hab zumindest vier geschlafen. Aber fühle mich wie eine."

Es tut gut mit ihm zu reden. Obwohl das nicht sein erstes Projekt ist, geht es ihm genauso wie mir. Das beruhigt mich ein wenig.

Wir werden nicht chronologisch drehen. Heute ist die Szene der ersten Begegnung dran. Die Produzenten habe diese ausgewählt, weil wir uns noch nicht so gut kennen. Das soll sich auf die Leinwand übertragen. Wir drehen die Szene zwar in New York, aber sie spielt in LA.

Wir begegnen uns in einem Café in dem Toby, Ashtons Figur, arbeitet. Er will Schauspieler werden, so wie alle Kellner dort. Er bedient mich. Ich frage ihn, ganz modern, nach seiner Nummer. Das ist die Szene und sie wird uns den ganzen Tag beschäftigen.

Es läuft überraschend gut. Immer wieder wird unser Makeup ausgebessert. Das Licht wird verändert, die Kameraeinstellungen wechseln. Wir müssen die Szene 13 Mal spielen, dann ist sie im Kasten.

Dann kommt die nächste Szene dran. Unser erstes Date. Auf einen Kaffee im gleichen Laden. Wir können sie nur vier Mal spielen, dann ist der Drehtag vorbei. Aber der Regisseur meint, auch sie wäre im Kasten.

„So ihr beiden, jetzt geht aus und lernt euch besser kennen", meint der Chef nach Drehschluss. „Morgen müsst ihr miteinander vertraut wirken."

Okay, sagen wir beide. Wir hatten keine anderen Pläne für den Abend gemacht.

„Komm, Jules, ich lade dich zum Essen ein", schlägt Ashton vor.

„Ist abgemacht!" Es fühlt sich wahnsinnig seltsam an, mit jemand anderem als Karl auszugehen, aber das gehört zum Job.

Wir reden viel und essen gierig. Ich erfahre, dass auch Ashton vergeben ist, dass er sogar einen kleinen Sohn mit seiner Freundin hat. Das dürfen die Fans aber nicht wissen. Offiziell ist er Single. Er sieht aus wie James Franco – ist sehr attraktiv. Ich sage ihm eine große Karriere voraus. Er freut sich darüber. Aber dass er sein Privatleben verleugnen muss gefällt mir nicht. Das werde ich auf keinen Fall tun, auch wenn ich dann keine Karriere haben werde.

„Und, wie war's?" fragen mich Lucy, Karl, Alanna und meine Mutter. Ich antworte allen das gleiche: Gut, aber anstrengend. Aber vor allem gut.

Sie freuen sich für mich und wünschen mir alles Gute für den nächsten Tag. Ich falle erschöpft in mein Bett. Morgen geht es weiter, jetzt kann ich mich darauf freuen. Es war ein wirklich erfolgreicher Dreh. Und Ashton meint, dass man mir gar nicht anmerkt, dass es für mich das erste Mal ist. Ich freue mich, dass ich ihn überzeugen konnte. Jetzt werde ich gut schlafen.

Am nächsten Morgen werde ich vom Weckerklingeln wach. Ich habe die ganze Nacht tief und fest geschlafen und fühle mich gut. Das ist auch nötig, denn ich muss frisch verliebt wirken und da hat man eine Menge Energie.

Ich nehme mir wieder ein Taxi, weil es bequemer ist und ich dann keinen so langen Fußweg auf dem Gelände habe.

Heute drehen wir einen Ausflug mit dem Auto. Es ist kalt, aber da wir uns in LA im Sommer befinden, müssen wir alle die Zähne zusammen beißen. Vor allem Ashton und ich, weil wir nur leicht bekleidet sind. Was tut man nicht alles. Wir fahren durch die LA Kulisse und halten an einem Plattenladen. Toby will Mia eine CD kaufen. Für die Szene im Plattenladen fahren wir alle in die Stadt. Dort hat die Produktion für zwei Stunden einen richtigen Plattenladen schließen lassen, damit wir dort filmen können.

Bis zum Abend ist die Szene gedreht. Alles hat geklappt. Wir haben nur eine Viertelstunde überzogen. Das wird uns verziehen.

Ich habe schon immer vermutet, dass es Spaß macht, Schauspieler zu sein. Aber dass es mir so gut gefallen würde hätte ich nicht vermutet. Es macht mir Spaß, Mia zu sein. Eine New Yorkerin in LA. Und Ashton ist wirklich ein lustiger Typ. Es macht richtig Spaß mit ihm. Dennoch kann ich nur an Karl denken. Ich vermisse ihn sehr.

Die nächsten Tage läuft es weiter wie am Schnürchen. All die Probleme, die ich heraufbeschworen habe sind nicht eingetreten. Ich habe mich völlig umsonst verrückt gemacht.

Ich habe Talent, mein Englisch ist perfekt und ich habe Spaß. Das einzige was nervt sind die Drehpausen. Es ist zwar gut, sich ab und zu mal zu erholen, aber es gibt keinen Rückzugsort. Also ist nicht viel von Entspannung zu merken. Bei großen Produktionen haben die Stars Wohnwagen, in die sie sich zurückziehen können. Die haben wir natürlich nicht. Also sitze ich, auch wenn ich gerade nicht mit filmen dran bin, am Rande des Geschehens und gucke zu. Dabei kann ich viel lernen, aber mal abschalten ist einfach nicht drin. Die Tage haben meist 12 bis 14 Stunden, das schlaucht. Eine Woche von zehn habe ich nun geschafft. Ich hoffe, ich werde durchhalten.

„Was machst du heute Abend?" fragt mich Lucy.

„Essen, dann schlafen", antworte ich.

„Schade, ich hatte gehofft, dass wir ausgehen. Es ist mein letzter Abend hier."

Mist, das hatte ich nicht mehr auf dem Plan. „Oh, Mensch, klar. Wir gehen natürlich aus!"

Freitag Abend in New York. Da ist man doch auch praktisch verpflichtet auszugehen. Wenn man es nicht täte, wäre das eine Sünde.

Wir lassen uns von einem Taxi zu einer Bar in Uptown bringen.

„Siehst du die Frau da drüben?" fragt mich Lucy. „Die mit dem Tigertop?"

„Um Gottes Willen, was hat sie denn an?"

„Ja, gut, das Outfit ist scheiße. Aber sie ist süß, findest du nicht?"

„Kann sein. Aber du fliegst morgen nach Hause, willst du wirklich noch jemanden kennen lernen?"

„Ich kann ja wiederkommen", sie grinst frech.

„Ich dachte, du hast genug von dieser Stadt."

„Ja, hatte ich. Ich war einfach frustriert. Aber die letzte freie Woche habe ich richtig genossen. Ich habe mich wieder in die Stadt verliebt."

Das freut mich zu hören. „Na dann, geh zu ihr."

„Meinst du, dass sie auf Frauen steht."

Ich hab dafür keinen Radar. „Finde es doch einfach heraus."

„Nein, vergiss es, ich sollte nicht. Es ist schwachsinnig, sorry. Ich will den Abend mit dir verbringen. Nicht mit irgendeiner Schickse."

Das freut mich. „Aber lange werde ich nicht durchhalten, befürchte ich."

„Das macht nichts, ich nehme was ich kriegen kann."

Ich trinke nur ein Bier, denn ich bin schon müde genug. Lucy dagegen schlägt ordentlich zu. Nach einer Stunde ist sie völlig betrunken und wir können kein Gespräch mehr führen. So habe ich sie noch nie gesehen. Nüchtern gefällt sie mir besser. Ich schlage daher vor, den Abend langsam zu beenden und nach Hause zu fahren. Sie willigt ein. Im Taxi schlummert sie ganz friedlich dahin. Ich werde sie vermissen wenn sie morgen abreist. Jetzt ist mir im Hostel niemand mehr geblieben. Bis auf Karl, aber der ist die meiste Zeit unterwegs.

Ich beschließe dennoch, mich nicht einsam zu fühlen. Ich werde so viel arbeiten, dass ich davon gar nichts merken werde.

Mein letzter Gedanke vorm Einschlafen gilt Karl. Er hatte in Pennsylvania eine Reifenpanne, daher verzögert sich seine Rückfahrt. Er wird morgen den Rest der Strecke fahren und gegen Mittag hier sein. Ich kann es kaum erwarten.

„Guten Morgen, Sonnenschein", flüstert Karl durch das Handy an meinem Ohr. „Mach die Tür auf."

Ich gehe zu meiner Tür und tue wie befohlen. Ein riesiger Blumenstrauß springt mir entgegen. „Weil ich so spät zurück bin, und zur Feier deines Erfolges."

„Der Film ist doch noch gar nicht in den Kinos", erwidere ich.

„Das macht nichts. Du bist in meinen Augen jetzt schon ein Star."

„Ich habe gar keine Vase." Aber auch daran hat Karl gedacht.

„Ich schon!" Woher auch immer er sie hat.

Ich bin ganz gerührt. Ich kann mich nicht erinnern, wann mir zum letzten Mal jemand Blumen überreicht hat. Wahrscheinlich zu meinem letzten Geburtstag, aber der ist schon ein halbes Jahr her.

„Wollen wir uns ins Bett legen oder möchtest du frühstücken?"

Das Hostel-Frühstück habe ich um Stunden verpasst. Und mir ist eher nach Karl als nach Essen. „Bett", hauche ich ihm zu. Kein Zweifel, dass wir gleich übereinander herfallen werden. Nach drei Wochen Abstinenz ist auch nichts anderes zu erwarten.

„Mein Gott, was habe ich dich vermisst."

„Ich dich auch, Karl. So sehr, dass es mich fast verrückt gemacht hat." Da fällt mir ein, was ich ihn unbedingt habe fragen wollen. „Macht es dir eigentlich etwas aus, dass ich diese Rolle spiele? Du weißt schon, weil ich einen anderen Mann küssen muss."

„Dass du ,muss' sagst, beruhigt mich so sehr, dass ich mir gar keine Sorgen mache. Klar, es stört mich vielleicht ein bisschen, aber ich weiß, was das mit uns ist. Es ist was Echtes. Das andere ist nur gespielt. Das kann ich ohne Probleme unterscheiden."

Ich bin sehr froh, dass er das so auffasst. Andere Männer würden das vielleicht nicht so locker sehen.

„Jetzt Lust, einen Happen zu essen?"

Ich bin am verhungern. „Ja, aber ich hab keine Lust das Bett zu verlassen."

„Ich könnte schnell zum Supermarkt gehen und uns dann was kochen. Oder wir bestellen Pizza. Wie du möchtest."

Ich möchte keine Sekunde auf ihn verzichten. Supermarkt fällt daher flach. „Pizza."

„Pizza it is. Dann ruf ich mal eben an. Das Übliche?"

„Das Übliche!", bedeutet, eine Vegetarian Island Pizza.

Wie schön es sich anfühlt, gekannt zu werden. Er kennt mich inzwischen wirklich in und auswendig. Früher hat mich das immer irritiert. Ich wollte so ungreifbar wie möglich sein. Aus Gründen, die ich nicht kenne. Aber von ihm möchte ich gekannt werden. Denn es fühlt sich wahnsinnig gut an.

„Ist in einer halben Stunde hier. Was machen wir nur bis dahin?"

„Ich weiß auch nicht. Mir fällt da absolut nichts ein." Wir grinsen uns gierig an. Gleich werden wir wieder übereinander herfallen.

„Stopp!" unterbreche ich uns. „Ich hab Lucy komplett vergessen! Sie fliegt doch heute nach London zurück. Ich weiß aber nicht, wann. Ich sollte mal nach ihr sehen."

Also raus aus dem Bett und auf zu Lucys Zimmer. Ich klopfe, aber es macht niemand auf. Ich gehe zurück in mein Zimmer und versuche es auf ihrem Handy.

„Hey, Jules! Auch schon wach?"

„Ja, gerade erst. Wo bist du?"

„Ich sitze am Hudson und genieße die Sonne."

„Wann geht dein Flug? Hast du schon ausgecheckt?"

„Erst heute Abend. Ich habe das Zimmer noch den ganzen Tag."

Ich bin froh, dass sie noch da ist. „Dann klopf doch mal bei mir an wenn du zurück bist. Ich will mich auf jeden Fall von dir verabschieden!"

„Na klar, denkst du etwa, ich lasse dich so leicht davonkommen?"

„Du bist ja diejenige die davonkommen will! Also, wann auch immer du zurück bist, klopf an. Karl und ich bleiben im Zimmer."

„Na, da will ich doch lieber nicht stören…"

„Kannst du ruhig, übereinander hergefallen sind wir schon."

„Mensch, ich werde dich vermissen, Jules."

„Ich dich auch, ganz arg. Du musst bald wiederkommen!"

„Ja, das habe ich vor. Ich kann meine Geschäfte im Grunde auch von hieraus erledigen. Das habe ich ja die letzten Wochen auch gemacht. Es nervt nur, doppelt Miete zu zahlen."

„Das stimmt. Kannst du dir vorstellen, für immer her zu kommen?"

„Keine Ahnung, ob ich ein Visum bekommen würde. Aber in New York zu leben ist der Traum. Vielleicht irgendwann mal. Aber London ist auch nicht zu verachten."

Da hat sie Recht. Sind beides tolle Städte. Und wenn es in London leichter für sie ist, sollte sie vielleicht dort bleiben.

„Okay, also klopf. Bis später!"

„Wird gemacht, Boss. Bis später!"

Ich lege mich wieder ins Bett und in Karls Arme. Was habe ich das vermisst. Jemanden zu spüren, jemandem nahe zu sein. Gehalten zu werden. Geliebt zu werden. Auf die Distanz ist es einfach nicht das gleiche.

Ich döse noch mal ein. Bis der Geruch von Pizza mich wieder weckt.

„Es ist serviert, mein Schatz. Wach auf."

Das lasse ich mir nicht zwei Mal sagen. Wir hauen beide ordentlich rein – völlig ausgehungert nach der langen Nacht und dem akrobatischen Sex.

„Ich sehe dir unheimlich gerne beim Essen zu", unterbricht Karl die andächtige Stille. „Du siehst dabei wahnsinnig sexy aus."

Das hat mir noch nie jemand gesagt. Aber ich finde, es ist ein schönes Kompliment. „Dann sollte ich wohl noch mehr essen, was?"

„Auf jeden Fall. Dürre Frauen mag ich nicht."

„Keine Sorge, ich werde immer ein paar Pfund zu viel haben, das hat meine Genetik so vorgesehen."

„Du hast kein Gramm zu viel, Baby."

Das höre ich gerne. Und es stimmt vielleicht auch. Für meine Größe habe ich Idealgewicht. Aber so dünn wie die Hollywood Megastars werde ich nie werden. Will ich auch gar nicht, ich mag meine Kurven.

„Möchtest du etwas unternehmen, oder im Bett bleiben?"

„Im Bett bleiben. Und auf Lucy warten."

„Ach klar, das hatte ich fast vergessen. Dann lass uns wieder hinlegen. Komm in meinen Arm."

Komm in meinen Arm – wie schön sich das anhört. Und wie schön es sich erst anfühlt. Ich bin im Paradies. Mit gut gefülltem Magen und dem Mann meiner Träume.

„Möchtest du Nachtisch?"

„Eis wäre jetzt ganz geil. Aber ich bin zu faul."

„Dafür hast du ja mich. Welche Sorte?" Er meint es ernst, das ist zu schön um wahr zu sein.

„Schoko."

„Kommt sofort!" Er wirft sich seine Klamotten über, schnappt sich den Schlüssel und macht sich auf den Weg. Die Vorteile einer Beziehung, denke ich. Sie sind einfach unschlagbar.

Ich döse wieder ein. Diese Woche hat mich echt geschafft. Ich kann nur hoffen, dass ich durchhalte. Ich bin es nicht mehr gewohnt so viel zu arbeiten. Aber vielleicht wird die nächste Woche nicht ganz so hart. Vielleicht ist es nur die Eingewöhnungsphase die mir so zu schaffen macht. Ende nächster Woche bin ich ja vielleicht nicht so platt. Schon allein weil Karl wieder da ist. Das gibt mir Energie.

Es klopft. Das wird Lucy sein. Ich stehe auf und gehe zur Tür.

„Hey! Na, hab ich dich geweckt?" Lucy sieht frisch aus, trotzdem sie letzte Nacht so über die Stränge geschlagen hat. Es wird die frische Luft sein.

„Ja, aber nicht schlimm. Ich sollte mal langsam aufwachen."

„Wo ist Karl?"

„Der ist Eis holen gegangen. Müsste gleich wieder hier sein."

Und da ist er auch schon. „Gut, dass ich die Familienportion gekauft habe. Du möchtest bestimmt auch was, oder Lucy?"

Sie möchte. Er holt uns Löffel und wir machen uns über das Eis her.

„Ich kann gar nicht glauben, dass ich morgen schon wieder in London bin. Die Wochen sind echt verflogen."

„Ja, so kommt es mir auch vor. Wahrscheinlich, weil wir eine gute Zeit hatten."

„Ja. Aber es liegt auch am Alter, glaube ich. Je älter man ist, desto schneller vergeht die Zeit. Wisst ihr noch wie lange es früher von einem Weihnachten zum nächsten war? Und jetzt fühlt es sich an wie ein Wimpernschlag."

„Da hast du Recht. Schon erschreckend. Ehe wir uns versehen sind wir alt und grau."

„Na, so schnell wird es auch wieder nicht gehen. Aber ein netter Gedanke – wir drei, alt und grau, zusammen Eis essend. Müssen wir uns nur noch auf eine Stadt einigen." Wir werden nachdenklich. „Wo wollt ihr alt werden?"

Darüber habe ich noch nie nachgedacht. „Vielleicht Berlin?"

„Coole Idee", sagt Karl. „Das könnte ich mir auch vorstellen."

„Wie romantisch", sagt Lucy. „Aber ich werde wahrscheinlich irgendwo sein wo man Englisch spricht. Vielleicht Australien?"

„Oh, das klingt auch fein. Naja, wir haben ja noch ein paar Jahre Zeit zu überlegen."

Das Thema hat uns alle nachdenklich gemacht. Aber der Zucker im Eis wirkt bald und schon lachen wir wieder. Karl erzählt Witze, diese Seite kannte ich von ihm noch nicht. Dass er Sinn für Humor hat war mir bewusst, aber dass er so gut auf die Pointen hinarbeiten kann, wusste ich nicht. Er könnte Komiker werden mit diesem Talent.

„Komiker? Oh nein, ich glaube nicht. Auf Knopfdruck komisch sein klingt nach harter Arbeit."

„Da magst du Recht haben. Dann bleibst du mein persönlicher kleiner Komiker."

„Sehr gerne. Dein Lachen ist für mich wie Weihnachten. Ich kann gar nicht genug davon bekommen."

„Ihr beiden seid echt süß zusammen", sagt Lucy, mit ein wenig Neid. „Ich hoffe ich finde auch bald was ihr habt."

„Ganz bestimmt. Aber vielleicht nicht auf Tinder. Halte einfach weiter im Leben die Augen offen. Das Universum hat auch für dich große Pläne."

„Na wenn du das sagst will ich es mal glauben."

Da bin ich mir ganz sicher. Ein Mensch wie sie hat es verdient glücklich zu sein. Alles andere wäre einfach nicht fair.

Als wir das Eis aufgegessen haben, verabschiedet sich Lucy. „Ich komme noch mal rein bevor ich zum Flughafen fahre."

„Mach das auf jeden Fall! Wir bleiben heute im Zimmer."

Der Abend und der Abschied sind herangerückt. Ich nehme Lucy ganz fest in die Arme. Wir verdrücken beide ein paar Tränen.

„Meld dich wenn du gelandet bist. Und pass auf dich auf!"

„Mach ich. Ich werde dich so vermissen!"

„Ich dich auch!"

Wir umarmen uns noch eine Weile, dann muss sie los. Karl trägt ihre Koffer zum Taxi, dann verabschieden sich auch diese beiden. Aber keiner weint. Dafür stehen sie sich nicht nahe genug.

Meine letzte Herbergsfreundin hat sich verabschiedet. Ein trauriger Moment. Ich habe auch gar keine Lust, neue Leute kennen zu lernen, die die alten ersetzen. Ich will meine alten Freunde wieder hier haben, denke ich kindisch. Aber das geht nicht. Da muss ich durch.

„Sei nicht traurig, Baby, du hast ja noch mich", versucht Karl mich zu trösten.

„Und das ist alles was ich brauche", versichere ich ihm.

Wir legen uns wieder ins Bett.

„Ich weiß wirklich nicht mehr, was ich ohne dich machen sollte", gestehe ich.

„Mir geht es genauso, Schatz. Du bist das Beste was mir je passiert ist. Es tut so gut wie du mich liebst. Ich sag es viel zu selten, es ist schön, dass es dich gibt…"

„Das hast du jetzt aber geklaut!" Ich bin spielerisch empört.

„Mag sein, aber es drückt genau das aus was ich fühle." Das macht es für mich okay.

Wir reden noch ein bisschen, aber bekommen kaum noch mit was der andere sagt. Wir sind beide von der Woche k.o. und schlafen bald ein.

28

Der nächste Morgen kommt überraschend früh. Niemand hat einen Wecker gestellt, doch wir wachen beide schon gegen sieben Uhr auf.

„Sollen wir zum Früstück gehen?" fragt Karl mich. „Oder lieber noch im Bett bleiben?" Einen schelmischen Unterton kann er nur schwer verbergen.

„Wenn du mich so fragst, entscheide ich mich fürs Frühstück." Er scheint ernsthaft geknickt zu sein. „War nur ein Scherz. Bett, natürlich!"

Und das machen wir. Nicht nur heute, sondern das ganze Wochenende. Wir genießen es, zusammen zu sein, ganz ungestört, nur wir beide. Lediglich ein paar Anrufe stören die Ruhe – von meiner Mutter und von Alanna.

„Hast du heute schon was vor?", fragt mich letztere.

„Bett, mit Karl"; antworte ich.

„Oh, hat er seine freie Woche? Schön. Dann lasst euch von mir nicht stören. Ich wollte nur fragen, ob du Lust hast etwas trinken zu gehen. Es gibt eine Kleinigkeit zu feiern."

Ich werde neugierig, obwohl mich nichts von dem gemeinsamen Betttag mit Karl wird abbringen können. „Ich bin gespannt", sage ich trotzdem.

„Adam und ich haben beschlossen, zusammen zu ziehen."

„Aber ihr wohnt doch schon zusammen."

„Ja, was Eigenes, nur für uns beide. Die WG geht uns langsam auf den Nerv und wir haben das Gefühl, dass die anderen wiederum von uns genervt sind."

„Das ist doch prima. Das feiern wir auch, aber vielleicht besser bei eurer Einweihung – was meinst du?"

„Ja, da hast du Recht. Wir müssen erstmal was finden und das wird sicher nicht einfach."

„Ich drücke euch die Daumen. Und wenn ich was höre, melde ich mich bei dir."

Alanna bedankt sich, und man merkt, dass es ihr unangenehm ist zu stören. Aber da gibt es keine Ausrede oder Entschuldigung – Karls freie Tage gehören nur uns beiden.

Das Wochenende ist schneller rum als man Wochenende sagen kann. Schon sitze ich wieder im Taxi. Ich würde ja am liebsten schwänzen, aber heute ist die Szene dran, in der Mia von Tobys Unfall erfährt. Ashton hat für heute frei. Ich kann nur hoffen, dass in den nächsten Tagen auch ein freier für mich herausspringen wird.

Eigentlich, trotz all der Entbehrung was Karl betrifft, freue ich mich aber auf heute. Denn es ist der Tag, an dem ich mein Schauspieltalent zu Beweis stellen kann. Glück kann jeder spielen – bis auf Depressive vielleicht. Aber ernste, traurige Szenen sind die wahre Feuerprobe.

In der Maske wird schon auf mich gewartet. „Bin ich etwa zu spät?"

„Nein nein, aber es ist ein großer Tag und ich wollte einfach pünktlich da sein. Bei mir wird daraus dann überpünktlich."

Heute habe ich eine andere Maskenbildnerin. Sie ist sehr gesprächig, was mir gefällt.

„Bist du schon lange im Geschäft?"

„Nein, dieser ist mein erster Film."

„Wow, dann musst du ein Naturtalent sein. Die Bosse sind begeistert von dir."

„Woher weißt du das?"

„Als Maskenbildnerin hört man so einiges."

Ich freue mich, spüre aber gleichzeitig Druck. Ich werde also hoch gehandelt, das bedeutet, dass auch viel von mir erwartet wird. Ich hoffe, ich enttäusche niemanden. Ich muss versuchen, nicht verkrampft zu sein. Druck löst das in mir aus. Ich muss natürlich und authentisch wirken, wie sonst auch. Jetzt wünschte ich, ich hätte das nie erfahren.

Alison scheint meine Anspannung zu spüren. „Mach dich ganz locker. Du wirst das meistern, da bin ich sicher. Und wenn es nicht gleich beim ersten Mal klappt, denk immer daran: Wir sind alle Menschen, wir alle gehen aufs Klo und abends schlafen."

Ich bedanke mich und versuche, ihrem Rat zu folgen. Aber der Wunsch, es hinter mich zu bringen, bleibt bestehen.

Fertig geschminkt begebe ich mich in ‚mein' Wohnzimmer, den heutigen Drehort. Das Team ist dort schon versammelt. Die Szene wird folgendermaßen: Ich bin zu Hause, es ist Abend. Ich versuche, Toby zu erreichen, der sich eigentlich melden wollte, doch es nimmt niemand ab. Dann endlich kommt ein Rückruf. Aber es ist nicht mein Freund, sondern sein Bruder, der mir erklärt, dass Toby auf der Intensivstation liegt. Er hatte einen Unfall. Ich bin erst, voll im Schockzustand, gefasst, dann weine ich hemmungslos.

Die Szene ist schneller im Kasten als erwartet. Ich ernte viel Lob. Weil wir so früh fertig sind, beginnen wir gleich mit der nächsten Einstellung. Mia fährt zu ihrer Mutter, um sich Beistand zu holen – meine Szene mit Samira. Ich freue mich riesig! Wir begrüßen uns mit einer festen Umarmung und versichern einander, wie schön es ist, die andere zu sehen. Ich habe Samira viel zu verdanken, nicht zuletzt diesen Job. Alle Sympathien die ich in mir trage gehören ihr.

Zuerst erklärt Mia ihrer Mutter, was passiert ist – am Telefon konnte sie nicht sprechen. Dann legt sie sich in den Schoß ihrer Mutter und lässt sich den Kopf kraulen. Als auch diese Szene im Kasten ist, ist Schluss.

Ich kann es kaum glauben, aber dieser Drehtag war nur zehn Stunden lang. Eine Premiere. Ich will schnell nach Hause, Drinks mit Samira muss ich leider ausschlagen. Aber wir werden noch einmal miteinander drehen, dann machen wir das auf jeden Fall. Ich gebe schnell Karl Bescheid, dass er das Chili warm machen kann. Dann nehme ich mir ein Taxi.

„Baby, wie war dein Tag?"

„Wie ich diese Frage vermisst habe! Und wie schön es ist, wenn zu Hause jemand wartet." Wir nehmen uns in den Arm. „Mein Tag war schön und sehr erfolgreich. Ich glaube, ich habe einen guten Job gemacht."

„Hast du noch ein wenig Energie?"

„Ausnahmsweise ja. Wofür brauche ich sie denn?"

„Meine Mutter hat heute Geburtstag, ich wollte sie anskypen. Und würde dich ihr gerne vorstellen."

Karl versteht sich nicht gut mit seinen Eltern, deswegen wundert mich dieser Wunsch. „Wie kommt es?"

„Du bist der wichtigste Teil meines Lebens. Der einzige Erfolg, den ich vorzuweisen habe. Ich will einfach, dass sie sehen, dass ich mein Leben im Griff habe und dass sie stolz auf mich sein können. Und das was wir haben macht mich stolz."

Ich sage zu. Will mich aber erstmal abschminken, sonst bekommen sie noch einen falschen Eindruck von mir. Filmmakeup ist im echten Leben doch sehr auffällig. Duschen möchte ich auch noch. Ich möchte mich einfach rundum wohl fühlen, wenn ich seinen Eltern begegne. Und essen möchte ich vorher auch.

Als alles erledigt ist, schmeißt Karl seinen Laptop an. „Zu Hause ist es jetzt Mitternacht. Aber sie sind eigentlich immer lange auf."

„Wir versuchen es einfach."

Nach langem Klingeln geht endlich jemand ran. Es ist Karls Vater. Er ist ein wenig muffig bei der Begrüßung.

„Schlaft ihr schon?" fragt Karl versöhnlich.

„Beinahe. Was gibt es denn? Und wer ist die Frau?"

„Nun, Mama hat Geburtstag, wir wollten ihr gerne gratulieren. Und die Frau ist Jule, meine Freundin."

„Soso. Ich schaue mal, ob sie schon schläft. Einen Moment."

„Dein Vater ist ja sehr herzlich", merke ich an. „Haben wir ihn an einem schlechten Tag erwischt, oder ist er immer so?"

„Ist immer so."

Karls Mutter ist noch wach, nun sitzt sie vor uns, anstatt des Vaters. Wir beide singen Happy Birthday, so hatten wir es abgemacht. Aber Karls Mutter scheint nicht sonderlich begeistert. Ich glaube, sie ist froh als wir enden. Obwohl es gar nicht so schlecht klang.

„Danke", sagt sie trocken. Diese Familie ist wirklich unterkühlt. Das tut mir leid für Karl. Es wundert mich, wie aus ihm trotzdem so ein toller Mensch werden konnte. Es muss andere Einflüsse gegeben haben.

„Das hier ist Jule, Mama. Sie ist meine Freundin."

„Schön. Und wie lange noch?"

Ich glaube ich habe mich gerade verhört. Was soll das denn bitte?

„Noch sehr lange, Mama. Okay, wir lassen dich jetzt besser schlafen. Bis bald mal." Karl legt auf.

Mir fällt nichts dazu ein, also nehme ich einfach seine Hand und halte sie ganz fest. Er muss meine Hilflosigkeit spüren, denn er sagt: „Schon gut, Süße, so sind sie schon immer. Was mich nur ärgert ist, dass ich das weiß, dass es aber trotzdem noch weh tut."

„Aber das ist doch ganz normal, Schatz. Du hast eben ein Herz." Und sie offenbar nicht, will ich hinzufügen, aber ich lasse es sein. „Vielleicht ist es besser für dich, wenn du den Kontakt abbrichst. Erstmal für eine Weile, nichts Endgültiges."

„Das sage ich mir auch immer wieder, aber ich kann mich nicht gegen den Wunsch wehren, dass ich möchte, dass sie stolz auf mich sind. Aber vielleicht sollte ich mir mal klar darüber werden, dass der Zug längt abgefahren ist. Möglicherweise wären sie stolz, wenn ich meinen Schulabschluss nachholen würde, aber selbst dann würden sie wahrscheinlich nur sagen: Na endlich! Beeindruckt wären sie sicher nicht."

Es tut mir so wahnsinnig leid, dass Karl mit solchen Menschen als Eltern gestraft ist. Ich schlage vor, dass wir aufs Zimmer gehen und ich ihn ein bisschen kraule und massiere. Er willigt ein. Ich bin sehr froh, dass er in der Lage ist, Hilfe und Trost anzunehmen. Ich habe so viel Liebe für ihn und heute findet sie in der Form Ausdruck.

Er schläft mit dem Kopf auf meinem Schoß ein. Jetzt ist kein Platz mehr für mich im Bett. Ich werde mich wohl oder übel auf den Boden legen müssen. Aufwecken möchte ich Karl nicht. Also ziehe ich behutsam meine Beine unter seinem Kopf weg und stehe auf. Ach, was mache ich denn – ich nehme mir einfach ein anderes Zimmer. Ich und meine Sparsamkeit.

Die Rezeption ist noch besetzt. Und es gibt noch freie Betten. Ich bekomme eins im Erdgeschoss. Ein Zweierzimmer.

Ich habe nichts dabei, kein Gepäck, das wundert meine neue Zimmergenossin Gemma. Ich erkläre ihr alles und wir unterhalten uns ein wenig. Sie kommt aus Belgien und spricht vier Sprachen fließend – das finde ich unheimlich beeindruckend.

„Und, was machst du in New York?"

„Einfach nur Urlaub. Ich habe schon viel über die Stadt gehört und wollte sie mal selbst erleben. Vielleicht können wir ja mal was zusammen machen?"

„Ich bin momentan sehr eingespannt." Ich erzähle ihr von meinem Job. Sie ist ganz baff.

„Bist du berühmt?"

„Nein nein, das ist meine erste Rolle."

„Vielleicht hast du ja am Wochenende mal Zeit." Jetzt habe ich das Gefühl, dass sie unbedingt Zeit mit mir verbringen will, weil sie denkt, ich werde mal berühmt.

„Übernächstes vielleicht, wenn du dann noch da bist."

„Leider nicht", sagt sie, sehr geknickt. Das wird nichts mehr mit uns, Gemma.

„Ich werd mich dann mal hinlegen, gute Nacht!" Damit bringe ich sie hoffentlich zum Schweigen. Ich kann ihr ansehen, dass sie mich über Ashton Greene ausfragen will. Und darauf habe ich keine Lust.

Am nächsten Morgen gehe ich in mein Zimmer. Karl schläft noch tief und fest. Er hat wahrscheinlich gar nicht gemerkt, dass ich weg war. Ich lasse ihn schlafen und mache mich fertig. Heute frühstücke ich mal ohne ihn. Aber nicht ohne Gemma, wie es scheint. Mein Wecker muss auch sie geweckt haben. Und sie hat sich offenbar dazu entschieden, auch aufzustehen. Sie setzt sich zu mir und löchert mich weiter über den Film. Ich gebe knappe Antworten, aber das scheint sie nicht zu stören. Was bin ich doch froh, ein Einzelzimmer zu haben. Auch wenn das Bett für mich und Karl eigentlich zu klein ist. Aber Rückzug ist das A und O. Besonders, wenn es um Leute wie Gemma geht.

Ich esse schnell und mache mich auf den Weg. Heute ist eine Sexszene zwischen mir und Ashton dran. Ich habe mich komplett rasiert, obwohl ich meine Unterwäsche anbehalten kann. Aber man weiß ja nie.

Am Set ist wie immer alles schon vorbereitet. Schnell in die Maske, dann kann es schon losgehen.

Es fällt mir schwer, morgens um sieben an Sex zu denken, und das auch noch mit Begeisterung. Aber dazu bin ich schließlich Schauspielerin.

Wir sind in Position auf dem Bett. Ashton und ich beginnen, uns zu küssen. Es fühlt sich irgendwie gut an, aber nicht so gut wie mit Karl. Das beruhigt mich. Es ist strange, so viele Leute dabeizuhaben. Aber es ist auch gut, denn so kann keine echte Intimität entstehen. Das könnte ich wirklich nicht gebrauchen und er auch nicht, als Familienvater.

Wir werden immer wilder, rollen übereinander auf dem Bett. Ich setze mich auf ihn, er lässt sich nach hinten fallen. Ich reite ihn, wir stöhnen. Wir halten uns im Arm. Alles sehr nett. Obwohl es sich ungemein schräg anfühlt. Wir müssen das acht Mal wiederholen. Danach sind wir beide ausgelaugt und froh, dass es vorbei ist. Ich glaube, heute Nacht muss ich ganz oft mit Karl schlafen, um das Gleichgewicht wieder herzustellen. Ich weiß, ich brauche kein schlechtes Gewissen haben, es ist kein Betrug. Aber so ungewohnt für mich, dass es sich beinahe wie einer anfühlt.

Der Regisseur ist zufrieden mit uns. Für heute sind wir beide nicht mehr eingeplant, also können wir gehen. Ich bin heilfroh. Nach diesem Techtelmechtel mit Ashton brauche ich erstmal ein bisschen Distanz zu ihm.

Karl freut sich, mich so früh zurück zu haben. Wir lassen den Abend bei Chili ausklingen – er hat eine Menge gekocht, die sicherlich vier Tage reichen wird. Gemma begegnet uns dabei nicht und ich bin heilfroh.

In meinem Zimmer falle ich so heftig über Karl her, dass er sich sehr wundert. „So viel Leidenschaft kenne ich noch gar nicht von dir."

„Ich stecke eben voller Überraschungen." Von der Sexszene erzähle ich ihm lieber nicht. Er hat zwar beteuert, kein Problem damit zu haben, aber er ist ein Mann und ich bin seine Freundin – natürlich hat er ein Problem damit. Da mache ich mir gar nichts vor.

Es wird der beste Sex, den wir beide je hatten. Vielleicht sollte ich doch noch mal eine solche Szene drehen, sie scheint mich zu beflügeln, auch wenn es sich zuerst nicht so angefühlt hat. Wie es wohl Ashton geht?

Die Nacht verbringen wir wieder gemeinsam in meinem kleinen Bett. Vielleicht ist es an der Zeit, dass wir uns für die Zeit zu zweit ein größeres Zimmer nehmen. Vielleicht sogar in einem schönen Hotel.

Am nächsten Morgen, beim Frühstück – zum Glück wieder ohne Gemma – werfe ich das Thema auf.

„Wir können es uns leisten und dieses Bett ist auf Dauer einfach zu klein", argumentiere ich.

„Du hast Recht. Ich bin nicht für Geldverschwendung, aber da muss wirklich eine andere Lösung her. Wenn ich meine Sachen bei dir im Zimmer lagern kann, könnte ich mein Bett hier aufgeben. Mit dem Geld was wir dann sparen, können wir uns für meine freien Tage was anderes nehmen."

„Genau! Wollen wir heute damit anfangen? Suchst du uns was Schönes?"

„Ja, kann ich machen. Irgendwelche Wünsche?"

„In der Nähe und mit Frühstück. Sonst ist mir alles egal."

„Da sollte sich was finden. Ich mach mich gleich an die Suche. Pack ein paar Sachen, ich ziehe dann woauchimmer ein, während du arbeitest. Dann kannst du danach direkt ins andere Hotel kommen."

Er denkt einfach an alles. Traummann.

Heute drehen wir eine Szene, in der mir eine Freundin einen Hund schenkt – zum Trost, damit ich nicht so einsam bin. Toby liegt noch im Koma, Ashton hat also schon wieder frei.

Es ist interessant mit Tieren zu drehen. Dieser Hund ist so wahnsinnig gut trainiert, dass ich staunen muss. Er hört auf jedes einzelne Kommando und macht keine Faxen. Sehr beeindruckend. Vielleicht schaffe ich mir auch ein Haustier an, wenn ich irgendwo richtig sesshaft werde. Es hat viel für sich. Gut für sie Seele ist es auf jeden Fall. Das merke ich schon bei dieser kurzen Begegnung mit Fluffy. Am liebsten würde ich ihn direkt mit nach Hause nehmen. Aber da haben sicherlich einige Leute etwas dagegen.

Die zweite Szene heute spielt am Flughafen, zu dem wir uns nun aufmachen. Es ist eine Abschiedsszene zwischen mir und meiner Mutter, nachdem ich beschlossen habe, nach LA umzusiedeln. Ich bin noch voll im Charakter. Ich bin gerade Mia, nicht Jule.

Der Dreh verläuft reibungslos. Nur sechs Takes und es ist im Kasten. Applaus, dann ist Feierabend.

Samira und ich teilen uns ein Taxi zurück in die Stadt und bringen uns auf den neuesten Stand. Bei ihr ist alles gut – die Kurse laufen prima, sie hat schon ihre nächste Filmrolle in der Tasche. Ich freue mich mit ihr!

Karl hat ein Zimmer ergattert. In einem Vier-Sterne-Hotel. Er will mich anscheinend verwöhnen. Das Zimmer ist toll und das Bett riesig. Wir werfen uns hinein und werden den Rest des Abends – außer vom Zimmerservice – nicht mehr gesehen.

Ich glaube ich werde hier gut schlafen können, denke ich später und schon bin ich eingedöst.

29

Am nächsten Tag drehen wir eine Szene im Krankenhaus. Toby, im Koma, Mia an seinem Bett, an seiner Seite. Redet, in der Hoffnung gehört zu werden. Es wird ein tränenreicher Auftritt. Zum Glück muss ich ihn nur ein paar Mal spielen. Ich scheine wirklich Talent zu haben. Für mich ist dann Schluss, ich hatte nur die eine Szene heute.

Ich kann es kaum erwarten, ins Hotelzimmer zurückzukehren. Irgendwie fühle ich mich dort zuhause – mehr als im Hostel. Vielleicht bleibe ich einfach hier, auch wenn Karl wieder arbeitet. Es würde zwar ein bisschen einsam sein, aber ich brauche im Moment vor allem Ruhe. Ich überlege es mir noch.

Das Zimmer ist leer, Karl muss unterwegs sein. Er konnte nicht wissen, dass ich früh zurück sein würde. Ich lege mich ins Bett und mache den Fernseher an, finde eine Comedy-Sendung und freue mich. Ich freue mich auch ganz allgemein. Es ist nicht zu leugnen – ich bin glücklich! Mein Leben könnte nicht besser sein. Ich tue etwas, das mir Spaß macht, bin von tollen Leuten umgeben und habe einen wundervollen Partner an meiner Seite. Was kann man sich mehr wünschen? Dass der Film ein Erfolg wird, vielleicht. Aber das habe ich nur bedingt in der Hand. Ich gebe mein Bestes, spiele so gut ich nur kann und hoffe, dass es reicht. Wenn alles weiter so gut läuft, sind wir in zwei Monaten mit dem Dreh fertig. Dann dauert es noch ein paar Wochen, um alles zu bearbeiten und dann geht der Film schon in die Kinos. Da es eine kleinere Produktion ist, werden wir nicht groß auf Promotour geschickt. Ashton wird ein paar Interviews geben, als der Star des Films. Und wir müssen bei ein paar Premieren dabei sein. Das kriege ich hin.

Während ich so vor mich hin träume, klingelt mein Handy. Es ist der Produzent. Er verkündet mir, dass ich morgen einen freien Tag habe, weil nur mit Ashton gedreht wird. Großartig! Jetzt habe ich drei freie Tage mit Karl vor mir. Das Timing könnte nicht besser sein.

Da ich Hunger habe, beschließe ich, mich mal draußen umzusehen und nach etwas Essbarem zu suchen. In ein Restaurant möchte ich nicht alleine, deshalb hole ich mir einen Burrito zum mitnehmen und wandere weiter den Broaway hinauf Richtung Central Park. Es ist mittlerweile Frühling. Die Natur erwacht langsam wieder zum Leben. Heute ist ein klarer, sonniger Tag, wenn auch nicht sehr warm. Ich trage noch meinen Wintermantel. Aber den öffne ich zumindest, der Fußweg hat mich ins Schwitzen gebracht.

Ich setze mich auf den Rasen und esse auf. Da ich die Berührung sämtlicher Bodenarten liebe – Sand, Gras, sogar Beton. ziehe ich meine Schuhe aus. Es fühlt sich gut an. Ich entspanne mich mehr und mehr. Mache die Augen zu, lasse mich fallen.

„Entschuldigung", weckt mich eine Männerstimme. „Tut mir leid, Sie zu stören, aber wissen Sie vielleicht, wie spät es ist?"

Ich schaue auf mein Handy und nenne ihm die Uhrzeit.

„Danke. Ich will nicht aufdringlich sein, aber ich saß dort hinten und habe sie gesehen als sie kamen. Sie sind mir sofort aufgefallen. Sind Sie Tänzerin?"

„Nein."

„Oh, Sie bewegen sich wie eine vom Ballett." Erst jetzt bemerke ich, dass er eine Kamera in der Hand hält. „Sie haben ganz wunderschöne Füße."

Okay, jetzt wird es mir ein wenig unangenehm.

„Würde es Ihnen etwas ausmachen, wenn ich sie filme?"

Ich weiß nicht, was ich davon halten soll. Es würde mir nicht wehtun. Aber natürlich will ich nicht, dass so ein Perverser meine Füße filmt. „Es macht mir was aus", sage ich schroff und hoffe, dass ihn das abschreckt.

„Nur ein bisschen. Sie müssen auch nichts sagen. Aber ihre Füße sind einfach zu schön!"

„Filmen Sie Ihre eigenen Füße"; sage ich, stehe auf und gehe. So viel zu meiner Ruhepause im Grünen. In meinem früheren Leben hätte ich den Freak wahrscheinlich gewähren lassen. Das erschreckt mich ein wenig – mehr noch als seine Frage. Aber das ist vorbei. Ich habe mich wirklich verändert.

Ich schlendere noch ein wenig durch die Straßen, kaufe mir bei Douglas ein neues Parfüm und gehe zurück zum Hotel.

Karl wartet dort schon auf mich. Ich erzähle ihm von dem Vorfall und er lacht laut und herzlich.

„Freut mich, dass ich dich so belustigen kann."

„Sorry Baby, aber das ist einfach zu komisch. Dabei fällt mir ein, ich muss mir auch eine Kamera besorgen, damit ich alles von dir filmen kann. Vielleicht beim Sex?" Er lacht.

„Lach du nur", sage ich. „Wenn dir auch mal sowas passiert, werde ich mich revanchieren."

„Er hätte dir bestimmt nichts getan. Solche Perversen sind eigentlich harmlos. Sie haben wahrscheinlich mehr Angst vor dir als du vor ihnen."

„Mag sein. Aber trotzdem war es nicht angenehm. Egal, was wollen wir machen?"

Karl befeuchtet seinen Zeigefinger und tippt mich damit an. „So, jetzt aber raus aus den nassen Klamotten!" Wir beide lachen und tun genau das. Wir lieben uns so leidenschaftlich, dass mir schwindelig wird.

„Na, geht es dir jetzt besser?"

„Erfolgreich abgelenkt, würde ich sagen." Ich schaue ihn verträumt an. „Ich habe übrigens die nächsten drei Tage frei – was sagst du dazu?"

„Das ist ja fantastisch! Das freut mich riesig."

„Ich möchte etwas Schönes unternehmen. Nur Bett wird zu langweilig."

„Ach, du langweilst dich mit mir? Das ist ja interessant."

„Nein, natürlich nicht. Aber ich kann nicht 15 Stunden am Tag Sex haben."

„Ich schon. Außerdem können wir ja auch kuscheln."

„Was für ein rares Exemplar. Ich bin mit dem einzigen Mann auf der Welt der gerne kuschelt zusammen."

„Du irrst. Es gibt mehr von uns."

„Mehr als eine Handvoll können es nicht sein."

„Oh doch, wir sind genau sieben!"

Beide müssen wir lachen. „Aber mal ernsthaft. Ich möchte gerne die NBC Studios besuchen, zum Times Square und in den M&M Shop. Okay?"

„Das müsste sich machen lassen. Jeden Tag eine der Sachen und ansonsten Bett!"

„Abgemacht. Wohin wollen wir zum Essen gehen?"

„Weiß nicht, vielleicht wieder Zimmerservice?"

„Ihr Kuscheltypen seid wirklich ziemliche Faultiere, weißt du das?"

„Wir sind nur gemütlich Und wenn du ehrlich bist, willst du das doch auch, Baby. Einfach mal nur faul sein, nachdem du so hart gearbeitet hast."

„Okay. Aber morgen gehen wir essen!"

„Wie du möchtest, Süße. Ich stehe dir zu Diensten.

Wir verbringen drei wundervolle, mit Liebe angereicherte Tage. Dann ist der Montagmorgen da und wir müssen uns verabschieden.

„Lass dich nicht von fremden Männern im Park ansprechen!"

„Und du überfahr keine unschuldigen Kinder!"

„Nein, das Hobby hab ich aufgegeben…"

Wir küssen uns, umarmen uns und gehen dann getrennte Wege.

30

Die letzten acht Wochen sind wie im Flug vergangen. Ich habe am Set alles gegeben und mich privat nur ausgeruht – mit und ohne Karl. Der Film ist im Kasten. Wir sind alle wahnsinnig stolz und gespannt auf das Endresultat.

Meine Arbeit hier ist getan. Und mein Visum läuft ab. Ich sollte mich mal wieder in Deutschland blicken lassen. Das beschließe ich zusammen mit Karl, der sich Urlaub nehmen und mitkommen möchte.

„Meinst du denn, du bekommst frei?"

„Ich hatte dieses Jahr noch keinen Urlaub. Es ist Mitte Mai, da wird es doch mal langsam Zeit, oder?"

„Oder du kündigst", lasse ich die Bombe fallen.

„Was? Nein, das kommt nicht in Frage. Wovon soll ich dann leben?"

„Du könntest doch in Deutschland auch arbeiten?"

„Da gibt mir bestimmt niemand eine Chance, da ist es anders als hier."

„Du musst auch gar nicht arbeiten. Ich hab genug Geld für uns beide."

„Na, so viel hast du durch den Film nun auch wieder nicht verdient."

„Davon spreche ich nicht. Ich habe Vermögen…" Ich erzähle ihm von dem Erbe, aber nicht wie hoch es genau ist. Ich sage nur, dass es reichen wird. Karl ist platt und sprachlos.

„Ich meine das ernst. Ich kann mir nicht vorstellen, ohne dich zu sein. Komm mit, mach dir keine Sorgen wegen Geld. Sei einfach nur bei mir und geh es mit der Jobsuche langsam an. Kein Druck. Wenn du etwas Gutes findest, schlägst du zu. Ansonsten hast du frei."

„Wow, das muss ich erstmal sacken lassen. Ich geh eine Runde spazieren." Und das tut er. Ganze zwei Stunden.

Als er zurück kommt sagt er einfach nur: „Okay."

Drei Tage später sitzen wir im Flieger nach Berlin.

„Irgendwie bin ich aufgeregt", gesteht mir Karl. „Ich habe keine guten Erinnerungen an dieses Land. Hier habe ich es nicht geschafft."

„Dann machen wir neue", versuche ich ihn aufzuheitern. „Und über scheitern oder nicht solltest du dir keine allzu großen Sorgen machen, wir sind doch versorgt."

„Und wenn, was ich nicht hoffe, aber sollte es passieren, wenn das mit uns beiden nicht klappt? Was mache ich dann?"

Ich sage dazu nichts, aber in Gedanken habe ich ihm schon 100.000 Euro überwiesen. Nur, damit er nicht von mir abhängig ist. „Alles wird gut", bringe ich schließlich doch hervor.

Beim Landesanflug werde auch ich nervös. Wie wird es sein, in mein altes Leben zurückzukehren? Werde ich wieder so sein wie früher, oder hält meine Veränderung an? Das werde ich herausfinden müssen. Aber ich bin froh, Karl an meiner Seite zu haben. Was kann da schon schief gehen?

Wir nehmen uns ein Taxi und fahren in meine Wohnung. Ich mache mit ihm die obligatorische Führung. „Klein, aber fein", sagt er.

„Und mein", füge ich mit einem Lächeln hinzu. „Meinst du, du wirst es hier aushalten?"

„Aber klar! Unsere erste gemeinsame Wohnung, keine Hotelzimmer mehr. Ich freue mich darauf!"

Ich dusche und stelle fest, dass der Abfluss verstopft ist. Auch der im Waschbecken und in der Küche. Ich versuche es mit Rohrfrei, aber das hilft nicht. Mist, jetzt muss ich jemanden kommen lassen. Da ich jetzt meine eigene Vermieterin bin, kann ich die Verantwortung auf niemand anderen abwälzen. Muss das denn gleich am ersten Tag passieren?

Ich schaue im Internet nach und suche mir eine Firma aus. Mir wird gesagt, dass in zwei Stunden jemand da ist.

Karl ist müde und legt sich für eine Weile hin. Ich bleibe wach und warte auf den Rohrreinigungsdienst. Nach eineinhalb Stunden klingelt er an meiner Tür.

„Guten Tag. Sie haben ein verstopftes Rohr?"

„Ja, ich glaube es ist das Hauptrohr. Alle Abflüsse sind betroffen."

„Okay, wir schauen uns das einmal an. Aber vorher sollten wir Sie über unsere Preise informieren. Die Anfahrt kostet Sie 75 Euro. Und jeder Meter, den wir ins Rohr vordringen kostet weitere 65 Euro. Es werden sicherlich sechs, sieben sein."

Ich reiße die Augen weit auf und rechne nach. Das dürfte teuer werden.

„Wir können Ihnen aber auch eine Pauschale von 400 Euro anbieten. Dann kommen Sie günstiger davon."

In meinem Kopf rattert es. 400 Euro sind für mich jetzt Peanuts, aber ist das nicht Abzocke? Ich kann mir nicht vorstellen, dass so etwas so viel kosten soll. Ich glaube, ich habe es hier mit Betrügern zu tun. Meine Entscheidung ist gefallen. „Was denn, nur 400? Kommen Sie, runden wir doch auf 500 auf!"

„Echt?" fragt er und freut sich schon.

„Nein, natürlich nicht! Machen Sie, dass Sie wegkommen!"

„Aber die Anfahrt müssen Sie uns bezahlen!"

„Gar nichts muss ich. Und jetzt verschwinden Sie, sonst rufe ich die Polizei!"

Der Typ scheint Schiss zu bekommen und tritt den Rückzug an. Nicht aber, ohne mich eines bösen Blickes zu bedenken. Aber das macht mir nichts aus.

„Könnte ich vielleicht noch mal kurz auf die Toilette?" fragt er mich allen Ernstes. Er scheint es nötig zu haben. Oder er heckt einen Plan aus.

„Raus, habe ich gesagt!" Meine eigene Stimme erschreckt mich. So hart bin ich, glaube ich, noch nie mit jemandem umgegangen. Aber wenn es einer verdient hat, dann dieser Halsabschneider. Er macht sich endlich vom Acker.

Das war wohl nichts, denke ich. Meine Rohre sind noch immer dicht. Ich wage einen zweiten Versuch, es bleibt mir ja keine Wahl. Doch dieses Mal bespreche ich den Preis schon am Telefon. Rund 150 Euro, vielleicht weniger. Damit bin ich einverstanden.

Drei Stunden später sind meine Rohre wieder frei. Karl hat von alldem nichts mitbekommen, er hat die ganze Zeit geschlafen. Jetzt ist er wieder munter, dafür werde ich müde.

„Wollen wir etwas essen gehen? Es ist schon sieben Uhr."

„Okay", stimme ich zu. „Um die Ecke ist ein Chinesisches Restaurant. Hast du darauf Lust?"

„Ja, das klingt gut. Und beim Essen erzählst du mir, was dir so die Laune verdorben hat…"

Er merkt auch einfach alles.

„Das ist Wucher!" ruft er aus. „Wenn ich wach gewesen wäre, hätte ich den Typen in der Luft zerrissen."

„Daran habe ich keinen Zweifel. Aber ich bin ja auch mit ihm fertig geworden."

„Ja, das bist du. Hast du gut gemacht, Baby." Karl nimmt meine Hand und drückt sie ganz fest. „Ich hatte den abgefahrensten Traum. Willst du ihn hören?"

Ich will.

„Wir beide waren auf einer großen, grünen Wiese. Die Sonne hat geschienen – es war ein herrlicher Tag. Wir haben gepicknickt. Plötzlich macht es Peng! und wir beide verwandeln uns in riesige, durchsichtige Bälle und fangen an zu rollen. Bergab. Unaufhaltsam. Wir rollen und rollen, nichts kann uns stoppen. Dann bin ich aufgewacht. Was das wohl zu bedeuten hat?"

„Wahrscheinlich sollten wir nie picknicken gehen…"

„Oder wir sollten das auf alle Fälle tun. Es hat ja Spaß gemacht. Und war nur ein bisschen beängstigend."

„Vielleicht ist es auch ein gutes Omen. Wir sind ‚on a roll', alles kommt ins Rollen. Unsere Zukunft nimmt langsam Gestalt an. Wir sind auf Erfolgskurs."

„Das ist eine schöne Interpretation, Baby. Die nehme ich."

Beim Essen kann ich kaum die Augen aufhalten. Wir beeilen uns und gehen direkt nach Hause. Zeit fürs Bett. Mein eigenes, endlich wieder.

Am nächsten Morgen wachen wir beide gut erholt auf. Nur, dass dieses Mal ich den schrägen Traum hatte. Ich war Bundeskanzlerin – die mächtigste Frau des Landes, die alle wichtigen Entscheidungen zu verantworten hat. Ich erzähle Karl davon.

„Wenn du Bundeskanzlerin wirst, werde ich dann deine First Lady?"

„Wenn du möchtest, gerne!" Scherzen wir.

Ich hole uns ein paar Lebensmittel aus dem Supermarkt, während Karl den Tisch deckt. Beim Frühstück sind wir beide in Gedanken. Wir überlegen, was wir jetzt mit unserem Leben anfangen sollen. Wir sind frei, finanziell unabhängig. Aber das kann nicht alles gewesen sein.

„Ich will ein paar Tage ausspannen, dann suche ich mir einen Job", meint Karl.

„Ich will auch etwas machen. Ich möchte aber nicht nur irgendeinen Job, ich möchte was bewegen. Vielleicht sollte ich mich politisch engagieren."

„Und welche Partei hast du dir vorgestellt?"

„Die einzig vernünftige – die Grünen."

„Mach das, Schatz, das ist doch ein guter Plan!"

Gesagt, getan. Ich gehe online und werde Mitglied, gleich nach dem Essen. Jetzt fühle ich mich besser. Die Bundeskanzlerwahl ist in vier Monaten. Ich stelle mich als Organisator und Wahlhelfer zu Verfügung.

Die Mühlen mahlen schnell – bis zum Abend habe ich einige Termine in meinem Kalender. Ich soll bei allen Presseveranstaltungen in Berlin am Infostand stehen.

„Wow, da bist du ja gleich ganz schön eingespannt. Die scheinen dringend jemanden gesucht zu haben."

„Vielleicht liegt es daran, dass ich so jung bin. Sie hoffen vielleicht, durch mich einen größeren Wahlkreis zu bekommen."

„Das kann sein. Oder deine Begründung für den Beitritt hat Eindruck gemacht." Ich habe einen kleinen Brief aufgesetzt, in dem ich erklärt habe, warum ich gerne bei den Grünen mitmischen möchte. „Vielleicht."

„Ich hoffe, du kannst trotzdem ein wenig Zeit für mich erübrigen…"

„Na klar! Die paar Termine. Wir werden uns wahrscheinlich auf den Wecker gehen."

„Kann ich mir nicht vorstellen. Ich kann gar nicht genug von dir kriegen." Sagt er und fängt an, mich auszuziehen.

„Du bist wirklich unersättlich…"

„Was denn, das letzte Mal haben wir in New York miteinander geschlafen. Ich hab schon blaue Eier."

Wir lachen und machen Liebe. So lässt es sich leben.

31

Gert Schulze, der Kanzlerkandidat der Grünen, hält seine Rede, während ich am Infostand Fragen beantworte und Flyer verteile. Ich habe ein großes Pamphlet zugeschickt bekommen, mit allen Informationen über die Partei und kann fast alles beantworten.

„Wir müssen an die Umwelt denken, das ist unsere Hauptaufgabe, nicht an Konsum und Verschwendung", appelliert Schulze.

Ich stimme in allen Punkten mit ihm überein. Er ist ein großartiger Redner und dazu noch sehr beliebt. Ich durfte ihn kurz kennen lernen, er ist wirklich sehr sympathisch. Es sind noch zwei Monate bis zur Wahl. Ich glaube, er hat gute Chancen.

Karl und ich haben die letzten Wochen hauptsächlich in unserem Liebesnest verbracht. Sind nur zum Essen aufgestanden. Wir haben viel geredet, uns geliebt. Ich habe das Gefühl, ihn wie meine Westentasche zu kennen. Und er gefällt mir von Tag zu Tag mehr. Doch nun ist mit der Ruhe Schluss, er hat einen Job gefunden. Er arbeitet jetzt als Briefträger. Es macht ihm Spaß und hält ihn fit. Ich bin froh, dass er etwas gefunden hat. Nur zu Hause rumzugammeln ist nicht seins. Und meins auch nicht, auch wenn es zeitweise natürlich schön ist.

In drei Tagen kommt mein Film in die Kinos und ich muss zur Premiere nach New York. Karl wird mich begleiten, was mich sehr freut. Unser beider erstes Mal auf dem roten Teppich. Ich freue mich, das mit ihm teilen zu können.

In einigen deutschen Kinos wird er, im Original, auch schon gezeigt. Also werde ich auch bei der Premiere in Berlin nächste Woche dabei sein. Mit Karl, versteht sich.

„Hast du alles, dein Kleid und so?" fragt Karl.

„Alles eingepackt." Ich war extra noch schoppen und habe mir ein edles weinrotes Kleid mit tiefem Rücken besorgt. „Es kann losgehen!"

Unser Taxi wartet schon. Nichts wie los. Am Flughafen trinken wir, nach dem Check-In noch einen Kaffee.

„Es fühlt sich gut an, nach New York zu fliegen", meint Karl. „Ist ein bisschen wie nach Hause kommen." Die letzten zwei Jahre war New York seine Heimat. Ich kann sein Gefühl gut nachvollziehen. Auch mich verbindet einiges mit dieser Stadt. „Du machst mein Leben so aufregend, Baby. Es ist einfach nur cool."

„Tja, du hast aufs richtige Pferd gesetzt."

„Das habe ich auf jeden Fall!" Wir küssen uns liebevoll. „Hast du es schon mal im Flugzeug gemacht?"

„Nein, du etwa?"

„Nein, aber ich finde das eine spannende Idee."

„Auf keinen Fall. Es ist bestimmt nicht so toll wie alle sagen." Wir sitzen in der ersten Klasse. Hier werden die Toiletten nicht so oft benutzt und sie sind ein bisschen größer. Aber ich will nicht.

„Okay. War nur so ein Gedanke. Aber es ist deine Schuld. Warum bist du so scharf?"

„Bedank dich bei meinen Eltern", sage ich. „Es müssen die Gene sein."

„Das mache ich, sobald ich sie kennen lerne."

„Das wirst du. Wenn wir zurück sind fahren wir mal nach Potsdam zu meiner Mutter, okay?"

„Klingt gut. Ist sie denn nett?"

„Ja, das ist sie. Ein bisschen schrullig vielleicht, aber umgänglich."

„Das hört sich doch ganz gut an."

„Nach der Scheidung war sie ziemlich fertig, es war schlimm sie so zu sehen. Obwohl sie sich im Guten getrennt haben. Bis zum Tode meines Vaters waren sie Freunde. Sie haben sich nicht gehasst, die Liebe hatte sich einfach nur verändert."

„Das klingt ja ganz harmonisch."

„Absolut. Sie haben sich ja nicht gehasst. Da war immer noch Liebe. Aber sie wollten nicht mehr zusammen sein. Die Anziehungskraft war einfach weg. Und sie wollten sich neu verlieben. Das Prickeln des Anfangs spüren. Und das hat ja geklappt."

„Ich hoffe, wir beide werden nie an diesen Punkt gelangen. Im Moment kann ich es mir so überhaupt nicht vorstellen."

„Ich auch nicht. Du bist nämlich auch ziemlich scharf, weißt du das eigentlich?"

„Na klar!" Wir lachen.

„Vielleicht doch High Mile Club? Sex im Flieger?"

„Wenn wir in einer Privatmaschine und allein wären, gerne. Aber Sex auf dem Klo verlockt mich nicht wirklich."

„Okay, ich höre ja schon auf. Werde es nie wieder erwähnen."

„Gut."

Wir schlafen, bis die Ansage des Piloten uns weckt. Landeanflug auf den JFK Airport.

„Ich bin ganz nervös, warum nur?"

„Wegen der Premiere?"

„Nein", sage ich, „wegen der Stadt. Diese Energie, ich kann sie jetzt schon spüren."

„Adrenalin, yeah! Genieß das Gefühl, Baby."

Das tue ich. Und es wird stärker und stärker, je mehr wir uns dem Zentrum nähern. Wir haben ein Zimmer in unserem Lieblings-Hotel gemietet. Die Zeiten der Jugendherberge sind endgültig vorbei.

„Zimmerservice, dann schlafen?"

„Abgemacht. Ich möchte ein Steak. Für morgen werde ich Kraft brauchen."

„Ja, die Premiere wird sicher stressig. Aber versuch, es zu genießen."

„Ich habe gemischte Gefühle. Einerseits bin ich super nervös, andererseits kann ich es kaum erwarten und freue mich riesig. Ich hoffe wirklich, der Film wird ein Erfolg."

„Ich hab ihn ja noch nicht gesehen, aber was du so berichtet hast klang gut. Ich bin jedenfalls schon sehr gespannt!"

Der Zimmerservice ist flink. Wir essen, dann schlafen wir ein.

„Schauen Sie hier rüber!" ruft einer der Fotografen und meint tatsächlich mich. Nicht zu glauben. Karl und ich stehen auf dem roten Teppich. Es ist wie ein Traum. Ich bin völlig unbekannt, doch die Fotografen scheinen zu wissen, dass ich eine der Hauptrollen spiele.

„Jetzt zu mir!" Es ist ein richtiger Zirkus.

Karl und ich halten uns im Arm und lächeln um die Wette. Ich brauche niemandem meinen Namen sagen, sie alle kennen ihn schon. Einerseits macht mich das ein wenig unbehaglich. Andererseits freut es mich irgendwie.

„Schönes Kleid!" ruft ein anderer. „Wer hat es entworfen?"

OH. Das ist kein Designerkleid. Jetzt fühle ich mich ein wenig deplatziert. Vielleicht gehöre ich doch nicht hier her. „Ein deutscher Designer", fällt mir dann doch noch ein. Das sollte weitere Fragen ausschließen.

Nachdem die Fotosession vorbei ist, begeben wir uns in den Kinosaal. Wir haben natürlich die besten Plätze. Ein Kurzfilm, dann läuft der Vorspann von ‚Dunkle Erinnerung'. Ich werde nervöser und nervöser. Ich habe mich noch nie auf einer Leinwand gesehen. Ich weiß nicht, ob es mir gefallen wird. Aber da muss ich jetzt durch. Ich bin auch ein wenig gespannt darauf.

Erste Szene: Ich im Flugzeug auf dem Weg nach LA. Ist das vielleicht seltsam. Karl lächelt mich stolz an. Ihm scheint zu gefallen was er sieht. Ich fühle mich komisch, weiß nicht, ob ich mich gut finde oder nicht.

„Die Kamera liebt dich", flüstert er mir ins Ohr. Ich lächle ihn verlegen an. „Sei nicht so bescheiden. Du bist wirklich gut!"

Ich versuche ihm zu glauben, aber ich bin mein schärfster Kritiker. Kann sein, dass ich gut aussehe, aber ob ich auch gut spiele? Ich werde Samira nachher fragen. Sie ist auch hier. Ich habe sie zwar noch nicht gesprochen, aber sie sitzt ein paar Plätze weiter, mit ihrem Mann.

Der Film dauert eine Stunde und dreiundvierzig Minuten. Am Ende bin ich irgendwie erleichtert, denn es wird applaudiert. Die Leute drehen sich um und schauen mich bewundernd an. Es ist ungewohnt, aber es freut mich.

Wir Akteure und unser Regisseur begeben uns auf die Bühne, um Fragen des Publikums zu beantworten. Ich kann nicht sagen, was gefragt wird. Ich werde mich später auch nicht daran erinnern. Es ist einfach nur unwirklich. Doch es scheint gut gelaufen zu sein, ich scheine die richtigen Antworten gegeben zu haben, denn Samira hat hinterher ein dickes Lob für mich.

„Süße, du bist ein Star! Ich habe es dir ja schon immer gesagt."

Ich bedanke mich bescheiden. „Du warst einfach Spitze!" gebe ich zurück. Ich freue mich wirklich, sie zu sehen. Es ist viel zu lange her. Und sie ist eine ganz hervorragende Schauspielerin. Es wundert mich, dass sie nicht berühmt ist.

„Gehen wir auf die Afterparty", schlägt sie vor. Und das machen wir.

Ich begrüße endlich auch Ashton, der natürlich alleine gekommen ist. Seine Freundin tut mir irgendwie leid. „Wie geht's dir?" frage ich.

„Bestens", antwortet er. „Ich arbeite an einem neuen Projekt. Diesmal mit etwas mehr Budget und besserer Bezahlung." Es sei ihm gegönnt.

„Und wie geht es deiner Freundin?"

„Psst, nicht so laut. Ihr geht es gut."

„Wie ist sie denn mit eurem Arrangement zufrieden?"

„Ganz und gar. Sie will gar nicht ins Rampenlicht. Sie ist Kindergärtnerin, sie mag das einfache Leben."

„Dann hat sie sich ja den richtigen Mann ausgesucht."

„Wo die Liebe hinfällt", sagt er nur. Ich habe irgendwie das Gefühl, dass es doch nicht so rosig läuft, aber ich will mich da nicht einmischen.

Heute wird definitiv nicht der dritte Anlass an dem ich betrunken werde. Ich halte mich an mein Glas Sekt und trinke dann nur noch Cola. Karl dagegen hat Martinis für sich entdeckt. Ich habe ihn noch nie betrunken erlebt. Er wird immer lustiger, versteht sich prächtig mit den anderen Gästen. So wird er bald zum Mittelpunkt der Party, obwohl niemand weiß, wer er eigentlich ist.

Nach zwei Stunden Smalltalk bin ich k.o. „Komm, lass uns nach Hause gehen", schlage ich vor.

„Okay. Aber der Abend ist noch jung."

„Ja, aber ich nicht mehr."

„Unsinn, du bist erst 27."

„Und fühle mich wie 77. Komm, Schatz. Tu mir den Gefallen."

„Na gut. Aber nur, wenn wir im Bett noch ein bisschen feiern."

„Du Lustmolch." Aber eigentlich habe ich auch richtig Lust auf ihn. Er hat sich heute Abend von seiner besten Seite gezeigt und sie gefällt mir sehr. Er ist einfach zum Anbeißen.

„Ja, so nennen sie mich! Also ist das ein Ja?"

„Das ist ein dickes fettes Ja. Los, lass uns abhauen!"

Ich verabschiede mich von Samira, die auch gehen will, und Ashton, der wahrscheinlich bis in die Morgenstunden weiterfeiern wird. Er ist ganz klar jemand, der seinen Ruhm genießt.

Unser Rückflug geht schon am nächsten Abend, damit wir es rechtzeitig zur Premiere in Berlin schaffen. Ashton und Samira werden nicht vor Ort sein, das macht mich zum einzigen ‚Star'.

Da ich meine Freunde vermisse, berufe ich ein gemeinsames Mittagessen ein. Alanna und Samira haben frei, Vin und Adam melden sich krank. Samiras Mann schafft es leider nicht.

„Mein Gott, du explodierst ja gleich!" entwischt es mir, als ich Dalia sehe. Sie ist hochschwanger und könnte jeder Zeit gebären.

„Ich weiß und ich fühle mich auch wie kurz vor der Explosion." Sie sieht wirklich fertig aus. Nichts vom Glanz der Schwangeren zu sehen.

„Wann ist es denn soweit?"

„Der Termin ist übermorgen. Aber gestern wäre mir lieber."

Vin nimmt sie stolz in den Arm. „Meine tapfere Kriegerin", witzelt er.

„Das nächste Kind musst du gebären, wenn du noch mehr willst."

„Warten wir mal ab", beschwichtigt er sie. „Wenn das Kind erst da ist, wirst du sicher anders darüber denken."

„Vielleicht", gibt sie geschlagen zu. „Ich freue mich ja auch!"

Inzwischen sind auch die anderen eingetroffen. Es folgt ein großes Hallo. Alle haben sich beim letzten Mal gut verstanden und freuen sich, sich wiederzusehen.

Wir nehmen an unserem Tisch Platz und bestellen. Aufgrund der Wärme nehmen wir fast alle Salat mit Hühnchen. Nur Karl könnt sich ein Steak. „Ein Mann braucht richtiges Fleisch", erklärt er.

„Haben wir eigentlich eure Hochzeit verpasst?" frage ich Dalia und Vin.

„Nein. Wir sind noch nicht verheiratet." Vin sagt das mit viel Enttäuschung in seiner Stimme. „Dalia will keine dicke Braut sein."

„Das kann ich aber verstehen", schlage ich mich auf ihre Seite. „Wer will das schon."

Die anderen Frauen am Tisch stimmen zu, die Männer finden es nicht schlimm.

„Ihr müsst denken wie eine Frau", schlägt Samira. „Das ist der wichtigste Tag im Leben. Die Bilder werden noch Generationen nach uns sehen."

„Und vor allem will ich bei meiner Hochzeit nicht nüchtern sein", wendet Dalia ein.

„Ach so, du kannst mich also nur heiraten, wenn du einen im Tee hast", sagt Vin, nur spielerisch beleidigt.

„Ja! Bei klarem Verstand würde ich schnellstens davon rennen!"

Was sich neckt, das liebt sich. Ich freue mich, dass die Stimmung zwischen den beiden gut ist.

„Und was gibt es bei euch Neues?", frage ich Alanna.

„Nun, wir wollen keinem die Show stehlen. Aber das Zusammenleben funktioniert so gut, dass wir auch beschlossen haben zu heiraten."

Wir alle beglückwünschen die Beiden. „Und wann ist es soweit?"

„Im September. Die Einladungen bekommt ihr noch. Es wird nichts Großes, nur im kleinen Kreis."

„Das sind die besten Hochzeiten", bestätige ich.

„Siehst du"; sagt Vin zu Dalia, „Die machen Nägel mit Köpfen."

„Wir können auch einen Termin machen", entgegnet sie. „Warum eigentlich nicht. Wenn das Kind erst da ist, vielleicht in ein paar Monaten."

„Wann habt ihr euch kennen gelernt?" frage ich.

„Am 25. November." Vin hat sich das Datum gemerkt, sehr vorbildlich.

„Na dann habt ihr doch euren Tag!"

Die Beiden schauen sich an. Sie nicken. „Da habe ich noch nichts vor", scherzt Dalia.

„Dann ist das beschlossen", freut sich Vin. „Kommst du auch, Jule?"

„Na klar, das lasse ich mir doch nicht entgehen! Aber Karl muss auch dabei sein!"

„Das versteht sich von selbst", sagt Vin entschuldigend in Karls Richtung. „Und wann heiratet ihr Beiden?" Diese Frage ist an Karl und mich gerichtet.

„Oh, das hat keine Eile." „Hoffentlich bald", antworten wir zeitgleich.

„Soso", mischt sich Dalia ein. „Da besteht wohl Gesprächsbedarf."

Ich fühle mich ein wenig unwohl. Anscheinend möchte Karl gerne heiraten. Aber ich bin noch nicht so weit. Seit der Scheidung meiner Eltern halte ich nicht mehr so viel von dieser Institution. Aber das weiß Karl nicht. Wir haben das Thema bis jetzt gemieden. Oder ich habe es gemieden und er hat einfach nicht darüber nachgedacht. Oder doch? Wird er mich bald fragen? Und was wäre meine Antwort darauf. Wenn sie Nein lautet, wäre unsere Beziehung dann vorbei? Gibt es ein Leben nach dem abgelehnten Heiratsantrag?

„Erde an Jules", sagt Dalia. „Alles okay?"

„Ja, alles bestens", sage ich wenig überzeugend. „Nein, wirklich, alles gut." Das kam schon sicherer heraus.

„Schade, dass ihr morgen schon wieder fliegt", sagt Alanna bedauernd. „Ihr müsst bald wiederkommen, ja?"

Wir versprechen es. Alle haben aufgegessen und es wird langsam Zeit, dass wir packen und zum Flughafen fahren. Unser Flug geht um sechs, das ist in drei Stunden. Wir trinken alle noch einen Kaffee, dann heißt es Abschied nehmen.

„Wir werden euch vermissen!" Ich bin wirklich traurig, dass ich meine Bande wieder länger nicht sehen werde.

„Kommt bald wieder, dann ist das kein Problem!"

Es folgen lange, feste Umarmungen, die sich einfach nur gut anfühlen. Mein Gott, was habe ich für ein Glück mit solch tollen Leuten gesegnet zu sein.

Wir gehen zu Fuß ins Hotel, saugen noch ein bisschen die Energie dieser Stadt auf. Dann packen wir, was nicht lange dauert und nehmen uns ein Taxi zum Flughafen.

„Sollen wir darüber reden?" fragt mich Karl. Ich weiß sofort was er meint.

„Denkst du denn darüber nach?"

„Du etwa nicht?"

„Um ganz ehrlich zu sein, nein. Ich bin kein großer Heiratsfanatiker."

„Das ist schade. Jetzt werde ich mich nie trauen dich zu fragen."

Er wirkt so enttäuscht, dass es mir in der Seele wehtut. Anscheinend ist das etwas was er wirklich will. Ich versuche einzulenken. „Vielleicht ändere ich meine Meinung ja noch. Fest steht, wenn ich irgendwann mal heirate, dann dich."

Das scheint ihn zu beruhigen. „Okay." Mehr sagt er dazu nicht. Aber das reicht mir auch. Ich bin froh, dass das Thema damit beendet ist.

Am Check-In wird uns angeboten, eine andere Maschine zu nehmen. Offenbar ist diese überfüllt, sogar in der ersten Klasse. Ein wichtiger Trupp muss wohl dringend über den großen Teich. Sie würden uns sogar den Flugpreis erstatten. Aber so gerne wir das Angebot auch annehmen und bleiben würden, müssen wir es leider ablehnen. Denn auch wir müssen dringend nach Berlin zurück.

Letztendlich bekommen wir unsere gebuchten Plätze und sind beruhigt.

Der Flug ist sehr kurzweilig, weil wir die meiste Zeit über schlafen. Doch ich schaffe es, einen Film zu gucken: Inception. Er ist ziemlich kompliziert zum Ende hin. Ich habe Mühe, ihn ganz zu begreifen. Leider kann ich niemanden fragen, denn Karl schläft die ganze Zeit über. Keine Ahnung, ob er den Film überhaupt gesehen hat.

Da wir nur Handgepäck haben, können wir direkt zum Taxistand. Es fühlt sich gut an, wieder hier zu sein. So toll New York auch ist, Berlin ist und bleibt einfach meine Heimat. Karl fängt schon an, das auch so zu sehen, obwohl er in München aufgewachsen ist.

Meine kleine Wohnung wirkt im Vergleich zum Hotel jedoch schäbig. Ich sollte dringend mal wieder putzen, denke ich beim Eintreten. Warum fällt einem das immer nur auf wenn man eine Weile weg war? Naja, mir zumindest. Vielleicht bin ich auch einfach schmutzblind.

Morgen Abend ist die BerlinPremiere. Ich muss mir dringend noch ein Outfit besorgen. Das gleiche Kleid zwei Mal anziehen geht nicht. Müde oder nicht, ich mache mich auf den Weg. Karl begleitet mich lieber Weise.

„Wie wäre es denn mit diesem hier?" Er hält ein silbernes langes Kleid in den Händen, das einfach göttlich aussieht.

„Wow! Ich glaube du hast ins Schwarze getroffen. Das probiere ich gleich an."

Und es ist so, es steht mir gut. Gefällt mir noch besser. Und ist sogar von einem Berliner Designer, kein Stangenkleid.

„Das nehme ich!" Meine Begeisterung sprudelt über. Ich habe ein Kleid! Das ist schon mal die halbe Miete. Jetzt muss ich nur noch einen Friseurtermin für morgen bekommen und mir eine Visagistin organisieren.

Als das erledigt ist falle ich todmüde ins Bett. Karl bleibt noch auf und schaut über Netflix Inception, damit er es mir morgen erklären kann. Ich liebe diesen Mann!

„Wach auf, meine Schöne", flüstert Karl in mein Ohr. Er hat Frühstück gemacht, welches er mir ans Bett gebracht hat. „Nur das Beste für unseren Star", witzelt er. Oder meint er es ernst? „Heute ist dein Tag, du wirst verwöhnt, von allen die dir begegnen." Ich glaube er meint es ernst.

„Danke, du bist eine Wucht." Ich freue mich schon auf das was noch kommt. Morgensex wird es jetzt auf jeden Fall geben.

„Hast du gut geschlafen?"

„Ja, bestens. Aber ich habe nichts geträumt."

„Apropos geträumt. Ich habe Inception gesehen. Und tut mir leid, aber auch mir ist das Ende ein Rätsel."

„Egal. Ist eh zu lang. Kein Film sollte mehr als zwei Stunden dauern."

„Das stimmt. Dafür haben wir heutzutage nicht mehr genug Auffassungsgabe. Das wurde uns abtrainiert."

„Ja, ist das nicht bedauerlich? Und auch ein wenig gruselig?"

„Absolut. Aber heute wollen wir uns nicht mit Problemen beschäftigen. Nur mit diesem einen. Du hast viel zu viel an. Aber das lässt sich ja leicht lösen." Er zieht mich mit den Augen aus und dann mit den Händen. Es wird eines unserer schönsten Male.

Der Friseur und die Visagistin haben ganze Arbeit geleistet. Ich finde selbst, dass ich ziemlich gut aussehe. Karl ist total baff. „Bin ich wirklich mit dieser Schönheit zusammen?"

Ich lächle ihn an und freue mich über das Kompliment. Er sieht aber auch richtig gut aus. Zum Anbeißen. Er könnte gut und gerne der Star eines Filmes sein. Aber er hat in dieser Richtung keine Ambitionen.

Auf dem roten Teppich läuft alles glatt. Mein Kleid kommt super an. Es sind ein paar Sternchen erschienen, keine großen Namen. Von der Filmcrew bin ich als einzige dabei, deshalb wird mir die meiste Aufmerksamkeit entgegengebracht.

Ich freue mich nicht darauf, den Film ein weiteres Mal zu sehen. Obwohl er mir sehr gefallen hat, das Team hat wirklich gute Arbeit geleistet. Aber ich kann mich einfach nicht daran gewöhnen, mich auf der großen Leinwand zu beobachten. Wenn ich darauf erscheine, mache ich die Augen zu. So kann ich es aushalten. Nur meine Stimme zu hören ist schräg genug, aber das kann ich ertragen.

Nach der Vorstellung gibt es eine kleine Party, zu der Karl und ich natürlich eingeladen sind. Wir schauen kurz vorbei, Karl genießt es. Aber für mich ist das immer noch nichts. Ich kann mit der ganzen Aufmerksamkeit irgendwie nicht umgehen. Vielleicht ist das ein Lernprozess, denke ich, und gebe mir Mühe, mich unters Volk zu mischen. Und es klappt. Je länger wir da sind, desto wohler fühle ich mich. Vielleicht liegt es auch am Sekt, ich habe heute immerhin zwei Gläser getrunken.

Um drei Uhr morgens verabschieden wir uns. Die Party ist eh am Sterben, wir haben also ziemlich lange durchgehalten.

„Ich liebe dich", sagt Karl im Taxi nach Hause. „Ich habe so viel Spaß mit dir. Danke, dass du es mir ermöglichst, so tolle Sachen zu machen."

Ich gebe ihm einen langen Kuss. Ohne ihn wäre ich auch nicht in der Lage, diese Sachen so zu genießen wie ich es tue. Er macht einfach alles besser. Die ganze Aufregung wäre nichts wert, wenn ich sie nicht mit ihm teilen könnte.

Zurück in meiner Wohnung bleiben wir noch eine Weile wach und reden über unser neues Leben.

„In New York hat der Film eingeschlagen wie eine Bombe. Samira sagt, er entwickelt sich zu einem absoluten Insidertipp. Die Besucherzahlen sind jetzt schon weit höher als irgendwer gedacht hätte."

„Das liegt an dir, Baby. Du bist der absolute Star des Films. Ich habe mir ja schon immer gedacht, dass du Talent hast. Aber was du da abgeliefert hast ist atemberaubend."

So viel Lob macht mich verlegen. „Es liegt bestimmt nicht an mir allein. Die anderen waren auch ziemlich gut."

„Stimmt. Das ganze Projekt ist eine runde Sache. Aber du wirst jetzt bestimmt viele neue Angebote bekommen. Hast du eigentlich einen Agenten?"

Habe ich nicht. „Wieso, willst du dich vorschlagen?"

„Wäre das so abwegig? Traust du mir das nicht zu?"

Ich wünschte, sein Selbstbewusstsein in diesen Dingen wäre stärker. „Doch, natürlich. Ich habe nur noch nie darüber nachgedacht."

„Vielleicht ist es an der Zeit."

„Ja, vielleicht. Aber ich weiß noch nicht, ob ich in der Richtung weitermachen möchte."

„Du meinst, du willst keine Filme mehr drehen?"

„Ich weiß es nicht. Das Drehen macht riesigen Spaß, aber der ganze Trubel drum herum schreckt mich ein bisschen ab. Für ein paar Abende ist es ganz spaßig, aber auf Dauer wäre das, glaube ich, nichts für mich."

„Das ist nur eine Frage der Gewöhnung", ist Karl überzeugt. „Wenn du deine Einstellung änderst, könntest du es vielleicht sogar genießen."

„Ja, vielleicht hast du Recht. Ich kann ja von dir lernen. Dir scheint es sehr zu gefallen."

„Oh ja. Ich sehe es einfach nur als Spaß an, nicht als Last. Wann bekommt man schon mal so viel Aufmerksamkeit? Und so eine Plattform? Du könntest sicherlich einiges erreichen."

„Das klingt schon besser. Wenn ich für eine gute Sache einstehe, macht mir die Aufmerksamkeit auch nichts mehr aus. Dann geht es um die Sache, nicht um mich."

„Sieh es einfach als eine Mission. Wenn die Aufmerksamkeit erstmal auf dich gerichtet ist, lenk sie von dir ab und zu der Sache hin."

„ Gute Idee. Ich will mich auf jeden Fall engagieren. Nicht nur bei den Grünen, obwohl das schon mal ein Anfang ist. Ich will wirklich was bewegen – wie Mutter Theresa oder der Dalai Lama."

„Wow, hohe Ziele. Mach dir nicht so viel Druck, Baby. Du wirst deinen Weg schon gehen."

Wir sind inzwischen beide zu müde zum Reden. Wir fallen erschöpft ins Bett und schlafen bis zum nächsten Mittag.

Nach dem Frühstück rufe ich meine Mails ab. Ich habe ein Dutzend Interviewanfragen. Und zwei Rollenangebote für deutsche Filme. Woher haben die nur meine Mailadresse?

Zu den Interviews sage ich zu. Die Rollenangebote ignoriere ich erstmal.

Eine Viertelstunde später habe ich von drei Journalisten Antworten. Sie wollen die Interviews heute noch. Wenn es sein muss am Telefon. Ich willige ein – Telefon ist wohl am praktischsten.

Sie fragen mich aus über meine Rolle – Wie sind sie daran gekommen? Wie war der Dreh? Haben Sie Schauspielunterricht gehabt? Wie haben Sie sich vorbereitet? Ist es Ihnen leicht gefallen, diese Rolle zu spielen?

Und sie fragen mich über mein Leben aus – Wer war der Mann an Ihrer Seite? Sind Sie verheiratet? Wie lange sind Sie schon zusammen? Wollen Sie nach Amerika auswandern? Wie geht es jetzt für Sie weiter?

Ich beantworte alles geduldig und wahrheitsgemäß. Nach zwei Stunden bin ich fertig. Ich habe noch Energie für weitere Interviews. Ich checke meine Mails erneut. Es haben sich noch mehr Journalisten zurück gemeldet. Ich vereinbare Termine für heute und morgen. Dann setze ich mich wieder ans Telefon. Es beginnt langsam, mir Spaß zu machen. Ich erwähne in allen Interviews, dass ich mich bei den Grünen politisch engagiere. Obwohl ich die letzten Tage keine Zeit dafür hatte. Wenn dies meine Plattform ist, nutze ich sie auf jeden Fall optimal. Ich ermahne die Leser freundlich, sich für den Umweltschutz einzusetzen. Das kommt gut an, hoffe ich. Morgen werden die Interviews in den verschiedensten Tageszeitungen erscheinen – von der TAZ, über die FAZ bis hin zur Zeit. Der Film scheint wirklich Eindruck gemacht zu haben. Und vielleicht auch ich selbst. Auf jeden Fall sind alle stolz, dass eine Deutsche es in Hollywood sozusagen geschafft hat. Wenn man davon schon sprechen kann. Zumindest bin ich auf dem Weg dahin, wenn man den Zuschauerbefragungen Glauben schenken darf. Die waren durch die Reihe positiv.

Karl war den ganzen Tag unterwegs, damit ich Ruhe für die Interviews habe. Er hat sich ein wenig die Stadt angeschaut. Und er ist begeistert. „Ohne dich wäre ich nie hier gelandet. Dabei ist es so wunderbar!"

„Und ich wäre ohne dich nicht halb so froh. Also sind wir quitt."

„Wie waren die Interviews?"

„Gut, hat sogar Spaß gemacht. Ich habe zu politischem Engagement und Umweltschutz aufgerufen."

„Sehr gut, das ist mein Mädchen."

„Ja, das bin ich definitiv, nur dein." Er lächelt zufrieden.

„Du wirst es nicht glauben, aber meine Eltern haben angerufen. Sie haben unser Bild in der Zeitung gesehen. Sie waren sehr neugierig, aber ich habe mich bedeckt gehalten. Klar, dass sie jetzt angekrochen kommen. Aber weißt du was, ihre Meinung ist mir gar nicht mehr wichtig."

„Das ist eine gute Einstellung. Jetzt ist die Zeit der falschen Freunde. Wir müssen aufpassen."

„Du auf mich und ich auf dich, abgemacht?"

„Abgemacht! Es ist sicher nur eine Frage der Zeit, bis das bei mir auch losgeht."

Aber es geht nicht los. Entweder lesen Ramon und Nicolette keine Zeitung, oder sie sind einsichtig genug, um zu wissen, dass es zwecklos wäre. Und andere falsche Freunde habe ich nicht. Die Guten melden sich und das freut mich sehr.

Die nächsten zwei Wochen sind voller Interviewtermine. Die Leute reißen sich förmlich um mich – jetzt auch beim Fernsehen. Ich werde auf der Straße erkannt und angesprochen. Daran gewöhne ich mich langsam. Es hat definitiv etwas für sich, populär zu sein. Ich werde freundlich angelächelt und mit Begeisterung angesprochen. Die gute Laune verfolgt mich. Viele Leute wollen ein Foto mit mir, was nicht immer ideal ist, weil ich privat fast nie Makeup trage. Aber das ist schon okay. Alles läuft gut für mich.

Karl und ich sitzen beim Frühstück, als wir die schlimme Nachricht im Radio hören. Der Kanzlerkandidat der Grünen hatte einen Herzinfarkt, den er nicht überlebt hat. Er ist in der Nacht verstorben.

„Scheiße", sagen wir gleichzeitig. „Er war ein guter Typ", meint Karl.

„Wer wird wohl sein Nachfolger werden?" frage ich in den Raum.

„Keine Ahnung. Die anderen Kandidaten der Partei sind nicht sonderlich populär. Mit denen werden sie es auf keinen Fall schaffen."

„Das sehe ich genauso."

Mein Telefon klingelt. Unbekannte Berliner Nummer. „Pasch", melde ich mich.

„Ist dort Jule Pasch?"

„Ja, am Apparat."

„Sehr gut. Hören Sie, ich bin Friedrich Mohr, der Wahlkampfleiter der Grünen. Ich würde Sie gerne auf ein Gespräch treffe, wenn Sie Zeit haben."

Das haut mich um. Was kann er von mir wollen? Ich mache mit ihm einen Termin aus, für den Folgetag, und bin dann erstmalsprachlos. Karl ebenso.

Wir beschließen, uns nicht verrückt zu machen sondern abzuwarten. Den Abend lassen wir ganz normal bei Pizza und TV ausklingen. Aber meine Gedanken kreisen dennoch um den Termin morgen.

„Schön, dass Sie es einrichten konnten", begrüßt mich der Mann. „Nehmen Sie doch Platz." Sein Büro ist nicht groß, aber es reicht aus.

„Wie kann ich Ihnen helfen?" frage ich selbstbewusst. Von meiner Anspannung versuche ich mir nichts anmerken zu lassen, ich bin schließlich Schauspielerin.

„Sie haben sicherlich von dem tragischen Tod unseres Kandidaten gehört."

„Ja, das habe ich. Mein Beileid. Es ist wirklich sehr tragisch."

„Danke. Nun, so sehr es auch schmerzt, wir müssen nach vorne schauen. Der Wahlkampf läuft und wir müssen schnellstmöglich einen neuen Kandidaten aufstellen. Erschrecken Sie sich nicht, aber wir dachten an Sie."

Sofort sind bei mir alle Schotten dicht. Habe ich mich da gerade verhört? Ich hab doch gar keine Erfahrung in der Politik. Wie sind sie überhaupt auf mich gekommen?

„Sie waren in der letzten Zeit viel in der Öffentlichkeit. Und Sie haben sich positiv über unsere Partei geäußert. Das hat uns sehr gefreut."

„Aber ich habe gar keine Erfahrung in der Politik", wende ich ein.

„Das macht nichts, dafür haben Sie Berater. Was Sie vor allem brauchen, ist gesunder Menschenverstand. Und den trauen wir Ihnen zu. Was wir brauchen, ist jemand der populär ist. Und das sind Sie ohne Frage."

„Aber kann das reichen? Ich meine, ich bin doch nur Schauspielerin. Und selbst das noch nicht sehr lange."

„Sie wären nicht die Erste, die von der Schauspielerei in die Politik wechselt."

Da hat er Recht.

„Wir können Sie uns sehr gut als Kandidatin vorstellen. Die Frage ist, würden Sie es sich zutrauen?"

„Ich weiß es nicht. Ich muss darüber nachdenken."

„Schlafen Sie eine Nacht darüber, vielleicht auch zwei. Sprechen Sie mit Ihrer Familie. Aber melden Sie sich, sobald Sie sich entschieden haben. Die Wahl ist in sieben Wochen, wir haben keine Zeit zu verlieren."

Ich verspreche es. Wir verabschieden uns.

Der Nachhauseweg fühlt sich an wie im Film. Ich nehme alles nur bruchstückehaft wahr. Alles fühlt sich surreal an. Ich mache ein paar Fotos mit Passanten. Doch daran werde ich mich später nicht erinnern. Mir kreist nur dieses Gespräch im Kopf rum. Ich kann es einfach nicht fassen. Ist das wirklich passiert? Jetzt wünschte ich, Karl wäre dabei gewesen, damit er mir diese Fragen beantworten kann.

32

„Er hat WAS vorgeschlagen?" Ich muss es Karl zwei Mal erzählen. Er traut seinen Ohren nicht. „Das ist doch verrückt!"

„Ja, total verrückt, nicht wahr?"

„Du hast doch überhaupt keine Erfahrung in der Politik. Und du bist viel zu jung!"

Ich erzähle ihm, welch aufbauende Worte der Wahlkampfmanager für mich gefunden hat.

„Okay, aber fühlst du dich bereit dazu, so viel Verantwortung zu übernehmen?"

„Ich weiß es nicht. Ich muss darüber nachdenken. Und ein paar Mal darüber schlafen. Ich werde mit Freunden und Familie darüber reden."

Und das mache ich, sofort. Ich rufe meine Mutter an und erzähle ihr die ganze Geschichte.

„Was, Bundeskanzlerin? Traust du dir das zu? Hast du davor keine Angst? Ich habe mir ja immer ein gutes Leben für dich gewünscht, aber das klingt doch sehr anstrengend."

„Ja, vielleicht. Aber ich könnte eine Menge bewegen. Meinen Beitrag leisten. Für Veränderung sorgen."

„Ich weiß ja nicht."

Sie ist keine große Hilfe. Ich rufe Alanna an. In New York ist es jetzt früh am Morgen.

„Wow!" ruft sie aus. „Das ist ja großartig! Was für eine Ehre. Du bist sehr jung, aber eine alte Seele. Ich könnte mir das gut für dich vorstellen."

Ihre aufbauenden Worte tun gut. Sie glaubt an mich. Vin ebenso.

„Das ist ja der Wahnsinn, oder? Du in so einer mächtigen Position. Aber wenn es jemand verdient hat, dann du. Du bist der beste Mensch den ich kenne. Nicht machtgeil oder übergeschnappt, wie manch andere in dieser Position. Du solltest ernsthaft darüber nachdenken."

Ich liebe meine Freunde. Und wenn sie es mir zutrauen, dann sollte ich es vielleicht auch. Oder? Sie kennen mich gut und ihre Meinung hat ein hohes Gewicht.

In dieser Nacht kann ich nicht schlafen, ich bin viel zu nachdenklich. Ich sehe Karl neben mir liegen, ganz entspannt und schlafend. Was würde sich für uns verändern? Wahrscheinlich alles. Ich hätte sicherlich nicht mehr viel Zeit für ihn. Will ich uns das antun? Und was ist mit Kindern? Wir haben noch nie darüber geredet, aber wenn ich den Posten antrete, geriete das weit in den Hintergrund. Gut, ich bin noch jung. Ich könnte auch in vier Jahren noch Kinder kriegen. Und wer sagt eigentlich, dass man als Kanzlerin nicht schwanger werden kann? Verboten ist es sicherlich nicht.

In den frühen Morgenstunden gelingt es mir tatsächlich ein bisschen zu schlafen. Karl weiß nichts von meiner durchgemachten Nacht und bringt mir um zehn Frühstück ans Bett.

„Wie geht es dir heute Morgen?" fragt er mich.

„Ich habe kaum geschlafen. Diese Sache ist einfach zu groß."

„Dann iss etwas und leg dich wieder hin. Wir können ja nachher noch mal darüber reden."

Er ist so gut zu mir. Ich würde ihn schmerzlich vermissen, wenn ich 18-Stunden-Tage hätte und nur zum Schlafen nach Hause kommen würde. Aber ist das Leben als Kanzlerin wirklich so? Und hat man nicht auch freie Tage? Klar, man müsste in Bereitschaft sein. Aber frei hat man bestimmt auch mal. Und bei manchen Terminen könnte er mich sicherlich begleiten. Wenn jemand Verständnis dafür aufbringen könnte, dann Karl.

Ich schlafe noch ein bisschen, dann rufe ich Samira an. Auch ihre Meinung ist mir wichtig. Sie reagiert wie die anderen und sagt, ich solle es machen. Es bedeutet mir wirklich viel, dass meine Freunde es mir zutrauen.

Ich beschließe, joggen zu gehen, um einen klaren Kopf zu bekommen. Der Lauf tut mir gut. Es ist mir immer noch unbegreiflich, dass mir dieses Angebot gemacht wurde, aber es wird mit jedem Schritt realer. Jule Pasch, die jüngste Bundeskanzlerin der Geschichte. Es klingt nicht schlecht.

Als ich nach Hause zurückkehre wartet Karl mit dem Abendessen auf mich. Er hat sein berühmtes Chili gekocht. Ich freue mich.

Wir nehmen die Mahlzeit überwiegend schweigend ein. Wir beide wissen nicht, was wir sagen sollen. Aber er küsst immer wieder meine freie Hand.

Heute schlafen wir nicht miteinander. Wir legen uns ins Bett, aneinander geschmiegt, und jeder geht seinen Gedanken nach.

In dieser Nacht schlafe ich wie ein Stein. Ich habe meine Entscheidung gefällt. Am Morgen wachen Karl und ich beinahe zeitgleich auf. Wir blinzeln uns verträumt an.

„Vielleicht ist es gar nicht so verrückt."

„Nein, vielleicht nicht." Auch Karl scheint viel darüber nachgedacht zu haben. „Mach es!"

Zu diesem Entschluss bin auch ich gekommen. Wir frühstücken in aller Ruhe, dann schnappe ich mir mein Telefon, um dem Wahlkampfmanager die frohe Kunde mitzuteilen.

„Das ist großartig, Frau Pasch. Wir freuen uns sehr! Jetzt können wir mit der Planung beginnen. Zuerst machen wir einen Fototermin aus. Wir brauchen neue Poster. Dann werden ein paar Pressetermine auf Sie zukommen. Sie werden ein paar Reden halten – aber keine Bange, jemand anderes wird sie für Sie schreiben. Es muss jetzt alles sehr schnell gehen. Halten Sie sich bereit. Ich werde mich wieder melden!"

Der Fototermin findet noch am gleichen Tag statt, es wird wirklich keine Zeit vergeudet. Mit dem Resultat bin ich sehr zufrieden. Ich sehe selbstbewusst und nett aus. Genau die Ausstrahlung, die gefragt ist.

Per Mail wird mir eine Liste mit Terminen zugeschickt. Die meisten davon sind in Berlin, aber auch in ein paar anderen Landeshauptstädten.

Was mich am meisten überrascht: Ich bin nicht besorgt. Ich freue mich auf die Termine und kann es kaum erwarten zu starten. Karl wird mich begleiten, was mich sehr freut. Er hat seinen Job gekündigt und will ganz für mich da sein. Seine Unterstützung bedeutet mir sehr viel.

„Wenn wir in München sind, wirst du dann deine Eltern besuchen?" frage ich ihn.

Er überlegt. Doch er hat ziemlich schnell einen Entschluss gefasst: „Nein. Ich möchte keinen Kontakt mehr zu ihnen haben. Sie sind keine guten Menschen."

Das kann ich verstehen. Sicherlich ist es nicht einfach, seine eigenen Eltern aus seinem Leben zu streichen. Und viele Menschen würden es sicherlich schwer finden, das zu verstehen. Aber es gibt schlechte Menschen und manchmal sind es die eigenen Eltern. Jeder sollte gut für sich sorgen. Und wenn es Menschen gibt, die einen schlechten Einfluss ausüben, sollte man den Kontakt beenden.

33

Die nächsten Wochen vergehen so schnell, dass mir fast schwindelig wird. Jeden Tag habe ich Termine, in Berlin und in ganz Deutschland. Die Menschen jubeln mir zu. Meine Reden haben Substanz und ich trage sie gut vor. Alles scheint gut zu laufen. Alle sind zufrieden mit mir. Und Karl ist stolz auf mich, was er mir jeden Tag zu verstehen gibt.

Es geht mir gut. Der Trubel macht mir nichts aus – es ist ja für eine gute Sache. Es geht zwar um mich als Person, aber so sehe ich das gar nicht. Ich vertrete nur die Partei, hinter der ich voll und ganz stehe und die voll und ganz hinter mir steht. Ich bin zwar das Aushängeschild, aber ich denke an all die Menschen, die im Hintergrund mitarbeiten. Wir sind ein gutes Team. Ich vertrete sie, nicht mich selbst.

Die Tage sind sehr stressig, aber die Nächte ruhig. Ich schlafe in Karls Armen wie ein Baby. Das ist gut so, denn mir wird viel abverlangt. Je mehr Zeit vergeht, desto sicherer werde ich, dass dies der richtige Schritt war. Ich kann das schaffen, auch auf Dauer. Ich habe viel Kraft und Energie.

„Die Limo kommt gleich, Baby. Bist du bereit?"

Karl hat sich schick gemacht, zum heutigen Wahltag. Ich trage ein schwarzes Kostüm, meine Haare sind hochgesteckt, das Makeup ist dezent.

„Ja, bin ich. Wie sehe ich aus?"

„Wie eine Bundeskanzlerin", scherzt Karl, aber nur halb. Ein gewisser Ernst liegt in seinem Blick. Fast schon Bewunderung.

Wir steigen in die Limousine und werden zur Wahlkampfparty gefahren. Es ist noch zu früh für erste Hochrechnungen, aber wir verströmen viel Zuversicht.

Die anderen Parteimitglieder warten schon auf uns, die Presse ist auch vertreten. Ein erstes Interview erfolgt: „Ja, ich bin sehr zuversichtlich." Dann begeben wir uns in den Fernsehraum und verfolgen die Wahl von dort aus.

Es werden ein paar nette Dinge über mich gesagt, was mich sehr freut. Es gibt jedoch auch erschreckend viele Gegenstimmen. Eine Dame äußert sich besonders kritisch. „Sie ist viel zu jung und komplett unerfahren. Wollen wir die Zukunft des Landes wirklich in ihre Hände geben?"

Was soll man dazu sagen. Vielleicht hat sie Recht. Aber habe ich nicht eine Chance verdient? Wenn ich komplett versage, kann ich immer noch die Vertrauensfrage stellen, was ich auch tun würde. Und dann hätte sich das Problem ja gelöst. Diese Antwort gebe ich den anwesenden Journalisten. Sie scheinen damit zufrieden zu sein.

„Baby, hier, trink mal ein Glas Sekt. Du siehst ganz bleich aus."

Ja, langsam bekomme ich Stress. Ich nehme das Glas das Karl mir reicht und nippe daran. Ich will auf keinen Fall betrunken werden. Deshalb stelle ich es bald wieder ab. Hunger habe ich nicht, obwohl ein Snack mir vielleicht gut tun würde. Karl scheint das Gleiche zu denken.

„Hier, iss mal einen Happen." Er reicht mir ein Käsebrötchen. Ich tue was er mir sagt, er hat ja Recht.

Bald ist es Zeit für die ersten Hochrechnungen. Ich liege auf dem dritten Platz und muss mich der Presse stellen. „Ja, es übertrifft unsere Erwartungen. Wir sind sehr erfreut", sage ich. Aber ich bin ein wenig enttäuscht. Ich hatte mir tatsächlich sehr gute Chancen ausgerechnet. Ob das noch was wird? Ich habe mich nicht nur aus Lust und Laune zu Wahl gestellt. Ich möchte sie auch gewinnen. Das überrascht mich ein bisschen. Ich war mir nicht darüber klar, wie sehr ich es tatsächlich will.

Wir verfolgen die Berichterstattung weiter. Es gibt immer wieder zuversichtliche Worte und ebenso Gegenstimmen. Wenn weiterhin so gegen mich geredet wird, werden die Wähler sich sicherlich anders entscheiden.

Ich weiß nicht, wie ich die letzte Stunde ausgehalten habe, aber die Wahl ist vorbei. Es ist 18 Uhr. Alles ist entschieden. Fragt sich nur, wie. Ich brauche Luft. Karl begleitet mich auf einen Spaziergang.

„Es ist ein so schöner Tag", bemerke ich. „Ich hoffe, er wird mir nicht verdorben."

„Du willst es wirklich sehr, habe ich Recht?"

„So sehr. Das war mir gar nicht bewusst."

„Mir schon, Baby. Du warst mit Herz und Verstand bei der Sache. Ich habe bemerkt, wie sehr du es willst. Und es hat mich ziemlich beeindruckt, muss ich sagen."

„Ich hoffe so sehr, dass es noch gut wird."

„Ich weiß. Aber das wird es bestimmt. Du bist immerhin auf dem dritten Platz. Ihr werdet viele Sitze im Bundestag haben und das hat die Partei allein dir zu verdanken."

So habe ich es noch gar nicht gesehen. Auch wenn ich nicht gewinne, ist diese Wahl ein Erfolg. Karl hat völlig Recht. Was würde ich nur ohne ihn machen. Zum Glück werde ich das nicht herausfinden müssen. Auch wenn die letzten Wochen anstrengend waren und wir nicht so viel Zeit wie sonst miteinander hatten, ist unsere Beziehung stabiler als je zuvor.

„Lass uns zurückgehen. Ich will wissen, ob es schon neue Ergebnisse gibt."

Die neuesten Hochrechnungen erreichen uns nun fast stündlich. Inzwischen bin ich, mit 29 Prozent der Stimmen, auf den zweiten Platz vorgerückt. Ich bin begeistert. Vielleicht kann ich es doch noch schaffen.

Immer wieder muss ich der Presse Interviews geben. Das geht mir langsam auf die Nerven. Was soll ich denn sagen? Natürlich möchte ich gewinnen. Aber wir müssen einfach abwarten. Ich verhalte mich jedoch diplomatisch und bleibe freundlich.

Dann ist es endlich so weit. Spät am Abend wird die letzte Zählung veröffentlicht. Es fehlen noch ein paar Stimmen, aber die können nicht mehr viel verändern.

Ich traue meinen Augen nicht, als ich auf den Fernsehbildschirm schaue. Um mich herum bricht Jubel aus. Alle sind aus dem Häuschen. Da trifft es mich wie ein Hammerschlag – meine Partei hat gewonnen!

Das Unfassbare ist geschehen. Ich werde tatsächlich Bundeskanzlerin, sofern mich das Parlament wählt. Für einen Moment bin ich sprachlos. Doch dann wird meine Person von der Presse verlangt. Ich muss mich zu dem Ergebnis äußern.

Ich spreche direkt zur Bevölkerung Deutschlands als ich Stellung nehme. „Ich danke Ihnen, für das Vertrauen, dass Sie mir entgegenbringen. Unser Land in die richtigen Bahnen zu lenken mache ich mir zur Aufgabe. Die Wahlversprechen, die ich Ihnen gegeben habe, nehme ich sehr ernst. Und ich werde alles daran setzten, unsere Ziele zu verwirklichen."

Ich stehe ein wenig neben mir, aber ich glaube ich habe es ganz gut hingekriegt. Karl kommt zu mir und nimmt mich fest in den Arm.

„Meinen Glückwunsch, Baby. Du hast es geschafft!"

Ja, das habe ich.

Dann wird Karl ernst. Er scheint etwas vor zu haben. Ich ahne nicht, was. Er schaut mir tief in die Augen. „Ich hoffe, ich überfordere dich nicht", sagt er sanft.

„Was meinst du?" frage ich.

Er gibt mir darauf keine Antwort. Er sammelt sich kurz, dann setzt er fort. „Heirate mich, Baby. Ich will deine First Lady sein."

Wir müssen beide lachen. Damit habe ich überhaupt nicht gerechnet. Aber eine Bundeskanzlerin sollte verheiratet sein, oder?

Ich schaue ihm verliebt in die Augen und sage: „Okay."

Sina Graßhof, Jahrgang 1981, ist studierte Literaturwissenschaftlerin. Sie lebt in Hannover.

Ihre Werke „Passion!", „Kobra Bar", „Rauchfrei – Keine Panik!" und „Supermodel" sind ebenfalls im 26 Verlag erhältlich.